COLLINS
COBUILD

U0063727

英語語法系列

隱喻
Metaphor

Alice Deignan

BANK *of* ENGLISH

商務印書館

Collins Cobuild English Guides: Metaphor

Editorial Team

Author:	Alice Deignan
Founding Editor-in-chief:	John Sinclair
Editorial Director:	Gwyneth Fox
Series Editor:	Jane Bradbury
Computer Staff:	Tim Lane
	Andrea Lewis
Secretarial Staff:	Sue Crawley
	Michelle Devereux

HarperCollins Publishers

Gillian McNair

Collins Cobuild 英語語法系列：隱喻

主　　編：任紹曾

譯　　者：丁建民

責任編輯：黃家麗

出　　版：商務印書館 (香港) 有限公司

　　　　　香港筲箕灣耀興道 3 號東滙廣場 8 樓

　　　　　http://www.commercialpress.com.hk

發　　行：香港聯合書刊物流有限公司

　　　　　香港新界大埔汀麗路 36 號中華商務印刷大廈 3 字樓

印　　刷：美雅印刷製本有限公司

　　　　　九龍官塘榮業街 6 號海濱工業大廈 4 樓 A

版　　次：2017 年 1 月第 5 次印刷

　　　　　© 2000 商務印書館 (香港) 有限公司

　　　　　ISBN 978 962 07 1391 0

　　　　　Printed in Hong Kong

　　　　　版權所有　不得翻印

目錄

前言

現代英語中隱喻的用法

許多詞既有字面意義，又有隱喻意義。一個詞的字面意義(literal meaning)是它最基本的意義，隱喻意義(metaphorical meaning)則是指這個詞用於指稱字面意義以外的事物時的意義。

英語中有數千詞用於隱喻意義，這種用法並不局限於文學作品或詩歌語言，它同樣出現在新聞報道、對話交談等日常語言的使用中。例如，**root** 的字面意義為"根"，其隱喻意義則為引起某種情況，尤其是某種麻煩的原因。有趣的是，人們對有些詞（如 **root**、**drive** 和 **build**）的隱喻用法已經習以為常，因此，多數操本族語的人在用其隱喻意義時已不再想着其字面意義了。

傳統的隱喻研究一直和文學研究相關，但正如 Lakoff 和 Johnson 在其重要著作 *Metaphors We Live By* 中所指出的，隱喻並不僅用於文學作品。對英語學習者來說，熟悉隱喻在日常語言中的用法非常重要，因為這不僅可以擴大他們的詞彙量，而且還能幫助他們理解聽到或讀到的新的或初次使用的隱喻。多數語言有隱喻用法，但不同語言中具體的詞的隱喻用法是各不相同的。必須讓語言學習者明白，各種語言都有其自身的系統，將一種語言的某個詞的隱喻用法轉到另一種語言並不總是可能的。

如何使用本書

本書分12章，每章討論一個特定的主題，如 **Plants**（植物）、**Health and Illness**（健康與疾病）、**Sports and Games**（運動與遊戲）等，同時觀察字面意義與這些專題有關的詞是如何表達隱喻意義的。

本書通過解釋詞的字面意義與隱喻意義的關係並提供大量的用法實例，鼓勵學生逐漸加深對現代英語中隱喻用法的了解。

教師可將本書各章用作課堂討論和練習的基礎，例如，可要求學生閱讀一段文章，找出其中的隱喻用法，鼓勵他們觀察比較這些例子與他們本族語中詞的用法的異同。

Cobuild 語料庫

和《Cobuild 英語語法系列》內的其他書一樣，本書也是從擁有 3 億多詞的 Cobuild 語料庫中取材，例句直接來源於該語料庫，其排序則根據有關詞在該語料庫中的出現頻度而定。通過使用 Cobuild 語料庫，我們也得以發現與各個隱喻有關的詞哪些使用頻率最高。這一點體現在對隱喻的解釋和例句的安排上。必要時，本書也對一些與某種隱喻用法相關、出現頻率高的詞用列表方式提供給讀者。

英語中具有隱喻用法的詞不勝枚舉，因此這樣篇幅的一本書不可能全部加以收集。本書集中討論的是一些最常用的詞，讀者在閱讀某章的內容時，也許還會想一下，是否有一些別的詞具有類似的意義，它們是否也有隱喻用法。

讀者可能還願意想一下別的有隱喻用法的詞，比如一些同水、衣服或清洗等有關的詞。

我們希望您發覺這本書對您有幫助而且用起來方便。如果您對如何改進 Cobuild 出版物有甚麼意見或建議，請寫信給我們。為了進一步便於讀者與我們通信聯繫，我們設立了 e-mail 地址〔editors@cobuild.collins.co.uk〕。此外，也可按下列地址寫信給我們：

Cobuild
Institute of Research and Development
University of Birmingham Research Park
Vincent Drive
Birmingham B15 2SQ

譯者的話

內容提要

　　本書是《Cobuild 英語語法系列》的第 7 本，討論現代英語口語和書面語中最常用的隱喻，即詞或詞組在使用中表達其基本意義以外的意義的情況。全書共有12章，以自然現象、物質世界或人類生活的一個方面為基礎列出12個專題，即人體、健康和疾病、動物、建築、機器、遊戲和運動、烹調和食品、植物、天氣、溫度、光與顏色、方向和運動等，分別討論與這些專題相關的詞或詞語用作隱喻表達其字面意義以外的意義的情況。在此基本分類的基礎上，各章又根據本章的大類進一步分成以節為單位的小類，如"人體"一章分成了"頭"和"臉"等節，"動物"一章分成了"家養動物"、"農場動物"和"野生動物"等節，"天氣"一章則進一步分成了"晴朗天氣"、"冷天氣"和"雲和潮濕天氣"等節，對指稱這些事物本身及從屬於這些事物所代表的類別的詞和詞語 (如從屬於"臉"的"眼"和"鼻"，從屬於"家養動物"的"狗"和"貓"，以及從屬於"冷天氣"的"霜"和"雪"等) 的隱喻意義和用法進行詳細、具體的解釋和說明。這樣，本書討論的隱喻分屬 12 個大類、55 個小類，共 800 多個。另外，本書還從擁有 3 億多個詞彙的 Cobuild 語料庫 (The Bank of English) 中選擇了 1,500 多個實例，為各章節隱喻的討論提供實際例證。

本書特點

　　作為一種修辭手段，隱喻常常出現在文學賞析和修辭學的書籍和文章之中，因此，人們往往只把它看成是比喻的一種，用於詩歌等文學作品，而對其在口語及書面語中的普遍性不一定有自覺的認識。一般英語學習者則更不會刻意去考慮隱喻的普遍性問題，也許在他們看來，隱喻所起的作用只是錦上添花，並非絕對必要。其實，這種看法並不全面。這是因為，認知語言學在近一、二十年的發展中已經證明隱喻不僅是語言修辭手段，而且是一種思維方式，它體現了人們賴以思維和行動的觀念系統 (conceptual system) 的本質特徵，是人們認識、思維、乃至行為的基礎。基於這一考慮，本書並不僅從文學修辭的角度討論隱喻，而是着眼於喚起讀者對現代英語中隱喻的普遍性的認識，幫助讀者學習和掌握使用頻度最高的那部份隱喻，增強英語理解能力和表達能力。本書具有以下特點：

（一）編寫方式獨特、新穎

　　修辭學書籍和詞典都討論隱喻，但前者一般強調文學作品中隱喻與明喻、轉喻、類比等修辭法的區別及其描述、說明等修辭功能，而後者對隱喻的說明則散見於有關詞條，不作系統的專題討論，因此，這兩者都不提供人們在日常口語及書面語中使用隱喻的情況，不能有效地幫助英語學習者對現代英語中隱喻的使用有真正的了解和認識，當然也無法對學習和掌握英語隱喻提供有效的幫助。本書以英語學習者為對象，按人們認識自然世界和社會生活的習慣對隱喻分類，不僅便於讀者查閱，便於讀者發現近義詞語的隱喻意義和用法的異同（如 pig、swine 和 hog 的意義異同或 haze、fog 和 mist 的用法差別等），還有利於讀者認識同類隱喻之間的有機聯繫，系統地，而不是孤立地理解和掌握隱喻。例如，通過閱讀 "植物" 一章對有關隱喻的討論，讀者就能得出這樣的結論：在以英語民族文化中，思想、感情、問題等的發生、發展、影響和效果等是以植物生長的方式來認知的，因此，要表達對思想、感情、問題的意見和看法，用 seed、root、bud、stem、branch、flower、fruit 等名詞和 plant、cultivate、blossom、reap 等動詞最為生動、貼切。

（二）解釋清楚、明白

出於幫助讀者理解、學習和掌握英語隱喻的目的，本書各章節採用從一般到個別的辦法，對本章本節的隱喻先作總體說明，再進行具體討論。討論除對隱喻意義作明確的解釋外，尤其注重提供詳細、全面的用法指南，包括隱喻所適應的文體、語體和題材、有關詞語的拼寫方式、英、美英語中有關詞語的區別、同義詞語的隱喻用法比較、詞性差別等等，便於讀者學習和應用。

拿第二章對疾病及相關詞語的討論為例，2.12節先總體說明描述疾病的詞用作隱喻的基本意義和用法，其他各節再分別具體討論 ills、cancer、headache 等詞語，提醒讀者 "單數的 ill 沒有隱喻用法，複數名詞 ills 作為隱喻出現在形容詞之後或由 of 和一個名詞組成的詞語之前"，cancer 一詞用來表達字面意義時通常作不具數名詞用，而當它用來表達隱喻意義時，通常用作具數名詞，而 headache 作為隱喻 "可用來指引起某人一段時間的擔心、輕易無法解決的問題，但通常不用於指事故之類的單一的、突然發生的事件。" 這樣的解釋與說明既能使讀者認識疾病類詞語用作隱喻時在意義和用法上的共通性，又能注意到它們彼此間的差別，因此容易理解，也容易掌握。

（三）內容豐富，來源可靠

除了對隱喻意義和用法的解釋和說明詳盡之外，本書還提供了 1,500 多個在口頭或書面交際中實際使用的隱喻的例子。這些例子全來源於擁有 3 億多個詞彙的 Cobuild 語料庫（The Bank of English），而該語料庫的資料則由當代英、美等國的報刊、書籍、雜誌和廣播電視的文章及實錄的談話等組成，因此，本書的權威性和可靠性是顯而易見的。

實用價值

在本書 "前言" 所提到的 *Metaphor We Live By* 一書中，認知語言學家

George Lakoff 和 Mark Johnson 指出，隱喻是人類生存主要的和基本的方式，人類隱喻認知結構是語言和社會文化產生發展的基礎，而語言反過來又對人們的思維方式和社會文化產生着影響。語言和文化的這種互動關係說明，要學好一種語言，了解、理解和掌握作為這種語言及相關文化的基礎的隱喻是非常重要的。正因為如此，本書對以漢語為母語的英語學習者和教師來說至少有以下幾方面的價值：

（一）有助於了解隱喻在現代英語中的普遍性

本書所列舉和討論的隱喻是以英語為本族語的人們在口語和書面語中用得最頻繁的，其大量的例句也來源於日常口語和書面語，因此，無論是查閱還是通讀本書都能使讀者感受到隱喻在英語中無處不在這個事實，意識到英語隱喻與別的語言的隱喻之間的異同，聯想起本書沒有收錄並進行專門討論的其他隱喻。這有助於讀者熟悉並逐步建立起以英語為母語的人的思維方式和語言習慣，增強英語語感，最終掌握地道的英語。舉例來說，賽馬在英美國家比較盛行，因此英美人士常常將社會生活中的各種競爭以賽馬的模式來認識和表述，分別用 in the running、out of the running、make the running、neck and neck、stake、odds 等詞語談論人們是否參加某項競爭，競爭的狀況如何等情況。讀了本書的這些說明，讀者會留意到英語中，人們可用描述戰爭（war）的詞語來談論辯論（argument），如 Your claims are indefensible、He attacked every weak point in my argument、His criticism were right on target、He shot down all my argument 等。讀者熟悉了這類隱喻，就能逐漸按英語人士的認知習慣描述、談論辯論、競爭等問題，避免用漢語的思維方式和習慣使用英語，提高交際的成功率和效率。

（二）有助於增強讀者的英語理解力，提高讀者的英語表達水平

本書按12大類分別列出現代英語中最常用的800多個隱喻，詳盡討論其意義和用法，還輔以大量例子進行說明，同時附有索引，因此，它首先能起到一本解釋清楚詳細、查閱方便的隱喻詞典的作用，從書中讀者不僅能方便地查閱到一般英語詞典也收集的隱喻，還能查到不少普通詞典通常不收集的隱喻，如 front burner、back burner、squirrel away、first-past-the-post、on the bright side 等。

另外，本書將描述同類事物、意義相近的詞和詞語的隱喻用法放在一起討論，比較它們在意義和用法等方面的異同。例如，讀者在本書中查閱 rat 一詞時就會發現，其隱喻的意義和用法同 pig 和 bitch 等詞相似，都用來指稱行為舉止不得體，無法令人接受的人。又如在第 12 章 "方向和運動" 中，讀者會發現，route、road、avenue 和 path 作為隱喻都用於談論人們所做的事情的過程和結

果，但 route 和 road 作為隱喻既可帶褒義，也可帶貶義，avenue 和 path 的隱喻用法不帶貶義，但一般用於書面語，尤其是新聞報道。這樣的説明輔以例子不僅能讓讀者理解有關詞語在一定語境中的確切意義，而且有助於讀者選擇最恰當的隱喻生動、貼切地表達思想。

(三) 有助於進行文化比較

語言是社會文化的載體，而由於一種語言的隱喻折射了以這種語言為母語的人的思維方式和社會文化特徵，學習和掌握一種語言的隱喻用法、進行不同語言的隱喻之間的比較就能幫助人們了解和認識不同民族的社會文化之間的異同，使不同文化的交流更為有效。英語中有大量的詞和詞語與漢語中的對應詞和詞語在隱喻用法上完全一致，如英語的 head 和漢語的"頭"都能用來指政府、組織和團體的負責人、主管和領導，heart 和"心臟"都能用來指政府、組織和團體最重要的部位，fruit 和"果實"也都可以表示經過努力而取得的成就，同時英語的 face-losing 和 heart-breaking 等也能在漢語中找到"丟臉的"和"傷心的"等對應的隱喻用法。但是，由於歷史、地域、生活方式、風俗習慣等方面的差別，中國人和英、美人士對同一事物的思維、理解、看法和説法不盡相同，英、漢兩種語言中不僅有字面意義相同、隱喻意義不同的詞和詞語存在，也有隱喻意義相同、字面意義不同的詞和詞語存在，更有大量為這兩種語言其中一種所特有的隱喻存在。

第一種情況可在英語隱喻 dog eat dog 和漢語隱喻"狗咬狗"的意義和用法的比較中略見一斑：根據本書的解釋，dog eat dog 在英語中用來對人們在競爭中互相傷害、爭權奪利的情況進行客觀的描述，但對參與競爭的人們並不持否定態度；而漢語隱喻"狗咬狗"所描述的是壞人之間的互相傾軋殘殺，帶有強烈的貶損意義，這反映了兩種文化對"狗"的看法及由"狗"引起的聯想的不同。

英語詞 dinosaur 和漢語詞"老古董"則是隱喻意義相同、字面意義不同的典型例子。作為隱喻，dinosaur 用來指行事處世方式古板、不合時宜的人，但具有同樣隱喻意義的漢語詞是"老古董"，而非與 dinosaur 字面意義對等的"恐龍"，這也是兩種社會文化對恐龍和古董的聯想不同所致。

為一種語言所特有的隱喻則更是不勝枚舉，本書所討論的許多隱喻屬這一類型。例如，本書第5章"機器、機動車輛和工具"中有一節專門討論與車輛有關的詞語的隱喻，如 vehicle、gear、neutral、coast、brake、steer 等等，第 12 章包括了表示交通和道路的詞語的隱喻，如 fast lane、slow lane 等等，儘管漢語中同樣有表示車輛和道路交通的詞語與之對應，但它們卻沒有隱喻用法，原因在於英、美等國的汽車普及率遠比中國高，"排擋"、"滑行"、"快車道"、"慢車道"等尚未進入普通中國人的日常語彙中，當然也不可能由此引伸出隱喻意義。

另一方面，漢語中一些與"龍"有關的隱喻如指皇帝身體的"龍體"、表示"父母對子女懷有厚望"意思的"望子成龍"、描述一個人活潑矯健、生氣勃勃的樣子的"生龍活虎"等在英語中也無法找到對應。儘管人們一般認為漢語的"龍"相當於英語的dragon，但兩者的社會文化意義毫不相干：前者在中華民族文化中代表的是皇權、吉祥等積極含義，後者在英、美文化中代表的卻是兇殘與邪惡等消極意義。甚至這兩者的圖形也大不相同：後者比前者多了一對翅膀。由於這些差別的存在，有關"龍"的隱喻的中國文化屬性也就不難理解了。

使用建議

前面我們已經談到，隱喻不僅是一種修辭手段，而且是一種思維方式，是人們的認識、思維、經歷、甚至行為的基礎，學習隱喻有助於培養讀者有地道英語的思維習慣，提高理解和表達英語的能力。作為一本英語學習的指南書籍，本書不是從社會文化的角度或按認知科學的理論討論隱喻，而是以應用為目的，通過深入淺出的解釋和豐富生動的實例幫助英語學習者理解和掌握最基本、最常用的英語隱喻的意義和用法，因此，本書非常值得通讀。通讀能讓讀者學到大量沒有聽到或讀到過的隱喻，這一點是不言而喻的。

對於自己熟悉的隱喻，讀者可以採取略讀或快讀的方式，但要留意書中的特別說明和有關"參見"和"注意"的提示，這樣做不僅有助於正確、熟練地應用原先已經了解、理解了的隱喻，還能同時學到本不熟悉的相關隱喻及其用法，使學習產生舉一反三的效果。比如讀者已經對 infectious 一詞的隱喻意義有所了解，對 an infectious smile 之類的短語的理解也沒有困難，但是，通過閱讀本書對 infectious 的解釋及有關例句，他就能明白 infectious 作為隱喻總是用於描述具有積極意義的事物，同時另外還存在着一個與之意義和用法相近的隱喻 contagious，但後者不受這一限制，它既能用來描述具有積極意義的事物，也能用來描述具有消極意義的事物。這樣，讀者不僅鞏固、擴展了對原來熟悉的隱喻的知識，還學到了新的隱喻的用法和意義，而且由於這兩個隱喻之間存在着某種聯繫，它們就更容易記憶，更容易轉化為讀者自己能夠靈活運用的知識。

通讀的另一個好處是對現代英語中最常用的隱喻建立起一個整體的認識。前面提到，英語的隱喻成千上萬，本書所討論的僅800餘個，只是其中很少的一部份。但是，因為這些隱喻的使用頻率最高，相當於英語中所有隱喻的核心部份，學習這部份隱喻有重要的意義，掌握了它們就意味着在與英、美人士的日常交流中基本不存在理解和表達隱喻意義的困難。同時，如果讀者在通讀本書收錄的隱喻時聯想一下，在本書對某個隱喻的意義和用法的解釋之外是否還別的意義和用法，在已收錄的隱喻之外是否存在着同類隱喻，那麼，他的隱喻知識還能不斷豐富、不斷充實。例如，本書第11章"光、黑暗和顏色"中，討論表示顏色的詞語的隱喻時只涉及 black、white、gray 和 green 四個詞。如果讀者設想一下，這幾個詞是否還有別的隱喻意義和用法，是否還有與表示別的顏色的詞有關的隱喻用法，那麼，通過查閱詞典和有關參考書籍，他也許就能發現，green 還可用來表示"嫉妒"，如 green-eyed 的意思就是對他人的成功感到不舒服，相當於漢語的隱喻"患紅眼病的"，而 blue 也有"憂鬱、沮喪"等隱喻意義。同樣，在閱讀與表示動物的詞相關的隱喻的解釋時，讀者也可作類似的聯想而發現，bull 在本書的說明之外還有體現在短語 bull-headed 和成語 a bull in a china shop 中的"笨拙"、"鹵莽"、"頑固"等隱喻意義，本書沒有收錄的 parrot "鸚鵡"、beaver "河狸"和 owl "貓頭鷹"等也有隱喻意義和用法。

在通讀本書時，讀者還可有意識地對英漢兩種語言的隱喻進行比較，因為這種比較不僅有助於增強英語的理解和表達能力，更有助於提高翻譯水平。例如，在讀到隱喻 to open an old wound 時，讀者可以設想一下其是否相當於漢語的"揭舊傷疤"；在讀到有關 mushroom 的隱喻用法時，聯想一下漢語詞語"雨後春筍"的意義和用法；而讀到隱喻 to talk to a brick wall 時，考慮一下用漢語隱喻"對牛彈琴"來翻譯是否確切。另外，有些帶隱喻含義的英語詞語很容易引起誤解，無論是理解還是翻譯都需要格外小心，切忌望文生義。例如，說某人 hits the roof 或 goes through the roof 很容易讓讀者想當然地按字面意義將其分別理解成某人"撞到屋頂上"或"穿過屋頂"，但作為隱喻，這兩個短語的實際意義都是"勃然大怒"。有些英語詞語的基本隱喻意義與漢語相應詞語的隱喻意義儘管基本相當，但是，在一定的語境中，同一個隱喻與另一個詞搭配後未必仍能在漢語中找到意義與用法對應的詞語，這一點同樣應該引起讀者的注意。例如，英語的 dark 和漢語的"陰暗 / 黑暗"作為隱喻都與不幸、沮喪和絕望等具有消極意義的事物和感覺有聯繫，如英語的 dark side/aspect、dark period of time 與漢語的"陰暗面"、"黑暗時期"就是如此，但是，英語的 dark moods 或 dark thoughts 卻不能順理成章地翻譯成漢語的"陰暗情緒"或"陰暗想法 / 心理"，因為漢語的"陰暗"作為隱喻在與"情緒"、"心理"等搭配時表達的是"不光彩的"、"見不得人"的意思，與英語 dark moods 或 dark thoughts 中的 dark 所描述的憤怒、懷疑、痛苦等隱喻意義大相徑庭。讀者注意這些問題，其使用隱喻進行的英語表達就能避免失誤，其翻譯就能準確、得體、到位。

以上談的是通讀本書的幾點建議。當然，讀者如果一時沒有時間通讀，將本書作為隱喻詞典查閱使用也未嘗不可。本書獨特的編寫方式、深入淺出的詳細解釋和豐富生動的實例同樣會讓查閱者感到獲益匪淺而對本書愛不釋手。

丁建民

浙江大學

鳴謝

我們向授權Cobuild 語料庫 (The Bank of English) 使用語料的數以百計的個人及公司表示感謝。我們亦對下列機構提供的寶貴資料致以衷心地感謝：

英國及海外的國家級和地區性的報章；英國、美國和澳洲的雜誌、期刊及出版人；廣播電視公司提供的廣泛口語素材；許多大學及機構的語言研究工作者以及眾多的個人提供者。

作者 Alice Deignan 也向下列人士表示感謝：

Annette Capel, Alex Collier, Professor Malcolm Coulthard, Tim Deignan, Dr Susan Hunston, Ramesh Krishnamurthy, Elizabeth Manning, Dr Rosamund Moon, Christina Rammell.

1 人體
The Human Body

1.1 許多指身體各部份的詞有隱喻用法。

本章討論的是這類詞中最常用的部份，由 **body**（身體）這個詞本身開始，再討論 **head**（頭）和 **face**（臉），包括 **eyes**（眼）、**ears**（耳）、**nose**（鼻）、和 **lips**（唇），然後涉及身體其他各個部份，如 **the skeleton**（骨骼）、**the spine**（脊柱）、**backbone**（脊椎骨）、**shoulder**（肩）、**hand**（手）、**blood**（血液）和 **guts**（內臟），最後還要討論與身體所進行的兩個過程有關的動詞，即 **swallow**（吞嚥）和 **digest**（消化）。

身體 The body

1.2 **body** 指的是身體的全部，包括頭、臂、腿，還有全部內臟器官。

人體各部份一起運作這一思路用作隱喻，指由不同部份組成的羣體或組織通力合作執行某一特定任務的情況。

1.3 a particular **body** 指一個為應付某一特定情況或問題而正式組織起來的羣體。

> He has set up a **body** called the Security Council.
> 他已建立了一個稱為安理會的機構。
> ...a framework for these new political, administrative and legal **bodies**.
> ……為成立這些新的政治、行政和法律機構而設計的一個框架。
> ...the world governing **body** in athletics.
> ……體育運動的世界管理組織。

1.4 一個由具有相同的感情與信念，為共同的目標而奮鬥的人們組成的羣體可稱為 a particular **body**。

> Although he is only 31, he has a growing **body** of followers.
> 雖然他只有 31 歲，但他已有一羣追隨者，而且人數還正在增加。

1.5 a **body** of information or knowledge 指以有條理的方式收集的、通常是關於某一特別課題的大量信息或知識，它供人們研究或參考用。

*Various statistical publications were used to supplement the main **body** of information.*
各種統計出版物被用作補充主要的信息庫。
*There certainly is a large **body** of evidence to support these notions.*
肯定有大量證據支持這些理念。

頭 The head

1.6 **head** 即頭，是身體的一部份，包括腦和眼、耳、鼻等重要感覺器官。這些感官的運作過程控制人體的動作和人的思維和感覺，因此 **head** 用作隱喻，指某一特定羣體或組織的負責人。例如，the **head** of a government 指一個政府的首腦。

*He had also worked for a time in business in Paris and as **head** of modern languages at a London grammar school.*
他也曾在巴黎做過一段時間生意，在倫敦的一所文法學校當過現代語言課程的負責人。
*The tour is the first visit to the country by a Jewish **head** of state.*
這次觀光是一個猶太國家的首腦首次對這個國家的訪問。
*…international meetings with **heads** of state and UN representatives.*
……由國家首腦和聯合國代表參加的國際會議。

1.7 含這一意義的 **head** 也用作動詞。to **head** a group or organization 指掌管某個羣體或組織並對其行動負責。

*He will **head** a provisional government.*
他將領導一個臨時政府。
*He **heads** a group representing the families of the British victims.*
他領導着一個代表英國受害者家庭的小組。

臉 The face

1.8 **face**（臉）一詞及表示 **eye**（眼）和 **nose**（鼻）之類面部器官的詞，可用作隱喻，指特定的態度、情緒或行為方式。

臉 face

1.9 **face** 是人展示表情的部份，如快樂時的微笑或擔憂時的皺眉等。表情能向他人展示一個人的感情，因此，一個人如果不希望別人知道他對某事物的感覺，他就該設法改變或控制自己的面部表情。**face** 用作隱喻，指人和組織向他人表現自己的方式。

人們有時將某人或某組織的公開形象說成 a particular face of that person or

organization，當他們希望暗示此人或該組織，同時也另有非常不同的側面時，尤其這樣比喻。

> *…the acceptable **face** of Soviet foreign policy.*
> ……前蘇聯對外政策讓人可以接受的形象。
> *He may have difficulty persuading the security forces to adopt a more human **face**.*
> 在說服保安部隊採用一種更有人情味的公開形象時，他也許碰到了困難。

1.10　說 someone **loses face** 指某人當眾出醜並因此感到難堪、丟臉。說某人 **saves face** 指此人設法避免當眾出醜或在已經出醜的情況下，採取補救措施以改善處境。

> *You should never be made to feel that you have **lost face**.*
> 你絕不該讓別人使你覺得自己已丟了面子。
> *They run away from the problem, hoping it will disappear of its own accord, lying to **save face**.*
> 為了不丟面子停止活動，他們說謊話，避開了這個問題，希望它能自行消失。

1.11　說 someone **puts on a brave face** or **puts a brave face on** a bad situation 指某某人在公開場合努力表現出對面前的困難或失敗並不感到沮喪或難受的樣子。

> *Patrick tried to **put on a brave face** but he was terribly worried.*
> 帕特里克試圖裝出一副勇敢的樣子，但實際上他卻極度擔憂。
> *He did his best to **put a brave face** on his failure.*
> 他竭力裝出對失敗滿不在乎的樣子。

to **put on a good face** 這一短語也同樣用在美式英語裏。

> *Scientists are **putting a good face on** their troubles.*
> 科學家對他們遇到的麻煩表現出樂觀的態度。

1.12　to **face** someone **down** 指表現出很自信、很勇敢的樣子以反對某人或與某人對抗並將其擊敗，即使自己並不真正覺得很有信心或勇氣也這樣做。

> *He's confronted crowds before and **faced** them **down**.*
> 他以前曾與人羣對抗並挫敗過他們。
> *He had spent a lifetime **facing down** lesser men, men who lacked his courage.*
> 他用畢生的時間降服了一些次要人物，即那些缺乏他所具有的勇氣的人。

1.13　to **face** the truth, a fact, or a problem, or to **face up to it** 指接受並開始對付、處理某個真理、事實或問題，哪怕並不真正想這樣做。to **face** someone with the truth, a fact, or a problem 則指使某人相信某個真理、事實或問題是真實的或確實存在的。

*Although your heart is breaking, you must **face** the truth that the relationship is ended.*
雖然你很傷心，但是你必須面對關係已經終止這個事實。
*He accused the government of refusing to **face** facts about the economy.*
他指責政府拒絕面對與經濟有關的事實。
*They were having to **face up to** the fact that they had lost everything.*
他們正不得不面對已失去一切這個事實。

1.14 說 someone **cannot face** a problem or a situation 指因某個問題或情況顯得如此麻煩、困難或可怕而讓某人覺得似乎無法應付。

*I **couldn't face** the prospect of spending a Saturday night there.*
面對即將在那裏度過星期六晚上的前景，我感到難以應付。
*I **couldn't face** seeing anyone.*
我沒有勇氣見任何人。

眼 eyes

1.15 人們用 **eyes** 觀察並判斷周圍世界的真實物體。因此，**eyes** 與人們判斷形勢與行為的方法及人們對形勢與行為的態度有聯繫。

1.16 to see an event or situation **through** someone else's **eyes** 指以某人理解某事件或形勢的方式去理解該事件或形勢。

*She would never look at snow **through** the **eyes** of a child again.*
她將永遠不會再用孩子的眼光看雪了。
*You see London **through** the **eyes** of a tourist and do things you wouldn't normally do.*
你用旅遊者的眼光看倫敦，做你平常不會做的事情。
*I tried for a moment to see the situation **through** her **eyes**.*
我試了一下以她的眼光看待形勢。

1.17 說 something is the case **in** a particular person's **eyes** or **in the eyes of** a particular person 指在某人看來某事物確實如此，儘管別人對該事物的判斷或考慮方式也許不同。

***In his eyes**, I'm still a student.*
在他眼裏我仍然是個學生。
*Even if the parents do split up, they can remain, at least **in the eyes of** the children, still friends.*
即使父母真的分手了，至少在孩子們的眼裏他們仍然可以是朋友。
***In the eyes of** the law that is an unforgivable crime.*
按照法律那是個不可饒恕的罪行。

1.18 to do one thing **with an eye to** something or someone else 指做一件事時

心裏想着另一個人或另一件事。to do one thing **with an eye to** doing another thing 則指指望做一件事能帶來做另一件事的結果。

*The selections have been made **with an eye to** the casual buyer.*
選擇這些商品是考慮到偶然光顧的買主的需要。
*Much First World aid is provided **with** at least half **an eye to** the donor's interest.*
許多第一世界的援助至少有一半是考慮到捐贈者的利益而提供的。
*The Foreign Office says it's agreed to pay it, but **with an eye to** claiming the money back at a later date.*
外交部説它同意支付這筆費用，但仍準備在以後某個日子要回它。
*Members may join in any of these trips which are usually arranged **with an eye to** purchasing the best possible travel arrangements at the lowest possible cost.*
成員們可以參加這些旅遊項目中的任何一個，這些項目的安排通常考慮以盡可能低的價格買到盡可能好的旅行服務。

1.19　to have **an eye for** certain things 指因具有關於某些物品的經驗和知識而善於估價或評判這些物品。

*Developing **an eye for** a horse is not something which can be taught via a book.*
培養對馬的識別力不是通過書本能學到的。
*…writing with a sense of local colour and **an eye for** illuminating detail.*
……用地方色彩的意識和觀察富有啟發性的細節的能力寫作。

1.20　説 someone is **in the public eye** 指此人吸引了公眾大量的注意力，例如經常上報紙或電視等。

*It was not until his retirement that he began the work which has kept his name **in the public eye** ever since.*
直到退休他才開始那項工作，從此他的名字一直為公眾所注意。
*A spokesman said: 'When anyone **in the public eye** is seen smoking it can do nothing but harm.'*
一位發言人説："任何一個受公眾注意的人若是被人看到抽煙，那就只會給他帶來損害。"

1.21　**eye** 也能用來指物體的某個看起來像一隻眼的部份。例如，針的一端的孔被稱為針的 **eye**；馬鈴薯上生長出新芽的黑斑點也被稱為 **eyes**。

鼻 nose

1.22　**nose**（鼻）用來嗅物。一些動物有高度發達的嗅覺，它們能夠讓嗅覺發揮很重要的作用，如尋找食物或感知危險的來臨等。**nose**（鼻）的隱喻用法與本能有聯繫，尤其當 **nose** 和發現或找出事物有關時。

1.23　to have **a nose for** something 指用本能，而不是用智力或觀察力，就能夠很容易地發現或找到某事物。

He **had a nose for** a situation. If there was something amiss, he sensed it.
他具有發現某種情況的本能。如果有甚麼事不對頭，他感覺得到。
He **had a nose for** trouble and a brilliant tactical mind.
他有發現麻煩的本能和善於謀略的聰明頭腦。

1.24　nose（鼻）也用來指飛機和汽車等運載工具的前部。

牙齒 teeth

1.25　狗、狼、獅、虎等動物有大而堅固的 **teeth**（牙齒），它們用牙齒捕食其他的動物，在與別的動物搏鬥時也用牙齒自衞或保護它們的幼兒。**teeth** 用作隱喻，談論力量、權力和進取精神。

1.26　說 an organization **has teeth** 指一個組織強大、有力並具有進取精神，因此有可能獲得成功。說 an organization **has no teeth** 則指一個組織不夠強大、不夠有力，因此不太可能獲得成功。說 something such as a rule or a plan **has teeth** 是說話者想暗示某項規定、計劃等有可能獲得成功，尤其是要暗示，該規定、計劃等將通過有力的、強制性的措施加以推行。這類用法最常見於新聞報道。

The resolution will be supported by as many countries as possible and **will have teeth**.
這個決議將得到盡可能多的國家的支持並將通過有力措施加以貫徹推行。
Since a big part of every employee's compensation is tied to achieving the standards, the system **has teeth**.
既然每個僱員的賠償金的一大部份與達到的標準相符，這個制度就很有効力。
But other instructions to politicians **have had no teeth**. There've been daily violations of a code of conduct which tells politicians to refrain from personal attacks.
但其他對政客們的指令並沒有甚麼作用。有一條行為規範要求政客們不要進行人身攻擊，但每天都有違反這條行為規範的情況發生。

▶注意◀ teeth 的單數形式 tooth 無此種隱喻用法。

舌 tongue

1.27　tongue 用來說話，而描述某人的說話方式，可說此人具有某種特別的 tongue。**tongue** 常被這樣用來抨擊或批評人。

She has an acid **tongue**, she can raise laughs at other people's expense.
她說話尖刻，能借奚落他人引人發笑。
He was also by nature an intellectual bully with a cutting **tongue**.
他天生一張利嘴，在智力上咄咄逼人。
...her quick temper and fierce **tongue**.
……她的急性子和厲害的舌頭。

1.28 tongue 可用來指語言。tongue 的這一意義用於書面英語，尤其是小説和新聞報道。

> *The Dutch were top with nearly 80% able to chat in a foreign **tongue**.*
> 荷蘭人最強，有將近百分之八十的人能用一門外語交談。
> *Latin was for hundreds of years the common **tongue** to much of Europe.*
> 有幾百年的時間，拉丁文曾是歐洲大部份地區的共同語言。

1.29 tongue 也能用來指形狀像舌頭的、長而薄的物體。例如，a **tongue** of land 可指一片延伸入海的陸地，a **tongue** of flame 可用來指一條單獨的火苗。

唇 lip

1.30 lips 即唇，它與 tongue 一樣，同説話有聯繫。無禮、粗魯的話可稱為 **lip**，但這是非正式的用法。

> *That's enough of your **lip**, Sharon.*
> 莎倫，你説的粗話夠多了。

▶ **注意** ◀ 複數形式 **lips** 無此種用法。

耳 ear

1.31 ears 即耳，它用來聽周圍的聲音，如説話和音樂。**ear** 用作隱喻，指人們理解或評判所聽到的某個事物的能力。

to have an **ear**, or have a **good ear** for the sounds of something such as music, a language, or ways of speaking 指對音樂、語言或説話方式等事物很敏感，善於解釋或模仿這些聲音。

> *He has always had a **good ear** for a tune.*
> 他對於曲調總是很敏感。
> *I'm proud of my extraordinarily **good ear** for accents and dialects.*
> 我感到自豪的是，我對腔調和方言有非凡的辨別能力。
> *He is a good novelist too, with a superb **ear** for dialogue.*
> 他也是一位優秀的小説家，對對話非常在行。

身體其他部份 Other parts of the body

肩 shoulder

1.32 人們攜帶或移動重物時常用 **shoulders**(肩) 承受大部份重量。在英語中，問題常被稱為負擔，責任則常被形容為"沉重的"或"有重量的"，因此人們常用 to carry problems or responsibilities **on** one's **shoulders** 來表達"某人揹着責任的包袱或挑擔子"的意思。

> *She's an old , wise woman with a lot of responsibility resting **on** her **shoulders**.*
> 她是位聰明的老人，肩上承擔着很多責任。
> *The government's reforms place too great a burden **on the shoulders of** the ordinary people.*
> 政府的改革措施在普通民眾肩上壓了太沉重的負擔。
> *The fate of the family, it seemed, rested **on my shoulders**.*
> 家庭的命運似乎就壓在我的肩上。
> *The hopes of the nation are **on his shoulders**.*
> 這個國家的希望就在他的身上。

▶**注意**◀ 單數形式的 shoulder 無以上此種用法。

1.33 shoulder 也用作動詞。to shoulder responsibilities 指接受和承擔責任。

> *His grandfather **shouldered** the burden of leadership.*
> 他祖父曾承擔了領導責任。
> *The airlines are being asked **to shoulder** a disproportionate share of the tax.*
> 這些航空公司被要求負擔一部份不成比例的稅額。

心臟 heart

1.34 heart 即心臟。如果一個人的心臟停止正常工作，他就會得病並可能死亡。因此，人們常把某系統或組織中他們認為最重要、最有影響的部份稱為該系統或組織的 **heart**。

> *…Wall Street, the business and financial **heart** of the United States.*
> ……華爾街 —— 美國的商務和金融中心。
> *…at the very **heart** of our culture.*
> ……就在我們文化的中心。
> *…at the **heart** of the mystery.*
> ……這個奧秘的中心部份。
> *At its **heart** the issue is not a scientific debate.*
> 就其核心部份而言，這個問題不是一個科學的爭論。

1.35 心臟位於胸腔內，幾乎處於身體的中央，因此人們有時將某個區域內他們認為最中心的地方稱作 **the heart of** the place，在他們想說明某個非常重要或繁忙的地方時尤其這樣使用這個隱喻。

> *…a three-star hotel in **the heart of** the Latin quarter.*
> ……拉丁區中心的一個三星級旅館。
> *The restaurant is located in **the heart of** busy Manchester.*
> 飯店位於繁忙的曼徹斯特的中心。

1.36 heart 被視為最深刻的情感之所在。這是因為人們從前相信，情緒受心臟控制，尤其是愛之類的情感。現在，**heart** 仍然用來談論諸如愛、勇氣和快樂之類的美好情感。**heart** 經常用於含有 **break** 等詞的表達式，表示某事使人無法享有這類美好情感。

1.37 **heart** 能和形容詞一起使用，描述某人的性格及其對別人的態度。例如，說 someone has a **warm heart** 指某人對人和藹可親、慷慨大方；說 someone has a **cruel heart** 則指某人令人極不愉快，似乎不在乎別人是否難受。

*She loved his brilliance and his generous **heart**.*
她愛他的聰明和慷慨大度的秉性。
*She's got a good **heart**.*
她有一副好心腸。

1.38 to **break** someone's **heart** 指使某人感到很傷心、很痛苦，原因通常是終止愛情或友情。

*You **broke** my **heart**, Margaret, you wrecked my life.*
瑪格麗特，你讓我傷透了心，你毀了我的生活。

1.39 說 a bad situation or sad event **breaks** someone's **heart** 指一個糟糕的情況或令人悲傷的事件使某人感到極其痛苦或失望。

*It **broke** her **heart** to see him go.*
看到他離開，她的心都碎了。
*...living in a state of filth and disease that would **break** your **heart**.*
……生活在會讓你痛心不已的骯髒、疾病的境地之中。
*He hasn't been to see our two young sons for a couple of months and it**'s breaking** their **hearts**.*
他已有幾個月沒有來看我們的兩個小兒子了，這使孩子們心裏非常難過。

1.40 to be **heart-broken** 指人非常愁苦。

*If anything happened to the baby you would be **heart-broken**.*
要是那嬰兒出了甚麼事，你會痛苦萬分的。
*There had been a row with her boyfriend, and she was **heart-broken**.*
因為和男友吵了一架，她感到傷心透了。

1.41 將一個事件或情況描述成 **heart-breaking** 指該事件或情況讓人覺得很悲傷。

*The team that refused to be beaten on so many occasions finally had to accept the bitter, **heart-breaking** reality of failure.*
這個在這麼多比賽中都沒有讓人戰勝過的運動隊，最後只好接受了這個令人極度傷心痛苦的失敗現實。
*Her letters have been **heart-breaking**.*
她的信令人悲傷。

1.42 説 someone's **heart goes out to** someone else 指一人對另一人的問題深表同情。

*My **heart goes out to** this compassionate man. How could anyone see him as a criminal?*
我站在這個富有同情心的人一邊。怎麼能把他看成是罪犯呢？
*Her sincerity and her unhappiness were clear and his **heart went out to** her.*
她的誠意和痛苦都明明白白，他對她深表同情。

1.43 説 someone has a **change of heart** 指某人對某事物的感情發生了變化；説 a government or large organization has a **change of heart** 則指一個政府或組織對某事物的政策發生了變化。

*What has brought about this sudden **change of heart**?*
是甚麼引起了這個突然的政策變化？
*Has the National Party had a **change of heart**, and if so, why?*
民族黨的政策是否發生了變化？如果是，那是甚麼原因？
*This is a massive **change of heart** by the German central bank which only recently put up German rates by 0.75%.*
這是德國中央銀行的大規模政策調整，這家銀行只是在最近才增加了 0.75% 的德國利率。

1.44 to feel or know something **in** one's **heart** 指非常強烈地感受或意識到某事物，但不想談論或接受這個感覺或事實。

*She knew **in** her **heart** that one day she would have to leave him.*
她心裏明白，某一天她將不得不離開他。
*Deep **in** his **heart** he believed that he could persuade her if he only asked often enough.*
他在內心深處相信，只要他經常向她請求，他最終是能夠説服她的。
*I just couldn't bring myself to admit what I knew **in** my **heart** was true.*
我只是無法讓自己承認，我內心所知道的是真實的。

1.45 有一些表達式用 **heart** 指勇氣和決心。

1.46 to **take heart** 指變得更加勇敢。to **lose heart** 則指覺得氣餒，失去了繼續進行所從事的工作的決心。

***Take heart**, for all is not lost.*
勇敢些，並不是一切都失敗了。
*Until now he had managed to keep up his classes at the University, but he **lost heart** for study and dropped out of school.*
在這以前他一直設法堅持在大學聽課，但現在他因已經對學習感到灰心喪氣而輟學了。

1.47 説 **heart sinks** 或 to feel a **sinking** of one's **heart** 指所見所聞使人覺得非常灰心喪氣。

*There was no sign of him, and her **heart sank**.*
看不到他出現的跡象使她灰心喪氣。
*I felt a definite **sinking** of the **heart**.*
我確實感到灰心喪氣。

1.48   something that is **heart-warming** 是使人更快樂並對他人更有信心的事物。

*His case is a remarkable and **heart-warming** story of care and devotion.*
他的情況不同尋常、令人感動，是個關懷和忠誠的故事。

1.49   另見 **warm: 10.17-10.22** 節。

詞綴 -hearted

1.50   **-hearted** 與 warm 和 generous 等形容詞結合，構成描述性格和待人處世的詞。以下是關於用這種方法構成的一些最普通的詞的說明，以及其他一些常與 **-hearted** 結合構詞的形容詞詞表，並輔以例句。

1.51   a **big-hearted** person 是一個慷慨、仁慈的人。

*The **big-hearted** fighter forgave his opponent and reassured him he was not to blame for the injuries.*
這位大度的鬥士原諒了他的對手，他讓對手放心，說自己受傷不是他的過錯。

1.52   a **faint-hearted** person 是一個缺乏勇敢精神、做不了危險事情的人。

*Our groups must be totally self-sufficient. This is not a journey for the **faint-hearted**.*
我們的團隊必須完全依靠自己。沒有勇敢精神的人是無法參加這次旅行的。

1.53   將一個事件描述成 **half-hearted** 指人們沒有盡最大努力使該事件成功或人們對該事件不感興趣。

*There was a **half-hearted** attempt at singing to keep up our spirits.*
我們半認真、半敷衍地企圖用唱歌來保持高昂的士氣。
*It was a **half-hearted** affair compared to the celebrations in the weeks after liberation.*
與解放後那幾個星期的慶祝活動相比，這件事做得未盡全力。

1.54   to give something **whole-hearted** support or agreement 指完全支持或贊同某事。

*He enjoys the **whole-hearted** support and affection of his own people.*
他很高興擁有自己人民的全力支持和愛戴。

1.55   以下是另一些用這種方法構成的詞的例子：

cold-hearted	kind-hearted	tender-hearted
down-hearted	light-hearted	tough-hearted
generous-hearted	open-hearted	warm-hearted
gentle-hearted	soft-hearted	
hard-hearted	stout-hearted	

手 hand

1.56　**hands** 與幫助和參與某事有關。to **give** or **lend** someone **a hand** 指幫助某人做某事；to **need a hand** with something 指需要幫手做某事。

> *Look, could you **give** me **a hand**?*
> 喂，能請你幫個忙嗎？
> *Friends and neighbours **gave a hand**.*
> 朋友和鄰居們幫了忙。
> *Visitors would help with potato picking and harvesting. Everyone **lent a hand**.*
> 客人們就會幫着收割馬鈴薯。每個人都幫了忙。
> *'Do come along in case I **need a hand**,' he said.*
> "請一定過來，萬一我需要幫手呢，"他説。
> *When you are decorating professional advice comes in useful, so Ideal Home is **offering** you a helping **hand**.*
> 裝飾時專業的諮詢意見會有用處，所以理想之家向人們提供幫助。

1.57　to **have a hand in** an event or project 指參加某事件或項目的組織工作。

> *Britain's Stonewall Group **had a hand in** the report.*
> 英國的 Stonewall 小組參與了這份報告。
> *The President has accused these people of **having a hand in** the killing.*
> 總統控告這些人參與了屠殺。

1.58　a **hands-on** way of doing things 指一種涉及直接經驗和接觸的辦事方法。例如，一個用這種方法從政或經商的人喜歡親自參與所有決策；a **hands-on** approach to working or learning 則是一種強調盡可能直接參與實際問題的工作或學習的方法。

> *They already make a very **hands-on** contribution to the running of the house and the race-track.*
> 他們已經對管理這棟房子和跑道作出了非常直接參與的貢獻。
> *This stimulating book places great emphasis on an enjoyable **hands-on** approach to learning.*
> 這本富有啟發性的書非常強調一種令人愉快的、直接參與的學習方法。
> *You'll be expected to have a degree, a teacher-training qualification and a few years of **hands-on** experience.*
> 對你的期望將是有一個學位、一個教師培訓資格和幾年的實踐經驗。

1.59　a **hands-off** way of doing things 是一種不直接參與實際問題的辦事方法。

例如，用這種方法管理政府或公司的人比較喜歡讓別人去作很多決定。

*The administration has opted for a **hands-off** approach to foreign exchange.*
行政機關已經選擇在外匯方面採取放手的方法。
*The government feared a **hands-off** policy would bring still more unemployment and social tension in the East.*
政府害怕放手政策會在東方帶來更多的失業人口，造成社會關係更為緊張。

胃 stomach

1.60 人們經常發現，他們在見到或嗅到令人討厭的東西時會感到噁心，因此，**stomach**（胃）和 **sickness**（噁心）與人們對令人討厭的東西的反應相關。**stomach** 用於一些表達式中，說明人們對某件可能不得不做的事感到非常厭惡。

另見 **sick, sickness: 2.15-2.19** 節。

1.61 說 someone **cannot stomach** something 指某人因發現某事令人討厭或認為某事錯誤而拒絕參與或從事該事。說 someone **cannot stomach** a fact or an idea 指某人無法接受一個事實或想法，因為該事實或想法與此人自己的信念相悖。

*I **could stomach** no more and got out.*
我再也無法忍受了，於是就走了出去。
*It seems he **could not stomach** another discussion about the islands.*
他好像無法忍受另一次關於海島的討論。
*They simply **cannot stomach** what economic success means: some people getting richer than others.*
他們簡直無法接受經濟成功的意義：一些人正在比另一些人更為富裕起來。

1.62 說 someone **does not have the stomach** for doing something or to do something 指某人拒絕做某事或覺得某事很難做，因為此人感到此事令人討厭或認為此事是錯誤的。

*He asked me to go and clear out the attic of any important papers as he **hadn't the stomach** for it.*
他要求我去清理閣樓上的重要文件，因為他自己討厭做這件事。
*You've never **had** any **stomach** for fighting this man.*
你從來不想與這個人爭鬥。
*They **had no stomach** to fire on the demonstrators.*
他們不願向示威者開火。

內臟 guts

1.63 a person's or animal's **guts** 是一個人或動物的腹腔內部的全部器官。**guts** 用作隱喻，指人的意志力和決心。**guts** 也指有勇氣，準備為自己或自己的信仰而鬥爭。該用法在英語口語中比筆語中更常見。

> *She has **guts**, which is unusual in a young actress.*
> 她有勇氣，這在年輕的女演員中是不常見的。
> *You do not need capital to start in business; you need **guts** and the absolute belief that you will succeed.*
> 你想經商並不需要資金，你需要勇氣，還要有絕對的信心會取得成功。

1.64　to have the **guts** to say or do something 指有足夠的勇氣説或做某事，儘管知道這樣做是危險的，而且也會遭到人們的非議。

> *I had the **guts** to say things to him that she didn't dare say.*
> 我有足夠的勇氣對他説她不敢説的事情。
> *It takes a lot of **guts** to come here on your own.*
> 你獨自到這裏來需要很大的勇氣。

1.65　to **hate** someone's **guts** 指對某人恨之入骨。這一表達式用在非正式場合。

> *I hated him, **hated** his **guts** for what he'd done to Rose.*
> 我因為他對羅斯的作為而恨他，對他恨之入骨。
> *He won't get a penny out of her. She **hates** his **guts**.*
> 他將不會從她那兒得到一分錢。她對他恨之入骨。

1.66　**work**、**slog** or **fight** one's **guts out** 指為某事投入全部時間和精力。這是非正式用法。

> *These women were amazing. They **worked** their **guts out** from 7.30 to 4.30 every day, often all evening and weekend too.*
> 這些女人讓人吃驚。她們每天從上午七點半拼命工作到下午四點半，還常常整個晚上和週末都加班。
> *Those of us who are still working are **slogging** our **guts out** to pay for you and your blunders.*
> 我們中間那些現在仍在工作的人還在拼着命幹活，他們是在為你和你的錯誤付出代價。
> *He had **fought** his **guts out** for that house so that he could give his family a lovely place to grow up.*
> 他曾經為了那幢住宅拼命工作，這樣他就可以給他的子女提供一個良好的成長環境。

1.67　to **run** one's **guts out** 指盡力快跑，直至精疲力竭。這是一種非正式用法。

> *…the disappointment of the World Championships last year, in which he **ran** his **guts out** and finished fourth.*
> ……去年世界錦標賽中的失望，儘管他在比賽中竭盡了全力，最後只得了第四名。

血液 blood

1.68　**blood** 即血液，是流動於身體內部、提供氧氣和其他重要物質的液體。從前人們相信，血液所含的物質影響人的品質和情緒，上流社會的人們因其血液較好而具有較好的品質。現在人們知道這是不正確的，但 **blood** 仍然經常用來指人的情緒，指被認為與人們的社會或種族出身有關的特性。

1.69 厭惡、憎恨和憤怒等消極情緒可稱為 **bad blood**。

*Both men worked in the printshop of the New York Financial Chronicle and there had been **bad blood** between them for some time.*
兩個人都曾在"紐約金融記事報"的印刷廠工作，有一段時間兩人的情緒對立，互相憎恨。
***Bad blood** has arisen between our two daughters because each wants us to retire to their town.*
我們的兩個女兒之間出現了互相對立的情緒，因為她們兩人都要我們在退休之後去她們各自的城鎮居住。

1.70 説 a crime is committed **in cold blood** 指一項罪行並不是在強烈情感的驅動下犯下的，它有可能是預謀的。

*They murdered my brother. They shot him down **in cold blood**.*
他們謀殺了我的兄弟。他們有預謀地用槍殘殺了他。

另見 **cold-blooded: 1.77** 節。

1.71 説 someone has **English blood** or **African blood** 指某人的雙親都是英國人或非洲人或其中一個是英國人或非洲人。

*My father regretted that he himself had no **Jewish blood**.*
我父親為他自己沒有猶太血統而感到遺憾。
*He's got **Spanish blood** in him.*
他身上有西班牙血統。

1.72 説 an ability or quality is **in** someone's **blood** 指某一能力或素質為某人自然本性的一部份。

*Acting is **in** her **blood**.*
表演是她的天性。
*I am a man of the countryside. It is **in** my **blood**.*
我是個屬於鄉村的人，這是我的天性。

1.73 説 one person is related to another by **blood** 指一個人與另一個人有血緣關係，而不是由領養或婚姻結成的關係。

*He will be your husband's closest **blood** relative.*
他將是與你丈夫血緣關係最近的親屬。
*...a man who is no relation by **blood** or adoption but who, after an astonishing court ruling, has won custody of the little boy.*
……一個沒有血緣關係或領養關係的男人，但是，通過令人吃驚的法庭裁決，他贏得了對那小男孩的監護權。

1.74 另見 **boil: 7.34** 節，**freeze: 10.80** 節。

-blooded

1.75 **-blooded** 與形容詞 hot 、 cold 和 red 結合構成描述性格的詞。以下是關於這些詞的說明。

▶**注意**◀ **-blooded** 不與任何別的形容詞結合構成這類形容詞。

1.76 **hot-blooded** emotions 指強烈、不可遏制的情緒。**hot-blooded** people 指情緒非常激烈的人們。

> …***hot-blooded*** passion.
> ……強烈的情感。
> Coppola is one of our more ***hot-blooded*** directors.
> 考珀拉是我們較易激動的董事之一。

1.77 如果某一行動被說成是 **cold-blooded**，那麼，該行動有可能是事先計劃好的，其實沒有受到強烈情緒的影響。

> They stand accused of the ***cold-blooded*** murder of their parents.
> 他們被控有預謀地殘殺了自己的父母。

另見 **cold blood: 1.70** 節。

▶**注意**◀ **cold-blooded** 也是一個科學術語，用於描述不具有相對較高的穩定體溫的動物。

1.78 說 a man is **red-blooded** 指某個男人健康、強壯，外表看來似乎對性行為有強烈興趣。這一說法是用於非正式表達式。

> As she posed for our photographer, passing drivers, local shopkeepers, in fact just about any ***red-blooded*** male in the vicinity, contorted their necks to get a look at her.
> 在她為我們的攝影師擺姿勢準備照相時，過路的司機，當地的店主，事實上附近幾乎每個健壯的男子都扭長了脖子想看她一眼。

1.79 **warm-blooded** 是一個科學術語，用於描述具有相對較高的穩定的體溫的動物。此術語無隱喻用法。

骨 Bones

1.80 **bones** 即骨。下列關於 bones 的詞都有隱喻用法，尤其用來描述事物的構造或輪廓，指本能的感覺、力量和勇氣。

骨 bone

1.81　説 someone says or writes is **close to the bone** 指某人所説或所寫的事情令人討厭，但又是事實，因此讓人心煩或不快。此用法出自這麼一個想法，即如果在自己身上割了一個很深的傷口，露出了皮下的骨頭，這個傷口會很嚴重，而且會疼得厲害。

*Guibert's realism may be somewhat **close to the bone** for those who prefer to keep a distance from the subject they are reading about.*
對於那些喜歡與他們正在閱讀的題材保持距離的人來説，基伯特的現實主義有些讓人討厭。
*Because its themes are old age and death, he said it was too **close to the bone**.*
他説，因為它的主題是老年和死亡，它就太讓人難受了。

1.82　説 something is **cut** or **pared to the bone** 指某事物被大量削減壓縮，只留下最基本的部份，若繼續縮減就一定會被毀壞。

*Most firms seem to agree that the key is to **cut** variable costs **to the bone**, but keep long-term investments intact.*
大多數公司似乎同意，關鍵是將可變成本削減到最低程度，同時保持長期投資穩定不變。
*Universities feel they have already been **pared to the bone** by government cuts.*
一些大學感到，由於政府的財政削減，它們的經費已經少得只能維持基本運作了。
*We've seen throughout the last three or four years major job losses throughout the finance industry. We are down **to the bone**.*
我們在過去的三、四年中見到了整個金融界主要工作崗位的喪失。我們已經極度困難了。

1.83　to **know** or **feel in one's bones** that something is that case 指確信某事物處於那種狀況，雖然還沒有證據支持這種想法。

*Nothing made any sense except I **knew in my bones** that something was badly wrong.*
甚麼都説明不了情況，但憑直覺我感到出了嚴重問題。
*I **felt in my bones** that this letter would need to be correct in every detail.*
憑直覺，我覺得這封信的每一個細節都需要正確無誤。

骨架 skeleton

1.84　skeleton 即骨架。人的身體如果沒有 **skeleton**（骨架），就無法活動，不能進行正常的活動。**skeleton** 用作隱喻，談論事物最重要或最根本的部份。the **skeleton staff** of an organization 是能夠保持一個組織的運作的最低限度的職員人數；**the skeleton of** a piece of writing 則是一篇文章的提要。

*There was still a **skeleton staff**; nursing auxiliaries, ward maids, kitchen hands.*
還有一支最基本的工作人員隊伍：護理人員、病房服務員、廚工等。
*...the **skeleton** of his plan.*
……他的計劃的基本框架。

脊椎骨 backbone

1.85　backbone 即脊椎骨，是人體最重要的骨頭，因為它們使人得以自由活動，並通過千百萬根神經將重要信息從人體其他部份傳到腦部。所以，脊椎骨是非常重要的。**backbone** 用作隱喻，談論作為一個大結構的非常重要的部份的事物。

1.86　説 a person or a group of people is the **backbone** of an organization or country 指一個組織或國家的絕大部份力量和效率來自某人或某一羣體，沒有他們，該組織或國家將不可能運作得如此之好。

> *In Britain small businesses are the **backbone** of the Asian community.*
> 在英國，小企業是亞裔社區的中堅力量。
> *Women are the church's **backbone** but rarely hold any positions of leadership.*
> 婦女是這個教堂的骨幹力量，但她們很少擔任領導職務。
> *The main trade union federation lost its **backbone** after 23,000 miners were sacked in 1986.*
> 1986 年 23,000 名礦工被解僱後，工會聯盟就失去了骨幹力量。

1.87　説 someone **has backbone** 指某人有勇氣做自己認為有必要做的事情，甚至在困難或危險的情況下也要做。

> *The men of his time **had** more **backbone**.*
> 他那個時代的男人具有更多的勇氣和毅力。
> *What can a wife do if her husband **has** no **backbone**?*
> 如果丈夫缺乏勇氣和毅力，他的妻子該怎麼辦？

無脊柱的 spineless

1.88　spine（脊柱）和 **backbone** 相同。**spine** 很少有隱喻用法，但脊柱作為人體的一個部份支撐人體、給人力量這一思路卻使 **spineless** 一詞中獲得了隱喻用法。將某人描述為 **spineless** 指此人缺乏力量和勇氣，因而性格怯弱，可能很容易受他人影響。

> *I feel a bit stupid and **spineless** for not having stood my ground.*
> 我因為沒有堅持自己的主張而感到有些愚蠢和怯懦。
> *...**spineless** idiots who are looking for an easy dollar.*
> ……沒有骨氣、想不勞而穫的白癡們。

人體內的運動過程 Processes in your body

1.89　這一節討論有關發生在人體內部的一些運動的過程的詞，這些詞也作為隱喻用來指其他過程。

消化 digest

1.90 to **digest** food that a person has eaten 指一個人消化吃到肚裏的食物，指這樣一個過程：胃裏的化學物質將食物分解，以便人體能吸收它所需要的物質，排除其餘物質。to **digest** something such as news or information 指在聽到或讀過新聞或信息之後對其進行思考，直至弄明白。

> There was another delay as Armstrong **digested** the information.
> 阿姆斯特朗仔細琢磨了那條信息，因此又耽擱了一段時間。
> He **will have digested** the news that there are to be no cash handouts.
> 他將會仔細研究那條關於不準備發救濟金的消息。
> The financial community here in Britain **has been digesting** the latest inflation figures.
> 這裏英國金融界的人們正在研究最新的通貨膨脹數字。

▶**注意**◀ 名詞 digestion 無此種用法。

吞嚥 swallow

1.91 swallow 即吞嚥。**swallow** 有兩種不同的　喻用法，一種用來説明是否相信一則消息，另一種則表示對某種情緒的掩飾。

1.92 to **swallow** a story or information 指似乎相信某一報導或信息，雖然它們並不大可能是真的。

> I **swallowed** his story because it gave me the chance to prove myself.
> 我接受了他所説的話，因為它給了我一個證實自己的機會。

1.93 如一個事實或報導非常奇特、不合情理或令人討厭，因而讓人難以相信，可説 it is hard **to swallow** 。

> The police said they think it's a hard story **to swallow**.
> 警方説，他們認為這個報導令人難以置信。
> Some of the penalties can be hard **to swallow**.
> 有些處罰可能讓人難以接受。
> It's difficult **to swallow** what she's done to this family.
> 她對這個家庭所做的事情是讓人難以接受的。

1.94 説 someone finds advice **hard to swallow** 指某人不想接受某個建議，或是因為此人不喜歡該建議，或是因為該建議不是此人所期望的。

> Haig would have found this advice very **hard to swallow**.
> 黑格就會發現這個忠告非常難以接受。

1.95 説 someone has to **swallow** feelings that they have 指某人不得不設法裝出並沒有生氣、發火等的樣子或努力不讓自己的行為受這類情緒的影響。

*Grossman **swallowed** his impatience, and began his lecture once again.*
格勞斯曼竭力掩飾自己的不耐煩，並重新開始講課。

*I **swallowed** my disappointment quickly.*
我很快掩飾了自己的失望情緒。

*The deputies are being asked to **swallow** their national pride and back down.*
有人正在要求代表們將他們的民族自豪感掩飾起來，並放棄原先的立場。

2 健康和疾病
Health and Illness

2.1　許多指健康和傷病的詞有隱喻用法。本章討論有這類用法的詞中最普通的幾個詞，從 **healthy**（健康的）和 **unhealthy**（不健康的）等描述身體狀況如何，是否受傷病折磨的詞開始，進而討論與 **cancer**（癌症）等具體疾病有關的詞，然後擴展至用於談論身體殘疾和殘疾人的各種詞彙，本章的最後探討 **wound**（傷）和 **hurt**（痛）等與人身傷害有關的詞的隱喻用法。

健康狀況 Health

健康狀況 health

2.2　**health** 指身體狀況如何，是否有病或有可能患病。

health 有時用來指某一組織的財政狀況，説明該組織是否有足夠的資金支付所有必要的開支或做所有想要做的事情。

> *A corporation's annual report supposedly presents a clear, precise picture of the financial status or **health** of the company.*
> 一家公司的年度報告應該是展示這家公司財政狀況的一幅清楚、精確的圖畫。
> *We were allowed to do anything which was beneficial to the **health** of the business.*
> 我們可以做任何對企業的財務狀況有好處的事情。

healthy 的隱喻用法比 **health** 要多得多。

健康的 healthy

2.3　説 someone is **healthy** 指某人身體健康，沒有任何疾病。**healthy** 有幾種隱喻用法，分別用來表示情況、組織、關係等事物是否良好或正常。

2.4　説 the financial situation of a person, organization, or country is **healthy** 指某個人、某個組織或某個國家有大量資金可供使用，因而可能有足夠的資金支付所有必要的開支或做所有想要做的事情。

> *Tom resigned, but with a very **healthy** bank account in his name he did not worry too much about the future.*
> 湯姆辭了職，但因為他名下有一筆非常可觀的銀行存款，他並不太擔心將來。

21

*China's economy has shown **healthy** growth in the first half of this year.*
中國的經濟在今年上半年表現出健康的增長。

*The conservatives believe that lower taxes create a **healthier** economy and more growth.*
保守派人士相信，較低的徵稅能創造較健康的經濟及較高的增長。

2.5　說 a company has **healthy** profits 指一家公司創造高額利潤，因此有能力支付其全部開銷並仍有大量結餘。

*In a wise move before their record's success, the band bought back their publishing rights, and sold them on to EMI for a **healthy** profit.*
這個樂隊在其唱片獲得成功之前採取了一項明智的行動：他們買回了自己的出版權，將它們出售給 EMI 公司而賺了一大筆利潤。

*Wycombe has **healthier** finances and better facilities than most football clubs of modest means.*
威康比俱樂部的財政狀況和設備比大多數中等財力的足球俱樂部都要好些。

2.6　將某人的情緒描述成 **healthy** 指此人的情緒符合其當時所處的情景，表示此人善解人意，明白事理。

***Healthy** self-esteem should not be confused with self-centredness.*
得體的自尊不應該混同於自我中心。

*But if you listen to the nice people in the village, you'll get a much more objective, balanced and **healthy** view.*
但是，如果你聽聽村裏那些善良人們說的話，你就會得出一個客觀、公平、合理得多的看法。

*Arguing need not be destructive but can be a **healthy** way of resolving issues.*
爭論並不一定是破壞性的，它可以是一種解決問題的恰當辦法。

2.7　被稱為 **healthy** 的相互關係是一種使合作夥伴雙方互相尊重，並感到這種關係使他們各自有機會都得以按自己的方式發展相互關係。

*If you have a good and **healthy** relationship with your children, these problems can be minimized and talked about.*
如果你和你的孩子們之間有一種健康和諧的關係，這些問題就可以減小到最低，並有商量的餘地。

*It should be possible to start rebuilding your relationship on a **healthier** basis.*
開始在更健康合理的基礎上重新建立你們的關係應該是可能的。

2.8　a **healthy society** 是一個人們認為好的、稱心的社會，比如說，在這個社會中，犯罪行為幾乎不存在，人們享有平等的機會。

*Arnold argued for a concept of equality as the basis of a **healthy society**.*
阿諾德為一個平等概念而爭辯，他認為，平等是一個健康的社會的基礎。

不健康的 unhealthy

2.9　**unhealthy** 指不健康的 。**unhealthy** 用作隱喻，描述形勢、組織或相互關

係等事物的情況糟糕或是消極的。

2.10 將某一情況描述為 **unhealthy** 指該情況不正常或不遂人願,有可能產生不好的作用。

將某人的情緒描述為 **unhealthy** 則指此人在其所處的特定環境中流露的情緒顯得不得體,這些情緒有可能產生不好的作用。

*Jealousy has its roots in **unhealthy** patterns of development.*
嫉妒的根源在於不健康的發展模式。
*Organised crime is now taking an **unhealthy** interest in computer fraud.*
有組織的犯罪活動現在正對電腦詐騙產生一種用心不良的興趣。
*There are many who feel that it is **unhealthy** for a nation to carry on constantly electing the same party.*
有許多人感到,老是選舉同一個政黨執政,這樣下去對一個國家沒有好處。

2.11 an **unhealthy** financial situation 指的是這樣一種財政狀況:人們損失資金,商務活動失控。

*The enforced redundancy of skilled and experienced workers is a clear sign of an **unhealthy** economy.*
對有經驗的技術工人的強制性裁減是一種不良經濟的明顯的徵兆。
*They have been hearing details of the club's **unhealthy** financial position, falling membership and declining income.*
他們一直在聽說這個俱樂部的財務狀況不景氣、成員人數下降和收入減少的細節。

疾病 Illnesses

2.12 用於描述疾病的詞也常用作隱喻,描述不好或似乎正在惡化的社會環境或情況糟糕或正在變糟的群體。

疾病 ills

2.13 如果一個人的身體不健康或正受疾病的折磨,就能將其說成是 **ill**(有病的)。**ill** 的這一意義沒有隱喻用法,但複數名詞 **ills** 則作為隱喻,用來指引發組織或社會內部的問題或困難的事物。這一用法的 **ills** 通常出現在形容詞之後或由 **of** 和一個名詞組成的短語之前。

*…in pursuit of a cure for the country's economic **ills**.*
……尋求醫治這個國家的經濟疾患的良方。
*National Service is one method of putting people to work on America's social **ills***
義務兵役制是讓人們為解決美國的社會疾患而推行的一個方法。
*Politicians are being blamed for all the **ills of** society.*
政客們正因所有的社會問題而受到人們的指責。

▶注意◀ 名詞 **illness** 通常沒有隱喻用法。

有病的 ailing

2.14 説 someone is **ailing** 指某人得了病，並且似乎沒有好轉的跡象。這是舊式用法。an **ailing** organization or society 是一個有許多問題，尤其是財政問題的組織或社會，而且這種情況好像未必可能改善。這種用法在新聞報道中最常見。

*Few of them have the qualifications or experience to put an **ailing** company back on its feet.*
他們中間幾乎沒有人有資格或經驗讓一家百孔千瘡的公司起死回生。
*Observers here believe that the greatest difficulty before him is the **ailing** economy of the country.*
這裏的觀察家們相信，他面臨的最大困難是這個國家嚴重失調的經濟。
*It could also prove a disaster for many of the **ailing** British hotels and tourist attractions that rely heavily on American holiday makers.*
對許多嚴重依賴美國旅客的不景氣的英國旅館和旅遊景點來説，它也可説是一場災難。

有病的 sick

2.15 **sick** 指有病的，用作隱喻，描述不好或不受歡迎的情況或行為。

2.16 a **sick** organization, company, or economy 是一個有許多嚴重的問題，尤其是財政問題的組織、公司或經濟。這種用法在新聞報道中最常見。

*In 1980 the country was one of the world's biggest debtors and had a **sick** economy; without relief it cured itself, repaid the debts and can now raise foreign capital.*
1980 年這個國家曾是世界上最大的債務國之一，經濟問題不少；在沒有援助的情況下它後來自己解決了問題，還清了債務。現在它已能籌集外資了。
*The fact is that **sick** companies can't afford to do this.*
事實是問題百出的公司沒有做這件事的實力。

2.17 將一個人或其行為説成 **sick** 指此人似乎對死亡和痛苦表現出令人厭惡、讓人無法接受的興趣，或指此人似乎樂意用一種有可能造成痛苦的方式行事處世。

*…those **sick** idiots who have written hateful things in letters and shouted stupid things at us in the street.*
……那些令人厭惡的白癡，他們在信中寫了令人討厭的事情，在街上對我們喊叫着瘋話。
*Mr Leonard said, 'I have rejected this **sick** society for an alternative lifestyle.'*
利昂德先生説，"我選擇另一種生活方式而抵制這個可憎的社會。"

2.18 將笑話、故事等描述為 **sick** 指該笑話、故事等用輕薄而令人不快方式談論死亡或苦難，令人反感。

*To the thousands of people who've lost their life savings in branches abroad, it could sound like a **sick** joke.*

對於那幾千個在國外分支機構失去了一生積蓄的人來説，這聽起來就像是一個讓人噁心的笑話。

*That's really **sick**.*

這確實讓人噁心。

疾病 sickness

2.19 名詞 **sickness**（疾病）使用時含義上與 **sick** 相同，但使用頻度比 **sick** 低。

*He has been at the centre of politics for too long to escape responsibility for the state's deeper **sicknesses**.*

他在政治中心處身得太久了，因此他逃脱不了對這個國家更深層次的問題所應該擔負的責任。

*He told her that her belief was part of a general **sickness** of the modern mind, a **sickness** that was also producing fascism.*

他對她説，她的信念是現代思維的普遍疾患中的一個部份，這個疾患也正在導致法西斯主義的產生。

疾病 disease

2.20 **disease** 是對人、動物或植物產生影響的疾病，它使人、動物或植物變得虛弱，健康狀況下降，有時還導致他們的死亡。將人們的態度或做法稱為 **disease** 指此種態度或做法是有害的或錯誤的，有可能產生壞影響或造成痛苦。**disease** 的這一用法相當正式。

*The crippling **disease** of state involvement in industry through nationalisation has not been cured.*

國家通過國有化介入工業這個嚴重疾患還沒有被治癒。

*I have yet to meet a single American who automatically thinks any foreign product must be better than his own. The **disease** seems to be uniquely British.*

我至今還沒有見過一個想當然地認為外國貨要比本國貨好的美國人。這個毛病似乎是英國人特有的。

與疾病有關的詞 Words related to illnesses

症狀 symptom

2.21 the **symptoms** of an illness 是表示某人患有某種疾病的症狀。例如，身上的紅疹就是患痲疹的一種症狀。問題和不利的形勢經常被人們當作疾病來談論，因而也可以將表明某個問題或某種不利的形勢的存在的事物稱為該問題或形勢的 **symptoms**。

*Concern about law and order can, of course, be a **symptom** of social anxiety, or resistance to change.*
對於法治的擔心可以是人們對社會的憂慮或對改革的抵制的一個徵兆。
*I think it's a **symptom** of the rebellion and dissatisfaction of the youngsters in our society who are growing up.*
我認為，這是我們社會中正在成長的年輕人的反叛和不滿的徵兆。
*The debate around the law is a **symptom** of a bigger problem.*
關於法律的辯論是一個更大的問題的徵兆。
*There are other **symptoms** of decline.*
還有其他一些衰退的徵兆。

有症狀的 symptomatic

2.22　説 something is **symptomatic** of an illness 指某事物是表明某人已患某種疾病的一種症狀。説 something is **symptomatic** of a problem or a bad situation 指某事物是表明一個問題或一種糟糕情況存在的標誌。

*This behaviour was **symptomatic** of a generally uncaring attitude towards his wife.*
這種行為説明了他對妻子基本上抱着一種漠不關心的態度。
*To some critics, the administration's troubles are **symptomatic** of something deeper.*
對某些評論家來説，政府的麻煩是某些更深層次的問題的症狀。

綜合症 syndrome

2.23　syndrome 即綜合症。人們可將以某一類特定的活動或行為特徵的不良條件或情況稱為 a particular **syndrome**。

*If we look at history, what has happened at NATO is not unusual; I call it the rearview mirror **syndrome**.*
如果我們回顧一下歷史，北大西洋公約組織所發生的事情就不是反常的了；我把它稱為後視鏡綜合症。
*I don't expect men to join the guilt-driven overwork **syndrome** we career women somehow accept.*
我並不指望男人們介入這種為負疚感所驅動的超負荷工作方式，這種方式是被我們職業婦女不知怎麼地接受的。

syndrome 的複數形式 **syndromes** 通常沒有這種用法。

傳染性的 infectious

2.24　a disease that is **infectious** 指傳染性疾病，與感染了這種疾病的人接近會染上這種疾病。大部份與疾病有關的詞的隱喻用法有消極意義，但是，**infectious** 的隱喻用法卻含有積極意義。

infectious 可用來描述能讓他人也感到高興的愉快的情緒、微笑或大笑等。將

infectious 和 2.25 條的 contagious 作一比較會很有意思，因為後者也有隱喻用法，但具有積極意義和消極意義的情緒和感覺它都可描述。

*He has authority, strong skills of presentation and **infectious** enthusiasm and a sense of fun.*
他具有權威性，有很強的陳述能力、富有感染力的熱情，且談吐詼諧。
*...an **infectious** grin that immediately puts you at ease.*
……讓你立刻輕鬆的富有感染力的咧嘴一笑。
*...an **infectious** smile.*
……富有感染力的微笑。

其他如 infected 和 infection 等含有 infect- 的詞很少有隱喻用法。

感染性的 contagious

2.25　a disease that is **contagious** 指感染性的疾病，與感染了這種疾病的人或物品接觸會染上這種疾病。**contagious** 的隱喻用法與以上 **infectious** 一詞相似，但它可用來描述具有積極意義和消極意義的兩類不同的情緒和感覺。

contagious 可用來描述由一個人傳給另一個人的情緒和想法。

*Their excitement was **contagious**, even over the telephone.*
他們的興奮情緒富有感染力，甚至在電話上也是如此。
*He has told me his plans and he's made a good impression on me; his enthusiasm is **contagious**.*
他把他的計劃告訴了我，給我留下了很好的印象，他的熱情富有感染力。
*Sometimes when you are afraid it becomes **contagious**, and the people around you begin to be afraid too.*
有時候你害怕那會傳染給他人：於是你周圍的人也會開始害怕起來。

傳染 contagion

2.26　**contagion** 即傳染。contagion 可用來說明在人羣之間散佈某種看法，在想說明這是件壞事時，尤其可這麼用。**contagion** 的這一用法相當正式。

*...the **contagion** of ignorance that appeared to be spreading through the nation's young people.*
……似乎在這個國家的年輕人之中蔓延的無知。
*President Kim Il-Sung is determined to continue to insulate his country from the **contagion** of foreign ideas.*
金日成主席決心繼續不使他的國家受外國思想的污染。

致命的 fatal

2.27　a **fatal** illness or accident 是造成死亡的疾病或事故。人們經常用 **fatal** 作為隱喻，說明具有非常嚴重的和不良後果的事物，比如公司的倒閉等。

*These firms are already suffering from the US recession and a further hike in duty could be a **fatal** blow.*
這些公司正在遭受美國經濟蕭條所帶來的損失，關稅的進一步提高對它們來説會是個致命打擊。
*No one in the family took Margaret's side. She had made a **fatal** error; it was a terrible attack on Frances's deep religious faith.*
家裏沒有人站在瑪格里特一邊。她犯了一個致命的錯誤；這對弗朗西斯堅定的宗教信念是個可怕的打擊。
*The mistake was **fatal** to my plans.*
這個錯誤對我的計劃的打擊是致命的。

2.28   fatal 也被不經心地用來説某事物非常不好。

*She says, 'I like clothes and I love shopping and that's a **fatal** combination.'*
她説：〝我喜歡衣服，我又愛購物，這兩者的結合可真是糟糕。〞
*Don't talk to your friends whatever you do. It's **fatal** if you start talking about what you're going to do.*
無論你做甚麼，都不要和朋友們説。如果你開始談論你打算做的事，那將是很有害的。
*...that **fatal** combination of socks with sandals.*
⋯⋯短襪與涼鞋極不相配。

致命的 deadly

2.29　説 something is **deadly** 指某事物有可能或能夠導致某人的死亡，或者已經造成了某人的死亡。**deadly** 的隱喻用法可強調説明某一情況極端嚴重或某一情況可能會有某種破壞作用。例如，a **deadly** error 是有可能引起非常嚴重的事故或問題的錯誤；説 someone is **deadly** serious about something that he says 則指某人強調自己説的話是真的，雖然這些話讓人感到極不舒服、極端討厭。

*He wasn't laughing now. His face was **deadly** serious.*
他此刻沒有笑容。他的表情極為嚴肅。
*'You must be joking,' Hunter said. 'Believe me, old boy, I'm being **deadly** earnest.'*
〝你肯定是在開玩笑，〞亨特爾説道。〝相信我，朋友，我是非常認真的。〞
*When one investment banker describes another as lacking in greed, that's a **deadly** insult.*
當一位投資銀行老闆將另一位投資銀行老闆描述成〝缺乏貪婪〞時，這就是個很厲害的侮辱。

2.30　something that is **deadly boring** or **deadly** 是極端乏味的事物。這是非正式的用法。

*The broadcast news was accurate and reliable but **deadly** dull.*
廣播新聞是準確可靠的，但是它沒有任何趣味。
*I leapt into the first secretarial job I could find, which was in the City and **deadly boring**.*
我急忙抓住了可以找到的第一份秘書工作，地點在市裏，但非常乏味。
*She finds these parties **deadly**.*
她發現這些聚會毫無趣味可言。

痛苦 pain

2.31　**pain**（痛苦）是人得病或受傷時所感到的極度不適。這個關於痛苦和不適的概念被用作隱喻，描述對人產生不好影響的行動和感覺。

2.32　**pain** 可用來指極其痛苦的感覺。

*…grey eyes that seemed filled with **pain**.*
……顯得極其痛苦的灰色無神的眼睛。
*She hid her **pain** and despair at the breakdown of the relationship from everyone.*
她掩飾了因自己與所有人關係破裂而感到的痛苦和絕望。

2.33　新聞記者有時將經濟困難稱為 **pain**，在他們想要強調指出許多人有可能因此而受苦時，尤其會這樣說。

*His economic reforms brought more **pain** than progress.*
他的經濟改革帶來的是痛苦多於進步。
*With the unemployment rate standing at only 2.1%, most households are feeling relatively little **pain**.*
因為失業率只有 2.1%，相對而言，大多數家庭幾乎不感到窘迫。
*The recession is causing too much **pain** and wrecking too many lives.*
經濟蕭條造成了太多痛苦，毀掉了太多的生命。

2.34　含此意義的 **pain** 有時作動詞使用，雖然這並不普遍。

*It will also **pain** the corporate borrowers, to whom the cost will be passed on.*
它也將使貸款的公司感到難受，因為成本將轉移到它們身上。

痛苦的 painful

2.35　說 a part of one's body is **painful** 指某人身體的某個部位因受傷或患病等而疼痛。a **painful** illness or injury 是會引起極大的痛苦和不適的病或傷。**painful** 的隱喻用法和以上 **pain** 的用法相似，用來表示某事物引起極大的困難或痛苦。

2.36　如果一種情況、一個事實或者一個問題有可能使人煩惱或引起極大的痛苦，該情況、事實或問題就可被描述成 **painful**。

*She would have to end the affair, however **painful** that experience might be.*
無論有多麼痛苦，她都不得不結束那段戀情。
*…one of the most **painful** decisions of my career.*
……我的職業生涯中最使人痛苦的決定之一。

2.37　新聞記者有時用 **painful** 一詞描述使人或企業遭受經濟損失的那種形勢，在他們想強調說明許多人有可能遭受由此引起的困苦時，尤其會這樣說。

*The governor of the Bank of England said that British companies faced a **painful** adjustment process ahead.*
英格蘭銀行董事説，英國公司面臨着將要進行的一個痛苦的調整過程。
*The transition to a market economy will be slow and **painful**.*
向市場經濟的過度將是緩慢而痛苦的。
*It would not be possible without a series of other ambitious and **painful** reforms which include the selling-off of factories and farms.*
如果沒有一連串包括出賣工廠和農場在內的其他雄心勃勃卻又令人痛苦的改革，這是不可能的。

傷 hurt

2.38 説 something **hurts** someone 指某事物使某人感到痛苦。説 a part of someone's body hurts 指某人感到其身體的某個部位疼痛。**hurt** 用作隱喻，描述一個情況、一項計劃或一個行動給人帶來困難或痛苦。

2.39 説 something that someone says or does **hurts** someone else 指一人所説的話或所做的事使另一人感到很痛苦或很難受。

*She's afraid that she is going to be **hurt** and that she will never fall in love again.*
她怕自己會受到傷害，也怕將來再不會愛上甚麼人。
*It **hurts** me to see people so demoralized.*
看到人們如此灰心喪氣，我感到痛心。

另見 **wound: 2.62** 節。

2.40 新聞記者有時會説 something such as a new tax **hurts** people or businesses 或 something such as a new tax **hurts** 以表達這樣的意思：新税之類的事物使人或商店處於比從前更糟糕的經濟環境，並使他（它）們因此遭受痛苦或損失。

*Cuts in welfare could **hurt** the poor more than an energy tax.*
福利救濟金的減少對窮人造成的傷害會比能源税更大。
*Interest rates, already high, will need to stay higher than inflation, **hurting** investment.*
雖然利率已經很高，但它將需要保持在比通貨膨脹率高的水平上，這樣做會使投資受到打擊。
*The undervalued rouble is pushing up import prices and **hurting** the economy.*
盧布的跌價正在抬高進口價格，對經濟造成損害。
*The trouble now is that his policy **may be hurting** but not working effectively.*
麻煩是他的政策可能正在造成傷害，而不是產生效果。

發燒 fever

2.41 to be ill and have a **fever** 指生病發燒，此時體溫會很高，心臟也會跳得比平常快。**fever** 用作隱喻，指使人感到緊張或激動的情況。

2.42 a **fever of** activity 可用來描述對某個事物的極度興奮或激動，尤其用來暗示説話者對該事物感到不以為然。

*...the **fever of** expectation the film has already generated.*
……這部電影所激起的人們的狂熱期望。
*He was in a **fever of** impatience.*
他感到極不耐煩。

2.43 説 activities reach **fever pitch** 指某些活動達到了一個極大的興奮點，引起了極大的興趣。

*In the US, the top prizes go up to 20 million dollars, with excitement reaching **fever pitch** as the lottery grows each week it is unclaimed.*
在美國，最高的獎金達兩千萬美元，在每週彩票的發行量增加但無人中獎的情況下，激動和興奮的情緒達到了頂點。
*The speculation reached **fever pitch** in 1987.*
1987 年投機事業達到了極點。

發燒的 feverish

2.44 to be **feverish** 指人因發燒而感到身體不適。**feverish** 的隱喻用法和 **fever** 相似，都用來暗示某種情緒或活動極其強烈。

説 someone does something in a **feverish** way 指某人做某事的速度很快，且情緒亢奮，感情熱烈，而不是鎮定自若，慢條斯理，這通常是因為此人需要盡快完成手頭的工作，因為這很重要。

*...the **feverish** arms race during the twenty years before August 1914.*
……在 1914 年 8 月以前的 20 年間的激烈的武器競賽。
*Scientists are working at a **feverish** pace.*
科學家們正以極大的熱情快節奏地工作着。
*...**feverish** publicity and speculation.*
……狂熱的廣告宣傳和投機活動。

發燒似地 feverishly

2.45 説 someone does something **feverishly** 指某人做某事的速度很快，且情緒亢奮，感情熱烈，而不是鎮定自若，慢條斯理，這通常是因為此人需要盡快完成手頭的工作，因為這很重要。

*As Christmas approaches, publishers **feverishly** push out new books.*
聖誕節快到了，出版商們急不可待地發行新書。
*His mind worked **feverishly**, analysing the concept.*
他的腦子急速轉動着，分析這個概念。
*They had talked hurriedly, **feverishly**, on the Sunday evening.*
星期天晚上他們談得很匆忙，很熾烈。

有關特定疾病的詞 Words for particular illnesses

患貧血症的 anaemic

2.46 **anaemic** 指患貧血症的，貧血症病人的血液裏沒有足夠的鐵，病人面色蒼白，感覺十分虛弱、疲憊。這個關於身體虛弱、沒有能力做很多事情的思路被用作隱喻，描述看來是軟弱或無效的行動或過程。

*The film is a competent but **anaemic** rehash of John Grisham's novel.*
這部電影對約翰·格里沙姆的長篇小說的改編還算可以，但與小說相比已經大為遜色。
*An **anaemic** recovery has created jobs, but only 800,000 of them.*
經濟的略微恢復已經創造了一些就業機會，但只有八十萬個職位。

▶**注意**◀ 這個詞在美國英語中拼成 **anemic**。

*Most of that economic growth has been too **anemic** to produce new jobs.*
這次經濟增長很大程度上一直太微弱，無法創造新的就業機會。

癌症 cancer

2.47 **cancer** 即癌症，是一種嚴重的疾病，它使人體內細胞的繁殖速度失控，導致異常增生。直到不久以前，幾乎所有的癌症都是致命的，現在，癌症仍然被認為是一種非常危險的疾病。

將某事物描述成 **cancer** 指該事物極端邪惡、極端讓人討厭，它將具有很壞的、危險的作用。這種說法用在正式場合。

*We cannot surrender the streets of our cities to the **cancer** of racism and fascism.*
我們不能將城市的街道拱手相讓，從而使種族主義和法西斯主義的毒瘤擴散。
*They have helped conquer the **cancer** of apartheid that looked like tearing their country apart.*
他們曾為摘除種族隔離活動的毒瘤提供了幫助，這種活動看來是要使國家分裂。
*We have to take a stand against racism. It is a **cancer** sweeping across Europe.*
我們必須採取反對種族主義的立場。它是個在全歐洲擴散的毒瘤。

▶**注意**◀ 當cancer 一詞用於字面意義時，它通常作不可數名詞用，而當它用於隱喻意義時，通常作可數名詞用。

害黃疸病的 jaundiced

2.48 **jaundice** 即黃疸病，是一種使人皮膚和眼睛的顏色變黃的疾病。**jaundice** 很少有隱喻用法。與此相關的 **jaundiced** 一詞是一個用來描述害黃疸病的人的舊式詞，不過，現在這個詞的隱喻意義的使用頻率要比其字面意義高得多。**jaundiced** 用來描述人們的態度或感情。someone who has a **jaundiced** view of something 是一個對某事物毫無熱情的人，這常常是因為他很疲勞或有過讓人灰心喪氣的經歷。

*Reg observed these preparations with a **jaundiced** eye.*
萊格帶着忌恨的偏見旁觀這些準備工作。
*...a **jaundiced** view of American society.*
……對美國社會的一種冷漠的觀點。
*...a **jaundiced** television executive.*
……一位對工作缺乏熱情的電視從業員。

頭痛 headache

2.49 **headache** 即頭痛。疲勞或憂慮是引起頭痛的最經常的原因。雖然頭痛令人討厭並讓人感到不舒服，但人們通常不得不忍受它，直至它消失。

headache 可用來指引起某人一段時間的擔心、輕易無法解決的問題。此類 **headache** 通常用來指那些不很嚴重，但又讓人煩惱、焦慮的問題。

*The biggest **headache** for mothers hoping to return to study is childcare.*
對希望重返學習崗位的母親們來說，最令人頭痛的事是照顧孩子。
*Financial problems have been a constant **headache** for the Centre's directors.*
財政問題一直是令中心主任們頭痛的問題。
*The airline's biggest **headache** is the sharp increase in the price of aviation fuel, up by 23% between June and September.*
最讓這家航空公司感到頭痛的問題是飛行燃料價格的急劇上漲，它在6月至9月間就上漲了百分之二十三。
*Lenders like real estate because there's little risk, and mortgages have historically offered reasonable returns with few administrative **headaches**.*
借貸人喜歡房地產，因為幾乎沒有風險，而抵押貸款的利潤回報一向不錯，管理也幾乎沒甚麼麻煩。

▶ **注意** ◀ 含此意義的 **headache** 通常不用於指事故之類的單一的、突然發生的事件。

皮疹 rash

2.50 **rash** 即皮疹。**a rash of** something 可用來指同時出現或發生的若干相似的事物。**rash** 通常這樣用來描述被認為令人討厭或不受歡迎的事物，不過它也能用來表達諷刺或幽默的意義。

*There was **a rash of** burglaries among the summer cottages.*
在那些消夏小屋舍中同時發生了一連串夜盜事件。
*...a **rash of** murders in London's East End.*
……倫敦東區同時發生的數宗謀殺案。
*Preparations for next year's Olympic Games have led to **a rash of** building sites.*
為了準備明年的奧林匹克運動會，一片片建築工地同時冒了出來。

In the 1970s, ***a rash of*** *new publications hit the stands.*
20世紀70年代，售貨攤上突然出現了一批新的出版物。

▶ **注意** ◀ **rash** 的複數形式 **rashes** 沒有此類用法。

身體殘疾 Physical disability

2.51 許多用來指身體殘疾的詞有隱喻意義，它們用來談論事物遭到破壞或破壞程度加劇等情況。

跛子 cripple

2.52 **cripple** 即跛子，是有身體殘疾的人。這個詞從前用得較為普遍，但現在人們認為，這個詞用於這一含義時常被視為失禮，不過，它的隱喻意義仍然用來指那些有精神或社會問題，從而無法過正常、幸福的生活的人們。例如，將某人說成是一個 **emotional cripple** 就是指此人在心理上受到了損害，因此無法正常理解，也無法正常表達自己的情緒。

這一用法的 **cripple** 必須跟在 **emotional** 之類的形容詞之後。

You may read my story and say I was an ***emotional cripple.***
你可以讀我的故事，然後說，我是個情感不健全的人。
If, from my letter, you have judged me to be an ***emotional cripple*** *who is incapable of forming normal relationships, you are wrong.*
如果你根據我的信判斷我是個沒有能力建立正常關係而且情感不健全的人，那你就錯了。
The people using these agencies are not ***social cripples****; a large proportion of them are successful young professionals.*
使用這些代理機構的並不是些不善交際的人；他們當中一大部份成功的青年專業人員。

2.53 說 an illness or an accident **cripples** someone 指一種疾病或一個事故給某人造成了嚴重的，而且是永久性的身體殘疾。注意，與以上討論的名詞 **cripple** 的字面意義不同，人們不認為動詞 **cripple** 屬舊式或令人反感的用法。"永久性嚴重損害"這一概念用作隱喻，描述給人或組織造成嚴重損害、使之不可能正常活動或運作的事件或問題。

新聞記者經常用 **cripple** 的這一意義談論商務、財政情況和經濟問題。

A rich man can ignore losses that ***would cripple*** *someone who isn't wealthy.*
有錢人可以忽視那些可能讓沒錢的人一蹶不振的損失。
…the crisis of high interest rates and high exchange rates which ***crippled*** *British industry.*
……使英國工業陷入困境的高利率和高兌換率危機。
His business ***was crippled*** *by debts.*
他的生意因負債而陷入困境。

2.54 to be **emotionally crippled** 用來描述一個人因遭遇到某件使其感到不舒服的事情而在心理上受到極大傷害，由此無法正常理解，也無法正常表達自己的情緒的情況。

*The horrific costs can leave couples financially devastated and **emotionally crippled**.*
這些嚇人的代價可以讓夫婦們經濟破產，心理受到嚴重創傷。
*I am not perfect but I am also not **emotionally crippled**.*
我並不完美，但我同時也沒有情感創傷。

引起傷殘的 crippling

2.55 a **crippling** illness or disease 指會造成嚴重而永久的身體殘疾的疾病。**crippling** 的隱喻意義，用來描述一個使人或組織無法正常工作並可能使他們完全喪失工作能力的問題或事件。

說 a person or an organization suffers a **crippling blow** 指一個事件使一個人或一個組織受到極其嚴重的損害，因此他（它）們幾乎已不可能恢復元氣。

*Leeds were near the bottom of Division Two and facing **crippling** debts.*
利茲隊的位置接近乙級隊的墊底，它面對着將使它從此一蹶不振的債務。
*...**crippling** court costs and legal fees.*
……給人造成致命打擊的法庭開支和訴訟費用。
*In the 1950s movie theaters suffered a **crippling blow** as television sets made their way into more and more homes, offering entertainment at no charge.*
20世紀50年代，由於電視機進入越來越多的家庭，給人提供免費娛樂，電影院的業務因此遭受了致命的打擊。

使癱瘓 paralyse

2.56 to **be paralysed** 指一個人因一次事故或一場疾病而導致身體或身體的某一部位失去知覺，因此喪失了活動的能力。**paralyse** 的隱喻意義用來談論引起人、地方、系統或組織完全無法活動或運作的某個事物。例如，to **be paralysed** by fear 指一個人因極度恐懼而無法動彈；說 a factory **is paralysed** by a strike 指一場罷工導致某工廠完全關閉、產品的生產完全停止。

*He **was** suddenly **paralysed** by fear.*
他突然因恐懼而不知所措。
*Much of industry and business on the island **is paralysed** by a general strike.*
島上多數工商業因一次全體罷工而癱瘓了。
*...causing a traffic jam that stretched all the way back to Heathrow Airport, **paralysing** the city.*
……造成了一直延伸到西斯羅機場的交通堵塞，使城市交通癱瘓。
*Fear of unemployment **is paralysing** the economy.*
對失業的恐懼正造成經濟的癱瘓。

35

▶注意◀ paralyse 在美式英語中拼寫成 **paralyze**。

*It's hoped that this snowfall **won't paralyze** the region the way last week's did.*
人們希望這場雪不會像上週的那場雪一樣給這個地區的交通造成癱瘓。
*I **was** never **paralyzed** by depression.*
我從未因沮喪而不知所措。

癱瘓的 paralysed, 造成癱瘓的 paralysing

2.57　由動詞 **paralyse** 派生的形容詞 **paralysed** 和 **paralysing** 用來談論使事物無法有效運作或獲得成功的事件或行動。例如，a **paralysed** economy 是非常疲弱的經濟，因為某些事件已經使它的情況沒有可能改善；而 a **paralysing** strike 則是會導致一家工廠乃至整個經濟部門完全無法運作的罷工。

*…a **paralysed** economy.*
……癱瘓的經濟。
*This has left the country with a **paralysed** government at a time when it must react quickly if it is to survive.*
這使這個國家的政府完全陷入癱瘓，而這時，這個政府若想繼續存在下去，就必須迅速作出反應。
*It's a relief that my bank has closed for the day and isn't going to phone again with another **paralysing** demand for money.*
所慶幸的是，我的銀行今天已經關了，而且也不準備再通過電話發出另一項足以讓銀行癱瘓的貸款要求。

▶注意◀ 這兩個形容詞在美式英語中分別拼寫成 **paralyzed** 和 **paralyzing**。

*…a **paralyzed** political party.*
……癱瘓的政黨。
*Dave had a **paralyzing** fear of Zuckerman.*
對朱克曼的恐懼使戴維不知所措。

癱瘓 paralysis

2.58　**paralysis** 指癱瘓的狀態。**paralysis** 的隱喻用法與 **paralyse** 相似，兩者都表示地方、系統或組織無法以任何方式行動或運作。新聞記者經常用 **paralysis** 的這一意義談論經濟或政治問題。

*…economic chaos and political **paralysis**.*
……經濟混亂和政治癱瘓。
*They are selling those few shares which still show gains and hanging on to those that would show losses. The result will soon be total **paralysis**.*
他們在出售為數很少的那些仍持上升勢頭的股票，卻同時繼續持有那些呈下跌趨勢的股票。這樣做的結果將是快速徹底的虧損。

瘸腿的 lame

2.59 **lame** 指瘸腿的。從前,當多數工作涉及到體力活動的時候,人們認為 a **lame** person(一個瘸腿的人)的工作不如多數別的人同樣有用或有效。

lame 的隱喻意義用來描述被認為虛弱、沒有説服力的爭論、解釋或借口。

> The news only made the president's initial response to the disaster seem more **lame**.
> 這條消息只是讓總統最初對那場災害的反應顯得更加軟弱無力。
> He mumbled some **lame** excuse about having gone to sleep.
> 對自己睡着了這件事,他嘟嘟囔囔地説了個站不住腳的借口。
> These promises sound increasingly **lame**.
> 這些承諾越聽越讓人覺得不可信。

跛行 limp

2.60 to **limp** 指因腿受傷而跛行。説 something such as an activity or a process **limps along**, or **limps** 指某一活動或過程雖然繼續存在或繼續運作,但其困難十分明顯。

> Their share prices have **limped along**.
> 他們的股票艱難地維持着現有的價格。
> The discussion **limped** to inevitable collapse.
> 這場討論進行得很勉強,最終不可避免地失敗了。
> The department's workload has tripled in the past ten years. It **limps along** hopelessly understaffed.
> 在過去的 10 年中,這個部門的工作量增加了三倍。人手奇缺之下它勉強維持着。

傷 Injuries

2.61 許多用來談論身體損傷的詞的隱喻用法也用來談論對人、系統和組織的非物質性的損害。

傷 wound

2.62 **wound**(傷)指對身體某一部份的損害,尤其指武器或利器在肉體中造成窟窿或撕裂的口子。**wound** 的隱喻意義用來談論一個人對另一個人的名譽或感情造成的損害,在人們想暗示這種損害是有意造成或由本可避免的疏忽造成時,尤其會採用這種説法。

2.63 **wound** 由受到侮辱或遭遇到可怕的經歷引起,它對人的思想或情感造成持久的負面影響。這種用法見於文學作品。

*She has been so badly hurt it may take forever for the **wounds** to heal.*
她的感情受到了非常嚴重的傷害，這創傷恐怕永遠難以治癒。

2.64 to lick one's **wounds** 指設法克服由某一傷害性或破壞性經歷造成的創傷，其方式通常是獨自去一僻靜的地方。

*She would go home for the weekend: she would retreat and **lick** her **wounds** a little.*
她將回家去度週末：她要退避幾天，讓心靈的創傷能夠有所治癒。
*He'd been too busy **licking** his own **wounds** to notice what was happening to his mother.*
他一直忙於從痛苦中恢復過來，以致沒有注意到正發生在他母親身上的事。

2.65 to heal one's **wounds** 或to bind one's **wounds** 指在經歷了傷痛或失敗之後又恢復了原來的精神面貌。如果這一短語用來指若干人，那麼，傷害的原因也許就是這些人彼此之間的分歧。

*Perhaps the Government can stop worrying about **healing** its own **wounds** and start tackling the economic mess this country is in.*
也許政府可以不再擔心治癒自身創傷的問題，開始設法讓這個國家擺脱其目前所處的經濟混亂狀況。
*Future Tory support will depend not only on who wins the leadership contest but whether the party can **bind** its **wounds** afterwards.*
今後對保守黨的支持將不僅是取決於誰奪得領導權，而是這個黨隨後能否克服分歧、團結一致。

2.66 説 an **old wound is opened** or **reopened** 指某一意外事件使某人想起過去發生的某件事而感到痛苦和悲傷。

*He had a decided impression that he **was opening old wounds**.*
他肯定地認為，他再次經受着昔日的痛苦。
*On top of this, the **old wounds** in our community's relations with the police **have been reopened** by this recent tragic and horrible death.*
除此之外，我們社區與警方關係中的舊傷疤被最近這次悲慘可怕的死亡事件又揭了一次。

2.67 説 a weapon or something sharp **wounds** you 指一件武器或利器傷害了某人的皮肉。該動詞的隱喻意義用來談論對一個人的名譽或感情所造成的損害，在人們想暗示這種損害是有意造成或由本應避免的疏忽造成時，尤其會採用這種説法。

説 one person **wounds** another 指一人因其行為舉止鹵莽、不友好而使另一人感到不快。

*His final, formal rejection of her offer in late May seemed calculated to **wound**.*
五月下旬他最後正式拒絕了她的提議，他這樣做好像是存心要傷害她。

*You don't mess with this lady. Her tongue **can wound** at times.*
你不要與這位女士來往。她説話有時會傷害人。
*The Chancellor **has been wounded** by some of the criticism of him and his handling of the economy.*
一些對首相本人及其處理經濟的方式的批評使他受到了傷害。

受傷的 wounded, 傷人的 wounding

2.68 由動詞 **wound** 派生的形容詞 **wounded** 和 **wounding** 用來談論讓人煩惱的行動或言談。例如，説 someone feels **wounded** by something that someone else has said or done 指一人因另一人所説的話或所做的事而感到非常不快；a **wounding** remark 則是一句讓人感到非常難受的話。

*Some parents merely want to help, and feel **wounded** when the adolescent says, 'No, thanks.'*
有些父母只是想幫忙，因此，他們在聽到年輕人對他們説"不需要，謝謝"時會感到很難過。
*But if that were all there was to it, his words would not have seemed so **wounding**.*
不過，要是情況就是這樣，他的話就不會顯得如此傷人了。

青腫挫傷 bruise

2.69 bruise 是出現在皮膚上的黃紫色傷痕。to **bruise** a part of one's body 指身體的某一部位因受到某物的撞擊等而出現一塊挫傷。**bruise** 的隱喻用法與 **wound** 相似，用於談論對人的情感的傷害。

2.70 説 an incident or someone's behaviour **bruises** someone else's feelings 指一個事件或某人的行為使另一人感到難受，可能使其產生將來很難再相信別人的想法。

*Some women's self-esteem **has been** badly **bruised**.*
有些婦女的自尊受到了嚴重傷害。
*…the **bruised** feelings of those he had insulted.*
……被他侮辱的那些人的被傷害了的感情。
*Her trust in him **had been** so **bruised** that she decided to keep him out of her office.*
他完全辜負了她對他的信任，因此她決定要他離開她的辦公室。

▶ 注意 ◀ bruise 用作名詞時通常沒有隱喻用法。

2.71 説 someone has a **bruised ego** 表示説話者在對某人開沒有惡意的玩笑，因為此人自命不凡，但發生了一件事，使其自我評價受到了否定。

*It was, on the whole, a terrible day of criticism. Around every corner there were **bruised egos**.*
總而言之，這是個可怕的批評人的日子。每個角落都有人感到自尊心受到了傷害。

*We have a couple of injuries from this game but there were also a few **bruised egos** and broken hearts.*
這次比賽我們有幾個人受了傷，不過也有一些人覺得丟了面子，另一些人傷心欲絕。

2.72 新聞記者有時以類似方式用 **bruise** 一詞談論財政和政治方面受到的損害。例如，a company **is bruised** by an event 指一家公司因發生了一個事件而變得虛弱，不太成功。

*The computer company **has been** badly **bruised** by the sudden switch to Windows.*
這家電腦公司因突然轉而使用視窗系統而蒙受了很大的損失。
*The incident has left the central government's policy initiative badly **bruised** and its advisors shaken.*
這事件使中央政府制定政策的行動嚴重受挫，政府的顧問們也受到很大的震驚。

傷人的 bruising

2.73 a **bruising** meeting or argument 指一個會議或爭論，其中有讓人感到難堪或使人名譽受損的嚴重分歧。

*That is the crucial question in what looks set to turn into a **bruising** battle between the company and the union.*
在這些看來肯定會轉為公司和工會之間的一場兩敗俱傷的爭鬥的情況之中，這是個關鍵的問題。
*In some fundamental way, my trust in Alex had been impaired by that **bruising** interview.*
我對阿列克斯的信任根本上已被那次令人難堪的會面破壞了。

▶ **注意** ◀ 此形容詞不用於談論碰傷等引起身體某些部位出現青腫或挫傷的情況。

傷痕 scar

2.74 **scar** 即傷痕。雖然 **scar** 是永久存在的，但有時隨時間推移它們會有一點消褪。**scar** 的隱喻意義用來談論不愉快的經歷有時給人帶來的影響。

2.75 說someone carries **the scars of** a bad experience 指某人有段不好的經歷將永久地或在相當長的時間裏對此人產生影響。這個說法主要用在書面英語中。

*On the outside I may seem to be fiercely independent, but on the inside I carry **the scars of** not having been accepted and loved for what I am.*
我外表看來極端地獨立，但在內心我始終存在着因為沒有被人接受和被人愛而留下的傷痕。
*She carries **the** invisible **scars of** someone who knows all about pain.*
她心中始終有着一些看不見的傷痕，這種傷痕是那些完全懂得甚麼叫痛苦的人們才有的。

2.76 to **be scarred** by a bad experience 指將永久或長期地受一次不好的經歷影響。這個用法主要用在書面英語中。

*But when she was 17 her life **was scarred** by the deaths of a brother and a sister within months of each other.*

但 17 歲時她的生活因一個哥哥和一個姐姐在幾個月裏相繼死去而被烙上了永久的傷痕。

3 動物
Animals

3.1 大量用於談論動物的詞有隱喻用法。本章僅僅討論其中的一部份，重點為最常用的詞。本章首先討論指稱動物的概括的詞，例如 **animal**（動物）和 **beast**（野獸），然後分三部份討論特定種類的動物：**domestic animals**（家養動物）、**farm animals**（農場動物）和 **wild animals**（野生動物）。

指稱動物概括的詞 General words for animals

3.2 **animal**（動物）、**beast**（野獸）和 **brute**（野獸）等詞常用作隱喻，說明人們的行為舉止，表示某些人的行為舉止不像人，而像動物。這些詞經常這樣用來表示批評，不過偶有例外。

動物 animal

3.3 說 someone is an **animal** 指某人行為舉止令人厭惡、不能讓人接受，這常常是因為此人的行為瘋狂激烈。

*Whoever did this is a maniac, an **animal**.*
無論是誰做了這件事，他都是個瘋子，是禽獸。
*He was an **animal** on Saturday afternoon and is a disgrace to English football.*
星期六下午他像頭野獸，這是英國足球的恥辱。
*He said, 'These people are **animals** and what they did was unforgivable.'*
他說：「這些人是禽獸，他們做的事是不可原諒的。」

3.4 **animal** 也可用來談論與感覺、本能和力量等有關，而與性格、智力等無關的人的肉體屬性。

*The human **animal** fights to protect its own life.*
人的動物本性是為保護自己的生命而戰。
*The labourer was a manufacturing **animal**, perceived solely as a source of profit.*
工人曾是頭製造產品的牲口，只被人當作賺錢的工具。

3.5 稱某人為 a particular kind of **animal** 指此人樂於從事某項特定的活動，天生就是該項活動的行家。例如，稱某人為 **a social animal** 指此人樂於與他人相處並喜歡參加社交活動。

*'I'm a bit of **a social animal** and I enjoy company,'* he says. *'I'm an extrovert.'*
"我天生喜歡社交，愛和別人相伴，"他說。"我是個性格外向的人。"

*She had never struck me as **a political animal** and I don't think she was. She did what she had to in order to survive.*
她從未讓我感到她是個天生搞政治的人，我也並不這樣認為。她是為了生存而做了她不得不做的事。

3.6 **animal passions** 或 **animal instincts** 是非常強烈的感覺或本能，例如強烈的性感覺等，它們與人的感覺和本能有關，與性格或智力無關。

*Newman lay back on the bed. It had been sheer **animal passion**.*
紐曼又躺到床上。這已經純粹是動物的本能了。

*Like all great discoveries, I located it by pure **animal instinct**.*
就像所有偉大的發現一樣，我也是靠了純粹的動物本能找到它的。

以下是含此意義的、通常用於 **animal** 之後的一些例詞：

aggression	impulse	passion
attraction	instinct	pleasure
desire	magnetism	strength
energy	nature	

野獸 beast

3.7 **beast** 可用來指稱動物，特別是很大或很危險的動物，**beast** 也有與 **animal** 相似的隱喻用法。

3.8 稱某人是 a **beast** 指此人行為舉止令人討厭、不能讓人接受，這常常是因為此人行為瘋狂激烈。

*After his marriage he became a drunk, a madman, a **beast**.*
婚後他成了一個醉漢、瘋子、禽獸。

*A horrified pensioner who tried to save her said last night, 'I was trying to help her, pleading with them to stop, and a girl threatened to smash my face in. They were just **beasts**.'*
一位驚魂不定、曾試圖救她的養老金領取人昨晚說："我當時試圖救她，求他們對她住手，這時一個女孩威脅說要砸爛我的臉。他們真是些禽獸。"

*These were not men but **beasts** which had come out of the undergrowth. They had snatched his son. They were minutes away from killing him.*
那些不是人，是從下層叢林中鑽出來的禽獸。他們抓了他的兒子，再有幾分鐘就會把他殺了。

3.9 **beast** 也能用來以友好親熱的方式指稱人，通常在非常熟悉的男人或男孩稍微犯傻或不乖時指稱他們。

*Where is Richard, the little **beast**?*
理查德這個小鬼在哪兒？

43

*I know he was a grumpy little **beast**, but I loved him.*
我知道他是個脾氣壞的小傢伙，但我愛他。

野獸般的 beastly

3.10　**beastly** 指非常令人討厭的。它是個舊式詞，用於非正式英語口語。

*'The main reason why I'm not married is because men are in general so utterly **beastly** to women,' she said.*
"我不結婚的主要的原因是因為男人對女人一般都極為粗魯，"她說。
*The weather was **beastly**.*
天氣非常惡劣。

野獸 brute

3.11　以前 **brute** 的用法與 beast 相似，指動物，特別是很大的或很危險的動物。近來 **brute** 已經很少這樣用，它較普通的用法見以下說明。

3.12　稱一個人為 **brute** 指此人非常不討人喜歡，因為他不考慮別人，行為舉止粗暴激烈，令人厭惡。

*The man was a **brute**, he spent the little he earned on drink.*
這個男人是個混蛋，他把賺來的一點兒錢都用來喝酒了。
*That is why society must be protected from **brutes** like him.*
這就是為甚麼必須保護社會使之免受他那樣的禽獸侵擾的原因。

3.13　**brute force** 或 **brute strength** 可用來談論單純的體力或暴力，而不是來自智力或技術的力量。

*They seem to think that **brute force** solves every problem.*
他們似乎認為，單純的體力能解決所有問題。
*He stresses that his sport is very much a test of skill and technique rather than **brute strength**.*
他強調說，他的運動項目在很大程度上是技能和技術的測試，而不是體力的測試。

野獸般的 brutish

3.14　將某人或其行為說成 **brutish** 指此人或其行為激烈或野蠻。

*…an insensitive and **brutish** husband.*
⋯⋯一個冷漠野蠻的丈夫。
*With **brutish** ferocity, he reached out both hands and locked his grip onto the handles of the trolley.*
他猛地伸出雙手，緊緊握住了手推車的把手。

獵物 prey

3.15　一種動物的獵物是這種動物為生存而捕食的動物。**prey** 用作隱喻,談論有可能被人利用或傷害的人們。例如,説 one person **is prey to** another 指一人很容易受到另一人的傷害或利用,其手段通常是欺騙;説 one person **falls prey to** another 指一人常常被另一人用欺騙手段傷害或利用。

*The miners **will be prey to** all sorts of people claiming to be financial experts.*
礦工們將成為形形色色自稱金融專家的人們的掠奪對象。
*Tourists who take fistfuls of dollars to exchange are regarded as **easy prey** by thieves.*
手中拿着一把美元準備兑換的遊客被小偷們視為容易攻擊的目標。
*Lonely secretaries **fell prey** to the charms of his agents.*
孤獨的秘書們被他代理人的魅力所俘虜。

3.16　to **be prey to** a particular kind of unpleasant feeling 指因某種令人討厭的感覺而感到鬱鬱不樂。

*'I'm not sure,' he answered truthfully, '**I'm prey to** nagging doubts but that's not unusual, you know me.'*
"我不敢肯定,"他老實回答,"我總是遭受無休止的疑慮的折磨,不過這很平常,你是了解我的。"
*His talent as a writer brought him success, yet he **was prey to** a growing despair.*
他的寫作才華為他帶來了成功,可是日益增加的絕望使他感到痛苦。
*Although I don't **fall prey to** self-pity often, it does happen.*
雖然我不是經常顧影自憐,但這種情況確實存在。

3.17　詞語 to **prey on** 指一種動物捕食別的動物以求生存的行為。關於一種動物或一羣動物靠捕殺另一動物或另一羣動物而生存的這一思路被用來談論那些似乎靠傷害或利用某個人或某一羣人而變得強大或獲得成功的人們。

3.18　説 one person **preys on** or **preys upon** another 指一人用權力或勢力等在某種程度上利用或傷害另一人。

*Tourists **are** frequently **preyed upon** by robbers who lurk outside Miami airport.*
遊客們常常遭到潛伏在邁阿密民航飛機場外邊的強盜的劫掠。
*He always struck at night and **preyed upon** single women living in ground floor flats in London and Essex.*
他總是晚上下手,目標是住在倫敦和埃塞克斯的底層公寓裏的單身女人。
*The survey claims loan companies **prey on** weak families already in debt.*
調查宣稱借貸公司掠奪已經負債的貧困家庭。

3.19　説 a worry or an unpleasant feeling **preys on** one's **mind** 指一種擔心或一種讓人不舒服的感覺使人難以忘記,讓人神經緊張、精神憂鬱。

*The policemen do not allow the risks to **prey on** their **minds**.*
這些警察不讓關於危險的念頭侵擾他們。

*There were other things, more important things, that **had been preying on** her mind.*
還有其他的事情——更重要的事情——一直在令她的煩心。

特定種類的動物 Particular kinds of animals

3.20 本節分為三組：**domestic animals**（家養動物）、**farm animals**（農場動物）和 **wild animals**（野生動物）。

這幾組隱喻中存在着兩種普遍的語法變化：第一，有些動物的名稱在用其隱喻意義時可作動詞用，如 **pig**（豬），這些用法將在論及有關名詞時加以説明。在有些情況下，動詞的隱喻用法比相應的名詞更為常見。第二，動物的名稱派生出了一些形容詞，如 **tigerish**（老虎般的）。這些形容詞描述與相應動物有關的素質，而對應的名詞卻未必總有隱喻用法。

家養動物 Domestic animals

3.21 本節討論表示在英國和美國普遍作為寵物的動物的詞。

寵物 pet

3.22 a **pet** 即寵物，如養在家裏陪伴主人、給主人快樂的狗、貓等動物。作為寵物的動物通常得到主人的優待和精心照顧。**pet** 用作隱喻，談論人們堅定的信仰和強烈支持的理論、想法或主題。例如，**pet project** 指人們非常感興趣、給予比任何別的項目更多時間和精力的項目；稱某事物為某人的 **pet hate** 則指此人對該事物非常憎恨，在某種程度上意識到旁人對此不會理解或會覺得有趣。

pet 在這樣使用時，後面必須跟有一個名詞。

*She was heartily fed up with her husband's **pet** project.*
她非常討厭她丈夫十分偏愛的項目。

*His **pet** obsession is to computerise textbooks to make them faster, cheaper and more appealing to children.*
讓他非常着迷的是使教科書電腦化，使它們出版更快，價格更便宜，對孩子們更有吸引力。

*He pauses before returning to his **pet** theory.*
他在繼續談論其鍾愛的理論之前停頓了一下。

*I can't think of any **pet** hates except perhaps game shows.*
也許除了獵物展覽以外，我想不起任何別的事物讓我特別討厭。

3.23　一些人稱呼正和他們交談的人為 **pet** 以表示喜愛和友好。

*It's alright **pet**, let me do it.*
行，寶貝兒，讓我來做這件事吧！

狗 dog

3.24　**dogs** 即狗，在英國和美國是很普通的寵物，一般被人認為是友好、可愛、忠誠的動物。但是，狗作為隱喻幾乎總是用來指不好的事物。

3.25　一些人用 **dog** 指質量很差的物品。這是一種正式用法。

*He said the old car was an absolute **dog** to drive.*
他説那輛舊汽車開起來絕對是整腳貨。
*The film must be a real **dog**.*
這部電影肯定很糟糕。

3.26　説 a situation is **dog eat dog** 指每個與某種情況有關的人都要為自己取得一些東西，並且都已準備採取攻擊性的行動傷害他人以得到他們所要的東西。

*It is very much **dog eat dog** out there.*
那在很大程度上是種互相傷害、爭權奪利的情況。
*We all have to make a living and there's no point in having a **dog-eat-dog** attitude.*
我們大家都得謀生，採取相互攻擊的態度是沒有意義的。

3.27　説 someone **is dogged** by something unpleasant 指某個令人討厭的事物在很長一段時間持續影響某人，而且在此人以為它已經消失後還可能數次捲土重來。

*Controversy **has dogged** his career.*
爭論一直影響他的事業。
*Her career **has been dogged** by ill-health over the past year.*
去年一年她的事業受到了疾病的長時間干擾。
*He **has been dogged** by criticism ever since he came to prominence seven years ago.*
從 7 年前他成名之後，他就一直受到批評的困擾。

頑固的 dogged

3.28　**dogged** (讀作 dogg-id) 指頑固的，用來描述人的性格或行動，指在有很多人反對的情況下仍然堅持做某事而不願放棄的人。

*Miles succeeded at what he tackled with a combination of talent,**dogged** determination and a fine sense of humour.*
邁爾斯將其才能、堅持不懈的決心和微妙的幽默感結合起來處理問題，而獲得了成功。

*He appeared unusually tired in the face of **dogged** questioning from the BBC's interviewer.*
他面對英國廣播公司的來訪者窮追不捨的提問時，顯得異乎尋常地疲憊。

雌狗 bitch

3.29 **bitch** 即雌狗。雖然狗被認為是友好的動物，但是 **bitch** 的隱喻用法帶有強烈的否定含義。

3.30 用 **bitch** 指稱婦女是一種非常粗野無禮的用法，表示說話者認為某婦女行為舉止咄咄逼人或令人厭惡。

*You are putting the men down and they don't like it, they think you are being a **bitch**.*
你是在當眾羞辱那些男人，他們不喜歡你這樣做，認為你是個潑婦。
*Silly little **bitch**, what did she think she was playing at？*
愚蠢的小潑婦，她以為她在玩弄甚麼呀？
*I am very sorry I was a **bitch**.*
很對不起，我成了個潑婦。

3.31 一些人用 **bitch** 指他們感到很不舒服的境況。這是一種非正式用法，有些人感到這一用法令人討厭。

*It's going to be a **bitch** to replace him.*
頂替他將是件倒霉事。
*It was a **bitch** of a winter that year.*
那年的冬天很難熬。

3.32 說 one person **bitches** about another person 指一人在另一人不在場的情況下說後者的壞話。人們用 **bitch** 的這一意義表示他們不認同這種行為。

*Everyone was talking about property or inside deals between **bitching** about colleagues.*
人人都在對同事說三道四的同時談論有關財產或者內部交易的事情。
*She **bitched** about Dan but I knew she was devoted to him.*
她在背後說丹的壞話，但我知道，她對他是忠誠的。

狗 hound

3.33 **hound** 指為狩獵或競賽而特別飼養和訓練的狗。**hounds** 常常具有高度發達的嗅覺，能夠長時間跟蹤它們所追捕的動物，直至抓住那些動物為止。這個關於堅持追隨某事物的思路被用於動詞 **hound**。

3.34 說 one person **hounds** another 指一人跟隨另一人，使後者受到威脅或恐嚇，以便從後者身上得到某種利益。

*I wish the press would leave them alone because if the marriage isn't breaking up, I feel it will do the way they **are hounding** them.*

我真希望新聞記者們不要纏着他們。因為如果他們的婚姻現在還未破裂，我感到記者們這樣窮追不捨也會使它破裂的。

*I was only doing my job. I **didn't hound** him and I was only with him for about two or three minutes.*

我只是在做我的工作。我並沒有追逼他，我只和他在一起呆了兩、三分鐘。

*She couldn't bear to return to the house, to the people **hounding** her.*

回到那所房子及那些對她死纏不放的人們中間去──這是她所無法忍受的。

另見 hunt: **6.51 - 6.53** 節。

3.35 to **hound** someone **out of** a position or place 指迫使某人離開某個職位或地方，其手段為拼命批判此人或給此人製造麻煩，使其無法在原職位或原地方呆下去。

*Sometimes I think that the government is going to **hound** us **out of** business.*

有時候我認為政府打算迫使我們倒閉。

*...trying to **hound** him **out of** office.*

……試圖迫使他離職。

*A magazine editor claimed yesterday that he **was hounded out of** his job because he is a man.*

一位雜誌編輯昨天聲稱，他因為是個男人而被迫放棄他的工作。

*The campaign of hate-mail **will not hound** him **out of** his home.*

寫攻擊性信件的活動將不能迫使他離家。

貓 cat

3.36 **cats** 是英國和美國很普通的寵物。有些人認為它們懶惰而且貪婪。**cat** 作為隱喻用於詞組 **fat cat** 以談論懶惰而且貪婪的人。

將成功的生意人稱為 **fat cats** 指不認同這些人的行為，因為他們為自己爭取得太多利潤，而發給工人或上交政府的錢則不夠。

*...a bunch of **fat cats** with fast cars and too many cigars.*

……一夥擁有速度快的汽車和大量雪茄煙的大亨。

*...foreign exchange **fat cats** making a fortune at the expense of others.*

……損人而發財的做外匯生意的大亨們。

狠毒的 catty

3.37 貓打架時攻擊性很強，用尖牙利爪互相傷害。它們行為的這一方面用形容詞 **catty** 表示。

說 someone, especially a woman, is being **catty** 指某人──尤其是女人──行為

惡毒，令人討厭，通常背後說人壞話，損害別人的名譽。

> *His mother was **catty** and loud.*
> 他的母親背後說人壞話，喜歡譁眾取寵。
> *She said something **catty**.*
> 她說了一些背後傷人的話。
> *...**catty** remarks.*
> ……背後惡毒攻擊別人的評語。

小貓 kitten

3.38　**kitten** 即小貓。**kittens** 被認為是逗人的、好玩的，不具有成年貓可能表現出來的那種獨立性或兇惡的行為。

kitten 用作隱喻，描述被人認為非常性感、樂於調情的女人。新聞記者有時用 **sex kitten** 指稱非常吸引人、有性感的年輕女人，尤其指那些他們認為是在有意賣弄風情的年輕女人。**kitten** 常常用於指稱女演員、女歌手和女模特兒。

> *...French **sex kitten** Brigitte Bardot.*
> ……法國性感女郎布麗奇特·巴爾道赫。
> *Sharon Stone admits she has to fight against being typecast as a blonde **sex kitten**.*
> 莎倫·斯通承認，為了不至於老是扮演性感金髮女郎的角色，她必須抗爭。

小貓般的 kittenish

3.39　將某婦女的行為描述為 **kittenish** 指該婦女頑皮地、活潑地與男人調情。

> *There was something **kittenish** about her.*
> 她身上有些調皮的性感女人的氣質。
> *She was playful, innocent and **kittenish**.*
> 她調皮、天真而且性感。

農場動物 Farm animals

3.40　本節討論表示在英國和美國的農場裏普遍飼養的動物的詞。

奶牛 cow

3.41　**cow** 即奶牛。許多人認為奶牛既愚蠢又醜陋。將某女人稱為 a **cow** 表示說話者不喜歡該女人，因為他認為她令人討厭或愚蠢。這種用法讓人反感。

> *I longed to say to her 'Why don't you do it yourself, you old **cow**?'*
> 我非常想對她說"為甚麼你自己不做這件事，你這個老蠢貨？"

*All I could hear was the producer screaming 'What the hell does the silly **cow** think she's doing?'*
所有我能聽得到的話就是製片人尖叫着：“這個蠢女人究竟以為自己在幹甚麼？”

*'I've had my eye on her. Stupid **cow**, she thinks I do not know what goes on.'*
“我已經注意她了。這個蠢女人，她以為我不知道情況。”

公牛 bull

3.42　**bull** 即公牛，因公牛身體高大、生性兇狠，所以 **bull** 一詞與力量、信心和攻擊性有關。

在經濟學裏，**bulls** 指證券市場的投資者，他們買進股票，希望其價值上升，然後又能將其賣出以獲利。a **bull market** 即牛市，指這樣一種情況：許多人購買價值正在上升的股票。

*The **bulls** are dejected. Tokyo's stockmarket never did what they hoped.*
證券投資者們灰心喪氣。東京的證券市場從來不做他們所希望的事。

*Now the demand for homes is picking up. **Bulls** of residential property even talk of a shortage.*
對住房的需求現在正在回升。房產交易者們甚至在談論短缺問題了。

*During the **bull market** in property, with prices rising fast, auctions became increasingly popular.*
在房地產牛市期間，價格飛快上漲，拍賣日益流行。

*Such bids mostly happen in a **bull market**.*
這類投標多數出現在牛市。

另見 **bear: 3.87** 節。

牛市的 bullish

3.43　按經濟學的說法，the market is **bullish** 指市場處於牛市，即人們對未來價格走向持樂觀態度，因此就希望購進股票。

*The latest survey of manufacturers shows the biggest increase in optimism for ten years. It is particularly **bullish** about exports.*
對製造商的最新調查顯示，現在是近十年來人們對未來的信心增強幅度最大的時候。人們對出口尤其抱樂觀態度。

*Most bankers are still **bullish**, at least in public.*
多數銀行家對前景仍然表示樂觀，至少在公開場合是這樣。

另見 **bearish: 3.88** 節。

3.44　to be **bullish** about something 指對某事抱樂觀態度，充滿信心。

*He was **bullish** about the union's future.*
他對工會的將來充滿信心。

*The athlete was clearly in a **bullish** mood.*
這位田徑運動員明顯地精神飽滿、信心十足。
*…**bullish** speeches on law and order and the economy.*
……關於法治和經濟的樂觀的講話。

豬 pig

3.45 pig 即豬。人們常常為生產豬肉而在飼養場養豬。豬被認為是骯髒、貪婪、有臭味的。稱某人為 **a pig** 指此人讓人討厭，原因是因為此人貪婪、粗魯或無情等。

*…a bunch of racist **pigs**.*
……一夥種族主義的惡棍。
*'What a **pig** you are, Joe.'*
"你真是一個混蛋，喬。"
*He is a complete **pig** to the women in his life.*
對於捲入他生活中的女人們來說，他是個不折不扣的豬玀。

3.46 **chauvinist pigs** 或 **male chauvinist pigs** 有時被用來指對女權不以為然、認為男人自然優越於女人的男人們。這種用法的意圖是侮辱人。

*Before you dismiss me as a **chauvinist pig**, I am very much in favour of equal rights.*
在你把我當作一個大男子主義的傢伙打發走之前，我是非常支持男女權利平等的。

3.47 **pig** 也用來辱罵或取笑食量過大或長得肥胖的人。

*I was a fat slob, a **pig** hooked on cocaine.*
我曾是一個又胖又懶的人，一頭迷上了可卡因的蠢豬。
*'Go on, be a **pig** and eat it all.'*
"繼續吃吧，做一回饞嘴貓，把它吃完。"

3.48 **to pig oneself** 或 **to pig out** 可用來描述那些在某個場合不顧健康吃得過多的人，尤其是那些吃不健康食品的人。這兩個表達式是非正式的。

*A vicar's wife accused them of '**pigging themselves**' at the expense of churchgoers.*
一個教區牧師的妻子指責他們花教民的錢"大吃大喝"。
*I'm still very careful about what I eat but if I do **pig out** at the weekend or drink alcohol, I'll be careful all the following week.*
我對自己吃的東西仍然很小心，但是，如果我在週末吃得過多或喝了酒，在隨後一個星期裏我就會始終小心謹慎。
*He **had** probably **pigged out** in a fast-food place beforehand.*
他多半已事先在一個快餐館裏大吃了一頓。

3.49 稱某人為 **pig-headed** 指此人拒絕改變對某事的看法，即使明顯有錯誤也要堅持。

*…the **pig-headed** politicians who run this country.*
……治理這個國家的頑固的政客們。
*Jane thought he was the most **pig-headed** man she had ever met.*
簡認為他是她所見過的最頑固的男人。

豬 swine

3.50 **swine** 即豬,是個舊式詞或專業詞。**swine** 的隱喻用法和 **pig** 相似。將某人稱為 a **swine** 是要表達説話者的氣憤和不滿,因為説話者認為此人的行為舉止極壞。**swine** 用作隱喻,談論男人比談論婦女更為普遍,尤其用來指暴力犯罪者,表示説話者對這些人的行動的厭惡。

▶**注意**◀ 這個詞的複數形式也是 **swine**。

*He and his young family were terrified of the kidnapper. He said, 'I won't feel safe until the **swine** is behind bars.'*
他和他年輕的家庭成員對那個劫持者很恐懼。他説:"這個暴徒不蹲監獄我就不會感到安全。"
*Look at the things that have been done by these **swine**.*
看看這些暴徒所幹的事情。
*'Tell me what you did with the money, you **swine**.'*
"告訴我你拿這些錢幹甚麼去了,你這個壞蛋。"

豬 hog

3.51 **hog** 即豬。**hog** 用作隱喻,表示説話者認為某人的行為自私貪心。

3.52 説 someone **hogs** something 指某人將某物全部佔為己有或對其貪婪地、不加約束地胡亂使用。這是一種非正式用法。

*Have you done **hogging** the bathroom?*
你總算已佔用完洗澡間了吧?
*He had to be reminded, at times, not **to hog** the conversation.*
必須不時提醒他,對話時不要憑自己高興從頭説到尾,不讓別人插話。

3.53 稱某人為 a **road hog** 表示説話者認為此人開車不顧他人,對別人造成危險。**road hog** 也可拼寫成 **roadhog**。

*They are lethal **road hogs**.*
他們是些極危險的司機。
*…a **roadhog** terrorised a woman driver.*
……一名玩命的司機將一位女駕駛者嚇壞了。

羊 sheep

3.54 **sheep** 即綿羊,是長着厚厚羊毛的農場動物。飼養綿羊的目的是為了獲取羊毛和羊肉。人們認為綿羊是非常愚蠢的動物，特別是因為綿羊有這樣的習性：如果一頭綿羊做甚麼，其他綿羊通常會跟着做，即使這樣做很危險也是如此。將一羣人稱為 **sheep** 表示説話者不認同這羣人的行為舉止，因為他認為他們沒有自己的觀點，只是人云亦云，盲目跟隨別人，對別人要他們相信的事情也深信不疑。

> 'DJs are a load of miserable **sheep**,' he said.
> "音樂節目主持人是一羣可憐的小綿羊，"他説。
> We're not political **sheep**.
> 我們不是政治上的小綿羊。

綿羊般的 sheepish

3.55 説 someone looks **sheepish** 指某人因自己做了蠢事或稍有些不誠實的事而看來顯得有些尷尬或感到有些慚愧。

> He said, 'Give me that wallet now.' The man looked **sheepish** and handed it over.
> 他説："現在就把那個皮夾給我。"那男人看來有些難堪，將它遞了過來。
> Alison returned , looking **sheepish**.
> 阿莉森回來了，看來有些尷尬。
> He gave them a **sheepish** grin and left without further explanation.
> 他有些膽怯地向他們露齒一笑，沒有作更多的解釋就離開了。

羔羊 lamb

3.56 **lamb** 即羔羊。人們有時用 **lamb** 指他們所喜歡的人及溫和、好心、不惹麻煩的人。有些人用 **lamb** 指讓他們感到遺憾的人。

> Be a **lamb**, will you ? I'll take care of her, but come and get me in, say, ten minutes.
> 做個乖孩子，好嗎？我會照顧她的，不過大約 10 分鐘之後來叫我。
> I'll stay with the poor little **lamb** just as long as he needs me.
> 只要這個可憐的小東西需要我，我就一直會和他在一起。

馬 horse

3.57 **horse** 即馬，是供人乘騎、幫人拖犁拉車的大動物。馬的力氣很大，沒有經過適當訓練的馬性子很烈，難以控制。to **horse around** 通常指人傻裏傻氣地和別人一起鬧閙，這個短語尤其用來描述兒童和青少年的行為。

> This is a research site. Not the best place for a couple of boys to **be horsing around**.
> 這是做研究的地方。不是讓一些孩子閙閙的最佳場所。
> Later that day I **was horsing around** with Katie when she accidentally stuck her finger in my eye.
> 那天晚些時候我在和凱蒂打鬧時她一不小心把手指戳到了我的眼裏。

▶注意◀ 名詞 horse 通常沒有隱喻用法。

野生動物 Wild animals

3.58 本章討論表示野生動物的詞,包括 **rats**(鼠)、**foxes**(狐狸)及 **mice**(家鼠)等生長在英國的野外環境中的動物和 **bears**(熊)、**wolves**(狼)等生長在別國的野外環境裏的動物。

害獸、害鳥、害蟲 vermin

3.59 vermins 指老鼠之類,能通過傳播疾病及破壞莊稼和食品對人類造成危害的動物。vermin 能用來指説話者強烈反對的人們,因為説話者認為這些人是對社會有害、有危險的。

*The **vermin** are the people who rob old women in the street and break into houses.*
歹徒是那些在街上搶劫年老婦女和破門闖入民房的人。
*The multi-cultural society is working quite well and we must not let a minority of racist **vermin** continue to make trouble.*
多元文化的社會正運作得相當不錯,我們絕不能讓少數種族主義的害人蟲繼續製造麻煩。

老鼠 mouse

3.60 mouse 即老鼠。老鼠是膽小的動物,聽到聲音或發覺突然的動靜就會逃走。稱某人為 a mouse 表示説話者認為此人極端沉默怕羞,不能向人表達不同意見或説出自己的看法。

*After that row she got up and went, most surprisingly. I always thought her a **mouse**.*
那次吵架後她起身離去,這讓人感到非常吃驚。我一直認為她膽小如鼠。
*I didn't know how to act. I didn't want to be too aggressive but I didn't want to be a **mouse** either.*
我不知道該如何行動。我不想咄咄逼人,但我也不想顯得膽小如鼠。

膽小的 mousy

3.61 將某人説成 mousy 指此人沉默寡言,相當遲鈍。

*A short, **mousy** woman, this was her first teaching job and she wasn't enjoying it.*
一個膽怯的矮小女人,這是她的第一個教學工作,她沒有感到它有甚麼樂趣。
*...the **mousy** little couple from Manchester who had bored her so thoroughly.*
……從曼徹斯特來的這對讓她感到極其厭倦的膽小的小夫妻。

3.62 將某人的頭髮描述成 mousy 指其顏色是棕色的,像老鼠的毛皮,看起來很暗淡,不吸引人。

*He was average height, average build, with **mousy** hair and a forgettable face.*
他的個子中等，體型一般，長着一頭不引人注目的棕色頭髮和一張難以讓人留下印象的臉。

▶注意◀ mousy 也可拼為 mousey。

鼠 rat

3.63　rat 即老鼠，看起來像大的 mouse。rats 被認為是非常令人討厭的動物，因為它們傳播疾病，毀壞食品和農作物。rat 的隱喻用法與 pig 和 bitch 等詞相似，用來表示説話者認為某人的行為是不可接受的。

3.64　將某人稱為 a rat 表示説話者對此人感到生氣或不喜歡此人，其原因通常是此人曾企圖欺騙説話者。rat 用來談論男人比談論婦女更為普遍。

*He saved three people from a burning house in the Blitz, but was a thieving **rat** otherwise.*
他在空襲時從一所燃燒的房子裏救出了三個人，但除此以外他是個竊賊。
*'He did a terrible thing. He's a **rat**.' Tears splashed down Clare's cheek.*
"他做了一件可怕的事情。他是個壞蛋。"淚水順着克萊爾的面頰流下來。

3.65　説 one person **rats on** another 指一人為製造麻煩而告訴別人關於另一人的秘密或對另一人形象有損的事情。to **rat on** someone 也能表示違背對某人許下的諾言的意思。這兩種用法都表示説話者對此類行為的強烈不滿。

*Good friends **don't rat on** each other.*
好朋友不會相互背叛。
*If she walked out she had no guarantee that Hal **wouldn't rat on** her.*
如果她退席，她無法保證哈爾不會出賣她。
*'Give us the gun,' he said, 'I **won't rat on** you.'*
"把槍給我們吧，"他説："我不會出賣你的。"
*She claims he **ratted on** their divorce settlement.*
她聲稱他將他們的離婚協議透露出去了。

黃鼠狼 weasel

3.66　weasel 即黃鼠狼。黃鼠狼被人認為是非常聰明、狡猾的動物。weasel 作為動詞用於一些表達式中比喻涉及欺詐和騙人的行為。

▶注意◀ 名詞 weasel 通常沒有隱喻用法。

3.67　説某人 **weasels out** of a duty or a promise 指此人逃避責任或不履行諾言。這一詞語用來表示對此類行為的不滿。

*A buyer will not usually be able to **weasel out** of these promises later.*
以後在通常情況下買主將無法違背諾言。

*The fact that the US is saying these things makes it easier for the British Government to **weasel out**.*
美國説的這些話使英國政府更容易逃脱。

3.68 **weasel words** 能用來表示説話者認為是為欺騙或作弄人而説的話或寫的文字。這一短語用於文學作品。

*Advertisers use **weasel words** to appear to be making a claim for a product when in fact they are making no claim at all.*
廣告製作人用含糊的詞語，讓人感到他們是在為某一產品提出賠償要求，而事實上他們甚麼要求都沒有提。

雪貂 ferret

3.69 **ferret** 即雪貂，是一種與 **weasel**（黃鼠狼）有聯繫的兇猛的小動物。雪貂住在野外，但人們也飼養雪貂，因為它們能進入小洞穴和隧道，可用來抓捕兔、鼠等動物。動詞 **ferret** 用作隱喻，表示倉促、忙碌地尋求或搜索某事物。

▶注意◀ 名詞 **ferret** 通常沒有隱喻用法。

3.70 to **ferret** somewhere for something 指熱切而忙亂地在某處尋找某物。

*The Director General **ferretted** in his breast pocket for his reading glasses.*
總裁在他的胸前的口袋裏忙亂地找他閱讀用的放大鏡。
*His enthusiasm is clear as he **ferrets** for specimens.*
他忙亂地搜索樣品時，他的熱情是顯而易見的。

3.71 to **ferret out** something, especially information 指通過非常徹底地尋找、搜索以發現某物，尤其是信息。

*Several top American columnists **ferret out** information that others would prefer to keep confidential.*
一些最知名的美國專欄作家通過徹底搜索，獲得了別人更願意保密的情報。
*O'Connor was the person who **ferretted out** the truth in this case.*
奧·康納是那個竭盡全力找出這個案例真相的人。

鼩鼱 shrew

3.72 **shrew** 是一種長着褐色軟毛、尖鼻子的小動物，樣子像鼠。從前 **shrews** 被認為是具有攻擊性的動物，人們往往將心懷惡意、咄咄逼人或壞脾氣的女人稱為 **shrew**。如今這種用法已經比以往少見得多，而且許多人認為這種用法讓婦女厭惡。

*The woman you describe sounds like a tyrant and a **shrew**.*
你描述的那個女人聽起來好像是個暴君、潑婦。

He announced that his step-mother was a **shrew** and he had no intention of going there again.
他宣佈說，他的繼母是個潑婦，因此他沒有再去那兒的打算。

像潑婦的 shrewish

3.73 將一個女人描述成 **shrewish** 指該女人心懷惡意、咄咄逼人、脾氣很壞。這是個舊式詞。

She was in her mid-forties, unmarried, **shrewish** and immensely proud of her efficiency.
她年齡 45、6 歲，未婚，為人刻薄，對自己的效率極度自豪。
...a **shrewish** look.
……不懷好意地看了一眼。

野兔 hare

3.74 **hare** 即野兔。野兔能夠跑得很快，人們常常認為野兔的行為瘋狂或無法控制。**hare** 用作動詞比喻非常迅速、略帶驚慌的運動。

▶注意◀ 名詞 **hare** 通常沒有隱喻用法。

3.75 to **hare off** somewhere 或 to **hare** there 指匆忙地、盡可能快地去某地。這種說法用於非正式的英語，經常用來表示說話者認為某人的匆忙是愚蠢或不必要的。

He **hared off** towards the main gate, shouting wildly to the guard house to raise the alarm.
他匆匆忙忙地走向正門，對着警衛室狂喊，以向人們發出警報。
...an over-protective mother who keeps **haring off** to ring the babysitter.
……一位對孩子過分關愛、不斷跑去急急忙忙給臨時照料孩子的人打電話的母親。
He went **haring** round to her flat.
他匆忙向她的公寓跑去。

3.76 一個 **hare-brained** 想法或計劃是愚蠢的，不大會成功。

This isn't the first **hare-brained** scheme he's had.
這並不是他的第一個愚蠢的計劃。

松鼠 squirrel

3.77 **squirrel** 即松鼠，它們住在樹上，吃堅果和漿果。在夏天和秋天，松鼠將堅果和漿果埋藏起來，到冬天就可以把它們挖出來吃。動詞 **squirrel** 用作隱喻，表示秘密躲藏或貯藏物品。

to **squirrel away** something such as money or food 指仔細將錢、食品等貯存到一個秘密地方以備後用。

> *Japan's savings rate is too high as consumers **squirrel away** huge sums for the downpayment on a home.*
> 日本的存款率太高，因為消費者為了支付購房子的訂金而將大筆的錢都存起來了。
> *She must have had a second bottle **squirrelled away**.*
> 她一定已經叫人將第二個瓶子藏起來了。

狐狸 fox

3.78 **fox** 即狐狸。狐狸被人認為是非常聰明的動物。許多人不喜歡狐狸，因為它們傳播疾病，有時捕殺農場動物。**fox** 用作隱喻，談論聰明或狡猾的行為。

3.79 將某人稱為 a **fox** 指此人聰明，但其行事處世常常具有欺騙性或行動詭秘的。

> *'You sly **fox**,' I said. 'I get your message.'*
> "你這隻狡猾的狐狸，"我說。"我收到你的信了。"
> *Enrico was too good, an old **fox**, cunning. He was giving nothing away.*
> 恩利克太好了，這隻老狐狸，夠狡猾的。他甚麼都沒透露。

3.80 說 something **foxes** someone 指某事物顯得非常困難或巧妙，令人無法理解。to **be foxed** 指感到困惑而不知所措。

> *Motorists have always been quick to devise ways of **foxing** the system.*
> 開車人在設計愚弄這個制度的辦法方面一向動作很快。
> *This is the sort of proposal that **foxes** the opposition.*
> 這是那種迷惑反對黨的建議。
> *Our accident investigation experts are going to **be** completely **foxed** by this one.*
> 我們的事故調查專家將會給這件事故完全被弄糊塗了。

狡猾的 foxy

3.81 將某人描述成 **foxy** 指此人精明，但不誠實、深藏不露。

> *...a quick, cunning, **foxy** child.*
> ……一個腦子快、狡猾、精明的孩子。
> *He had wary, **foxy** eyes.*
> 他長着機警、狡猾的眼睛。

3.82 某男人將某女人描述成 **foxy** 指該男人感到該女人很有性吸引力。這種用法在非正式的美式英語裏最常用。

> *I saw you on TV. I said to my agent, that is one **foxy** lady.*
> 我在電視上看到了你。我對我的代理人說，那是一位性感女郎。

狼 wolf

3.83 **wolf** 即狼。狼是一種兇猛的動物，靠捕殺別的動物生存。**wolf** 用作隱喻，談論貪婪或具威脅性的行為。

3.84 to **wolf** one's food 或 to **wolf** one's food **down** 指吃東西狼吞虎嚥，沒有時間細嚼慢嚥或好好品嚐。

*As I gratefully **wolfed down** the food I realised that I had not eaten anything hot and substantial since my last dinner in Lhasa.*
當我充滿感激之情狼吞虎嚥地吃完了那些食物後，我意識到，自從在拉薩吃了晚餐後，我還沒有吃過任何實實在在的熱東西呢。
*The salad appeared in a bowl with some dressing and I **wolfed it down**.*
色拉拌了些調料盛在碗裏，我一口氣就把它們了下去。
*They had eaten standing up, **wolfing** the cold food from dirty tin plates.*
他們站着吃完了飯，把那些骯髒錫盆裏的冷東西狼吞虎嚥地全吃光了。

3.85 a **lone wolf** 用來指那些雖然是某個羣體的一分子，但不參與羣體所有其他成員所做的事，喜歡獨處或獨自工作的人。這一用法的 **lone wolf** 經常暗示，某人是個危險人物或對羣體是個威脅，因為人們很難知道此人在特定形勢下會有怎樣的行為舉止。

*Chervin, among his peers, is something of a **lone wolf**.*
徹文在他的同伴中是個獨來獨往的怪人。

狼一般的 wolfish

3.86 將某人或其行為描述成 **wolfish** 指此人的行為顯得陰險或嚇人。這一用法見文學作品。

*He began his speech with a **wolfish** grin.*
他陰險地咧嘴一笑開始發言。
*He was handsome enough, in a **wolfish** kind of way.*
他長得夠帥的，不過樣子顯得有些陰險嚇人。

熊 bear

3.87 **bear** 即熊。熊不是兇猛的動物，但如果它們感到自己或自己的幼兒受到威脅，它們也會攻擊、傷害人。**bears** 與防禦行為有關。

在經濟學裏，**bears** 指賣出股票、希望在其價值下跌時又買進以獲利的人。在 **bear market** 裏，股票價格下跌，因為很多人對前景心裏沒有把握，因此更可能賣出股票，而不是買進股票。

*Even the **bears** on Wall Street agree that the company's operating profits will improve.*

甚至華爾街的股票投資者也同意，這家公司的運營利潤將會改善。

*The Dow had dropped sixty-three points the previous Monday and the **bears** would expect another drop.*

道‧瓊斯指數上星期一下跌了63點，股票投資者將期望它再一次下跌。

*Wait two or three years for the next **bear market**, and buy into the company.*

等上2、3年，到下一個熊市時將它買進這家公司的股票。

另見 **bull: 3.42** 節。

熊一般的 bearish

3.88　在經濟學中，説市場是 **bearish** 指的是這樣一種情況：人們對未來的價格心裏沒有把握，所以他們更有可能賣股票，而不是買股票。

*Women were especially **bearish**, fewer than a quarter of them expected share prices to go up.*

婦女們尤其會從熊市的角度考慮市場走向，預期股票價格上漲的人不到四分之一。

*Japanese banks and life insurers remain **bearish**.*

日本的銀行和人壽保險機構的業務依然呈熊市走勢。

另見 **bullish: 3.43** 節。

猿 ape

3.89　**apes** 即猿。猿是最類似於人類的動物，在活動時經常試圖模仿它們所看見的人的動作。關於以相當笨拙的方式模仿某人的行為這一思路被用於動詞 **ape**。

▶注意◀ 名詞 ape 通常沒有隱喻用法。

3.90　to ape something 或 to **ape** someone 指試圖使自己的行為與某物或某人相像。人們常用這一意義的 **ape** 表示他們認為某個模仿有趣或拙劣。

*He **apes** their walk and mannerisms behind their backs with hilarious results.*

他在他們背後模仿他們的步態和怪僻，樣子很滑稽。

*We should not attempt to **ape** the past but to bring the best of the past out into the present.*

我們不應該試圖模仿過去，而應該將過去的精華部份提煉出來為當前所用。

*The best British music isn't necessarily made with huge budgets or by **aping** the latest trends from across the Atlantic.*

最好的英國音樂不一定是依靠雄厚的資金或通過模仿大西洋彼岸的最新趨勢而創作出來的。

3.91　to go ape 指因對某事感到非常興奮或煩惱而使自己的行為失控。這是非正式的用法。

*The crowd **went ape**.*
人羣無法控制自己。
*He is sure as hell **going to go ape** that you didn't see Rocky yesterday.*
你昨天沒看見落基，他肯定會為這件事氣得發瘋的。

猴子 monkey

3.92　**monkey** 即猴子，是長着長尾巴的動物。猴子居住在熱帶國家的樹林裏，與猩猩和類人猿等動物同屬一個科。猴子被認為是非常調皮的，因此人們有時將一個調皮的孩子叫做 a **cheeky monkey** 或 a **little monkey**。

*She's such a **little monkey**.*
她就是這麼一個小頑猴。

3.93　to **monkey around** 或 to **monkey with** something 指不負責任地玩耍或干涉某事。這一短語用來表示對某事不以為然。

*Genetic engineering must stop short of **monkeying around** irresponsibly with the species.*
基因工程研究必須停止對那些物種不負責任地胡亂耍弄。
*Not a day goes by without him getting in and **monkeying with** something.*
他沒有一天不進去搗亂的。

虎一般的 tigerish

3.94　**tiger** 即虎，貓科動物的大物種，居住在亞洲一些地區的野生環境。虎長着帶黑條紋的桔黃色的毛皮，是兇猛的動物。關於虎的這種兇猛和堅定的概念被用於形容詞 **tigerish**，因此，將某人描述為 **tigerish**，指説話者認為此人多少讓人欽佩，因為他勇敢、有進取精神，而且好像決心對任何境況都充分利用。

*He's the least naturally talented of the four of us but for mental toughness he's as **tigerish** as any of us and sometimes more so.*
論天賦，他在我們四個人中是最低的，但是，論毅力，他和我們中的任何人一樣堅忍，有時候還更堅忍。
*His brain works so quickly that he's always one step ahead of even the most **tigerish** opponents.*
他的腦子反應極快，因此，即使是碰上最勇敢、最富有攻擊性的對手他也總是要搶先一步。
*...**tigerish** determination.*
⋯⋯堅定的決心。

除詩歌或其他文學作品中的用法之外，名詞 **tiger** 通常沒有隱喻用法。

恐龍 dinosaur

3.95　**dinosaur** 即恐龍，是幾百萬年以前曾經生存在地球上、後來又滅絕了的巨大的爬行動物。**dinosaur** 用作隱喻，指不再被人認為有用或有重要價值的事物。

稱某個人、某個系統或機器為 **dinosaur** 指說話者認為此人行事處世的方式太古板、該系統或機器太陳舊，應該被更具有現代特徵的人、系統或機器所取代。

*'You are a **dinosaur**,' Michael said. 'The world has moved on and you do not even know it.'*

"你是個老古董，"邁克説。"世界已經進步了，而你竟然連這也不知道。"

*True, more judges are now being appointed in their late forties and early fifties, but many courts are still presided over by **dinosaurs** in their late sixties and early seventies.*

現在確實有較多50歲上下的人被任命為法官，這一點不假，但是，許多法庭現在仍然由70歲上下的老古董們把持着。

*As an international venue it's a bit of a **dinosaur**.*

作為一個國際會議場所，它是有點陳舊了。

4 建築物和建造
Buildings and Construction

4.1 本章討論用來談論住宅和建築物的詞，先考察表示建造和建築的詞，如 **build**（建設）和 **demolish**（拆除），然後討論表示建築物和建築物的構成部份的詞，如 **foundation**（基礎）、**wall**（牆）和 **roof**（屋頂），最後討論表示入口的詞，如 **door**（門）、**gateway**（入口）和 **window**（窗）等。

建造和建築 Construction and building

4.2 許多表示建築和建造的詞用來談論建立、加強關係和業務活動。

建築 build

4.3 to **build** something such as a house or a wall 指通過將材料結合在一起的方法建造房子或牆等。**build** 用作隱喻，談論創造和發展事物。

4.4 to **build** something such as a relationship or a career 指開始相互關係或事業等，逐漸對其加強，直到獲得成功。

*Since then the two **have built** a solid relationship.*
從那時起，這兩者已經建立起了一種牢固的關係。
*I also tried to **build** an atmosphere of co-operation by asking what we could do to boost the business.*
我也曾經提出我們怎樣做才能促進業務發展的問題，試圖借此創造一種合作的氣氛。
*Government grants have enabled a number of the top names in British sport to **build** a successful career.*
政府資助已經使英國體育運動界的一些頂尖人物得以創造出成功的事業。
*During this time he **has built** a fine reputation for high standards in the field.*
在此期間他已經以高標準在這個領域裏建立起了良好聲譽。

4.5 to **build on** something 指以某事物作為基礎或出發點發展某人的想法、關係或業務。

*It **builds on** the work presented at a conference in January 1989.*
它是以 1989 年 1 月的一次學術會議上所介紹的工作為基礎發展起來的。

*The second half of the chapter **builds on** previous discussion of change and differentiation in home ownership.*

這一章的後半部份是以前面關於住宅所有權的變化和區別的討論為基礎建立起來的。

*The Guardian reports that the Labour Party **is building on** its lead position over the Conservatives.*

"衛報" 報導説，勞動黨正在將其領導地位建立在保守黨之上。

4.6 **build up** 的用法同 **build** 相似。to **build** something **up** 指有意發展某事物或允許某事物發展。**build up** 的這一用法常帶有積極意義。

*Ten years ago, he and a partner set up on their own and **built up** a successful fashion company.*

10 年以前，他和一個合夥人獨立地建立了一家成功的時裝公司。

*The following year he borrowed enough money to buy his first hotel and spent three years **building up** a hotel empire.*

第二年他借了足夠的錢購買了他的第一家酒店，然後花了三年時間建設了一個巨大的酒店王國。

*The self-confidence that she **had built up** so painfully was still paper-thin; beneath it hid despair and cold anger.*

她如此艱難地建立起來的自信心仍然十分脆弱；在自信心的背後隱藏着絕望和竭力遏止住的憤怒。

*While saving to travel abroad he also has to clear the debts he **built up** over three years of studying.*

他在為出國旅行而節省費用的同時，也必須還清他超過三年的學習中所積累起來的債務。

4.7 説 something unpleasant or undesirable **builds up** 指某個令人討厭或不受歡迎的事物逐步變大或變得影響更大。這一用法的 **build up** 後面永遠不帶賓語。

*His report says 10 am is the best time to ask for favours, before stress **builds up** and people become irritable.*

他的報告説，早上 10 點是求助的最佳時間，因為此時人們的工作壓力還不大，還不太容易煩躁。

*Express any resentment quickly, politely and firmly, before it **builds up** into uncontrollable anger.*

任何不滿情緒都要快速、禮貌、堅決地表達出來，免得這種情緒積聚起來，成為難以遏制的怒火。

*By early afternoon queues **were** already **building up**.*

午後不久，一些隊伍已經排列了起來。

建造 construct

4.8 to **construct** something such as a building 指建造樓房等建築物。**construct** 這個詞的用法比 **build** 更正式，它用作隱喻，談論創造和理解想法和體系的方法。

4.9 説 someone **constructs** something such as an idea, a scientific theory, or a system 指某人通過將其他想法或主意集中起來的辦法發展某種想法、某個科學理論或某個體系。這是一種正式用法。

*The truth is that standard economic models **constructed** on the evidence of past experience are of little use.*
事實是，以過去經驗的證據為基礎建立起來的標準經濟模式幾乎沒有甚麼使用價值。
*In an attempt to overcome that, the city **is** actually **constructing** an environmental protection plan.*
為了解決這個問題，這個城市實際上是在構建一個環境保護計劃。

4.10 說 an idea **is constructed** in a particular way 指某一想法通常被人以某種特定的方式在解釋和理解，雖然用別的方式對它解釋或理解也是可能的。這一用法的 **construct** 見學術著作。

*Increasingly, scientific knowledge **is constructed** by small numbers of specialized workers.*
科學知識由為數很少的幾名專門工作人員構建，這已是一個愈來愈常見的現象。
*These are affected by many factors: the child's and the mother's personalities, social circumstances, and the way motherhood **is constructed** in our society.*
這些受到許多因素的影響：孩子和母親的個性、社會環境、我們這個社會裏母親的身份如何構建等等。
*Feminism must integrate the experiences of black women and take on board an understanding of racially **constructed** gender roles.*
女權主義必須將黑人婦女的經歷融入其中，着手了解按種族差別構造的性別角色。

拆除 demolish

4.11 to **demolish** a building 指完全破壞一個建築物。**demolish** 用作隱喻，說明一個想法或論點等已經被非常有力、有效的方式證明是錯誤的。

4.12 說 one person **has demolished** another person or their ideas 指一人已說服別人或已向別人表明，另一個人的想法是完全錯誤的。

*In his toughest speech yet on the economy, Mr Major **demolished** his critics.*
梅傑先生在他關於經濟的最強硬的演說裏，駁斥了那些批評他的人。
*The newspaper published an article by its chief political columnist which **demolished** this argument.*
報紙發表了一篇由其主要政治專欄作家撰寫的文章駁斥了這個論點。

4.13 說 someone **demolishes** an idea 指某人向大家說明，某個想法——特別是某個許多人所具有的想法——是錯誤的。

*McCarthy **demolishes** the romantic myths of the Wild West.*
麥卡錫打破了關於西大荒（美國開拓時期的西部）的浪漫神話。
*David is keen to **demolish** preconceptions about the sign-writing business as a small-time trade done in backstreet workshops.*
戴維終於打消這樣一種偏見，即將寫招牌業務看成是在偏僻街道的店鋪裏，進行的一種無足輕重的商業活動。

拆除 demolition

4.14 **demolition** 為破除某事物的行為或過程。體育運動評論員有時在強調説明一個運動隊或一名選手已經很容易地被另一個運動隊或另一位選手擊敗時會用 **demolition of** 前一個運動隊或前一名選手加以表達。

*Arsenal showed their worth in the **demolition of** their North London rivals.*
通過擊敗北部倫敦的對手，阿森諾隊表現出自身的價值。
*...Swansea's **demolition of** the world champions.*
……Swansea 戰勝了世界冠軍。

水泥 cement

4.15 **cement** 即水泥，建築工人用它製造樓板，使牆中的磚塊黏合在一起。説 things **are cemented** together 指將材料用水泥黏合在一起，因此很難將它們分開。動詞 **cement** 用作隱喻，談論加強相互關係和鞏固成就等。

4.16 説 someone **cements** a business or personal relationship 指某人使一個企業或某種人際關係更加鞏固。

*...**cementing** a successful business relationship.*
……加強一種成功的商務關係。
*The police team **has cemented** close ties with the hospital staff.*
這支警察部隊已經強化了與這家醫院的工作人員的密切關係。
*Doing things together **cements** friendships; most of my close friends are people I've worked with in some way or other.*
一起做事能增進友情；我的多數親密朋友都是曾與我以某種方式一起工作過的人。

4.17 説 someone **cements** success or an achievement 指某人額外做某事以確保成功或獲取某項成就。這一用法在新聞報道中最為常見。

*It was no surprise when they **cemented** victory in the 66th minute with another outstanding goal.*
他們在第 66 分鐘時又進了一個精彩的球並由此鞏固了勝利的基礎，這沒甚麼令人驚奇的。
*It was a part she knows could have won her an Oscar nomination and **cemented** her career, but ill-health got in the way.*
她知道，這是個能使她有可能獲奧斯卡提名並使她事業獲得成功的角色，但是，虛弱的身體卻成了她的障礙。
*In the process he **cemented** his control over the company.*
在這個過程中他強化了對公司的控制。

表示建築物和建築物的構成部份的詞
Words for buildings and parts of buildings

4.18 house（房子）、apartment（公寓）之類的詞和表示在房子內部的房間的詞一般沒有隱喻用法。home 一詞有若干隱喻用法，見以下説明。

家 home

4.19 home 即家，是人們居住的地方。人們在家時常常覺得比在任何別的地方更安全和舒適，這個關於家的歸屬感和安全舒適感的思路用作隱喻，描述在某一特定羣體或情景中所感受到的安全或幸福。

4.20 將組織或政黨等描述為 a home for someone 指某人在該組織或政黨內感到自在，因為他們的想法和生活方式在該組織或政黨內裏被接受，而且那裏有其他成員也採取同樣的思維和生活方式。

*Germany's Green Party provided a political **home** for people who felt their needs weren't being met by any of the traditional parties.*
德國的綠黨為那些感到任何一個傳統政黨都沒有滿足其需要的人們提供了一個政治上的歸宿。
*The party works on a local level as a **home** for conservative councillors.*
這個黨在地方層級開展工作，將此作為保守的市議員們的據點。

4.21 to be **at home** in a particular situation 指在某種形勢下感到輕鬆自如。

*As the Fitzgeralds prospered, Rose received a thorough education and was **at home** in the lecture halls of Boston.*
當費茨傑萊爾德家興旺發達了，羅斯接受了完整的教育。在波士頓的演講廳聽課時，他的感覺非常好。
*They are the people most likely to be **at home** dealing with these problems.*
他們很可能是一些處理這些問題的行家。
*These people have relations and good contacts in China and feel **at home** with the mainland's informal ways of doing business.*
這些人在中國有關係，已建立了良好的門路，對大陸從事商務活動的非正式的方法感到很熟悉。

4.22 在下面的詞語中，home 也用來指人們的頭腦或想法。

4.23 説 something which one person is already aware of but has not thought about much **is brought home to** this person 指一件事的發生使某人再次考慮他已經意識到但尚未仔細考慮的某事，而且更加認真地對待此事。

*Having now seen their schooling systems, it **has been brought home to** me just how far we lag behind.*
看到了他們的教育體制之後，我意識到，我們需要認真考慮和他們的差距有多大。

*The risk of assassination **was** again **brought home to** Churchill and Roosevelt in January 1943 when they met at Casablanca.*
1943 年 1 月邱吉爾和羅斯福在卡薩布蘭卡會晤時，他們又一次深切地意識到暗殺的危險性。
*It was a week of contrasts **to bring home** the harsh reality of life in modern-day Moscow.*
是一個星期的對比使人們意識到思考當代莫斯科生活的嚴酷現實。

4.24 to **drive** or **hammer home** a message or idea 指用非常有效的方法將一個信息或想法介紹給人們，以保證別人理解或注意到所介紹的觀點。

*There was a huge propaganda campaign to **drive home** the message.*
為了使這個信息家喻戶曉，人們曾組織過一場巨大的宣傳運動。
*Thirty years of industrial experience **drove** that lesson **home**.*
工業界 30 年經驗使那個教訓深入人心。
*Today's march is meant to **hammer home** the fundamentalists's point of view.*
今天的遊行是為了讓人們了解原教旨主義者的觀點。

另見 **hammer: 5.49-5.51** 節。

後院 back yard

4.25 **back yard** 即後院，是直接與一些房屋的後部相連的一小塊區域，其面積剛好能放置垃圾桶和自行車等物品。説 something is in your **back yard** 指某事正在某人所直接涉足或有個人興趣的地方裏發生。**back yard** 常這樣用於談論與某人距離相近的一塊土地或對某人的業務或利益來説是重要的問題。

*He said Europe had to clean up its **back yard**.*
他説歐洲必須將其後院打掃乾淨。
*The first company on which he led the investigation was right in his **back yard**.*
他所領導調查的第一家公司正是與他本人的關係密切的公司。

塔 tower

4.26 **tower** 即塔。塔可以單獨矗立，也可成為一座城堡或教堂的一部份。塔被人認為是牢固、安全的建築。因為塔都建得很高，人們往往從遠處就能看見它們。這個以明顯或引人注目的方式展示堅實的思路被用於動詞 **tower**。

4.27 説 someone or something **towers over** or **towers above** those other people or things 指某人或某事物明顯比類似於此人或此事物的別的人或事物更好、更重要或更成功。

*Polls indicate that he **towers above** the party's other potential candidates in public fame.*
民意測驗表明，他的公眾聲譽大大高於該黨別的潛在候選人。

*In profit, production and most other things, Japan's two giants of consumer electronics **tower above** the rest of the industry.*
就利潤、生產和多數別的因素而論，日本的兩家民用電子工業巨頭遠遠優於別的同行企業。

*The country now **towers over** its neighbours both in terms of population and wealth.*
就人口和財富而言，這個國家現在大大超過其鄰國。

4.28 a **tower of strength** 可用來指那些在人人都陷於非常困難的境地時使他人感到可信賴而且會提供幫助的人。

*Rosemary has been a **tower of strength**. She likes to stay in the background but she is determined.*
羅斯瑪麗一直是個可信賴的人。她不喜歡拋頭露面，但她的意志堅定。

高聳的 towering

4.29 將某人或某事描述為 **towering** 指說話者有意強調，此人或該事物因其重要性、技術或強度給人留下深刻印象。這一用法見於文學作品。

這一用法的 **towering** 總是置於名詞之前。

*Picasso was the **towering** genius of the period.*
畢加索是他那個時代傑出的天才。

*Although dead, he remains a **towering** figure.*
雖然他已去世，但他仍然是一位傑出人物。

*That these were **towering** intellectual achievements was not in doubt, however their influence was not great.*
這些無可置疑是傑出的知識成就；但是，它們的影響卻談不上重大。

廢墟 ruins

4.30 the **ruins** of a building 是一個建築物遭轟炸或火災等嚴重破壞後的全部殘餘。**ruins** 用作隱喻，談論遭到嚴重破壞，幾乎已被完全毀壞的事物。

4.31 經濟制度、人的生命或想法等事物的 **ruins** 是這些事物幾乎被完全毀壞後所遺留的部份。

*…citizens fleeing their country's economic **ruins**.*
……逃離這個國家經濟遭破壞後的遺留問題的國民們。

*She lay back for a few moments contemplating the **ruins** of her idealism and her innocence.*
她向後靠了靠，思考着她的理想主義和天真純潔的想法的破滅。

4.32 說 something such as someone's life, or a country is **in ruins** 指人的生命或國家等事物已幾乎完全被毀滅了。

*His career was **in ruins**.*
他的事業全毀了。

*With its economy **in ruins**, it can't afford to involve itself in military action.*
由於它的經濟已經跨掉，它已無法使自己介入軍事行動。

*Now another young woman's life is **in ruins** after an appalling attack.*
在一場令人震驚的攻擊之後，現在又有一位年輕婦女的一生被毀。

構造和構造的部份
Structures and parts of structures

基礎 foundation

4.33 the **foundations** of a building 是一個建築物首先建築的那些部份，其功能是加固和支撐該建築物。**foundations** 和 **foundation** 用作隱喻，談論體系或計劃等事物的最重要的部份，通常這些部份是最先考慮或開發的。

4.34 The **foundation** or **foundations** of an idea , system , or plan 是支持和加強一個想法、體系或計劃的事物。**foundations** 可以指諸如項目的前期準備之類的東西，它也可以指對一個項目來說是很重要的想法。

*There is no painless way to get inflation down. We now have an excellent **foundation** on which to build.*
沒有不經過艱苦努力就能使通貨膨脹率下降的辦法。我們現在有一個建設的極好基礎。

*…providing a **foundation** for developmental planning and action.*
……為發展計劃和行動提供一個基礎。

*Do not be tempted to skip the first sections of your programme, because they are the **foundations** on which the second half will be built.*
不要因圖省事而跳過你的項目的最先幾個部份，因為它們是後半部份賴以建立的基礎。

4.35 說 someone **lays the foundations** for something 指某人為某事做精心準備，希望這樣做將使它更成功或更有效。

*You can help **lay the foundations** for a good relationship between your children by preparing your older child in advance for the new baby.*
你可在新生嬰兒到來之前讓較大的孩子們對此有所準備，這樣做有助於為今後孩子們之間的良好關係打下基礎。

*…the advances that **laid the foundations** for modern science.*
……為現代科學奠定基礎的進步。

*The **foundations are being laid** for a steady increase in oil prices over the next five years.*
人們正在為未來 5 年中石油價格的穩步上升做基礎工作。

*At the same time the **foundations were laid** for more far-reaching changes in the future.*
同時，人們為將來影響更為深遠的變化打下了基礎。

4.36 説 something that someone says or writes is **without foundation** 指某人説或寫的某事不是以可證明的事實為依據的，因此它可能是不真實的。

> *In support of the theory, she is forced to resort to statements which are entirely **without foundation**.*
> 為支持這個理論，她被迫求助於完全沒有依據的論述。
> *'Our view,' he said, 'is that these claims are entirely **without foundation**.'*
> "我們的觀點是，"他説，"這些陳述是完全沒有根據的。"
> *As he candidly admitted, French fears were not **without foundation**.*
> 正如他坦率承認的那樣，法國人的恐懼並不是沒有根據的。

4.37 説 an event or an account of events in a book or newspaper **rocks** an organization or a belief to their **foundations** 指一個事件或書或報紙關於一些事件的報道令人極為震驚或不安，因此一個組織或信念被嚴重破壞或幾乎被摧毀。

> *He's about to **rock** the **foundations** of the literary establishment with his novel.*
> 他正準備用他的小説根本動搖文學界的權威人士的地位。
> *My faith **was rocked** to its **foundations**.*
> 那時我的信念已發生根本動搖。
> *Why has he not moved quickly to discredit the book which **is rocking** the monarchy to its **foundations**?*
> 為甚麼他沒有快速採取行動，質疑那本從根本上動搖君主政治的書，令它信譽掃地呢？

牆 wall

4.38 **wall** 即牆。牆支撐建築物，同時也使房間和區域之間相互隔離。**wall** 用作隱喻，談論因彼此間有某種隔閡存在而讓人感到相互交流有困難的情況。

4.39 a **wall of** a particular attitude or behaviour，尤其是 a **wall of silence**，可用來説明某種態度或行為妨礙人們有效地相互交流或共同工作。

> *Last night detectives faced a **wall of silence** from witnesses who were too frightened to tell what they had seen.*
> 昨夜偵探面對的是證人們的緘默，因為他們太害怕，不敢説出他們看到了甚麼。
> *There is a **wall of secrecy** which must be removed if people's understandable anxieties are to be addressed.*
> 如果要解除人們那種可以讓人理解的擔心，就必須去除目前存在的遮遮蓋蓋造成的障礙。
> *He was tempted to say something , anything, that would break through that **wall of indifference**.*
> 他感到自己很想説一些話以消除人們之間的冷漠。
> *It doesn't take long to expose the **wall of ignorance** which neither information nor education seems able to penetrate.*
> 那是一堵信息和教育似乎都無法穿透的無知之牆，但揭露它也花不了很長時間。

▶注意◀ 複數形式的 **walls** 通常沒有這種用法。

磚牆 brick wall

4.40　**brick wall** 即用磚塊砌成的堅固的牆。磚牆常用來形成地域周圍的邊界，以阻止人們進入。**brick wall** 用作隱喻，談論阻礙一個人或其計劃按其希望的方式繼續進行的事物。

4.41　説 someone or someone's plans have **met** or **come up against a brick wall** 指別人與某人的意見不一致或正拒絕傾聽其要求，這樣此人就無法繼續實行其計劃。説話者用這一詞語表示，他認為別人的這種行為不合情理。

*When I tried for a jobshare I **met a brick wall**, but I persevered. I want to have time for the children.*
我在謀求一份與人合做的工作機會時遇到了一個難以逾越的障礙，但我仍堅持這個要求。我需要有時間照顧孩子們。

*Her applications **were met** by **a brick wall** of excuses.*
她的申請遇到了一個難以逾越的障礙，人們老用各種借口打發她。

*I had been working hard for a long time and I felt that I**'d come up against a brick wall**.*
很長一段時間我一直在努力工作，但我感到我已經碰到了一個難以逾越的障礙。

4.42　説 someone **is talking to a brick wall** 指正在與某人交談的人們拒絕傾聽此人的意見或對此人加以注意。

*He was absolutely right. Unfortunately, he **was talking to a brick wall**.*
他絕對是正確的。遺憾的是，他是在對牛彈琴。

屋頂 roof

4.43　the **roof** of a building 即建築物的屋頂。**roof** 用在 **go through the roof** 和 **hit the roof** 等短語裏，談論以突然或意想不到的方式超越一個正常數量或一個可接受的界限的事物。

4.44　説 something such as a rate or an amount **goes through the roof** 指某一比率或數量等事物以無法控制的方式快速增加或發展。這一隱喻用法通常帶有貶義，如描述價格上漲等，不過它也能用來表達積極的意義。

*They're the people who have seen their business rates **go through the roof**.*
就是他們看到自己的商業稅率暴漲。

*The world's population **is going through the roof**.*
世界的人口正在急劇增加。

*In recent years, the rewards **have gone through the roof**.*
近年來，獎勵項目已經是飛快地增加了。

*How does she deal with relationships now that her career **has gone through the roof**?*
她的事業已經取得了突破，那麼她將如何處理各種關係呢？

另見 **12.22-12.28** 節。

4.45　説 someone **hits the roof** or **goes through the roof** 指某人勃然大怒，常常表示説話者認為此人的發怒沒有道理或不可接受。這些短語用於非正式場合。

> *I can remember asking my mother and she nearly **hit the roof**.*
> 我記得向我母親問起過這件事，可她幾乎大發雷霆。
> *Graham **hit the roof** after reading the manuscript of her autobiography.*
> 格雷厄姆讀了她自傳的原稿後勃然大怒。
> *There was no explanation of what might be wrong. I **went through the roof** and slammed down the phone.*
> 我沒有聽到任何關於可能出錯的説明。我怒火中燒，狠狠地摔下了電話筒。

天花板 ceiling

4.46　**ceiling** 即天花板。**ceiling** 的隱喻用法與 **roof** 相似，描述對某事物的限制。

a **ceiling** on something such as prices or wages 是官方制定的對價格或工資等事物的上限，這個界限是不能突破的。這個用法在新聞報道中最為常見。

> *They decided to put a **ceiling** on the income of party leaders.*
> 他們決定為黨領導人的收入制定一個最高限額。
> *The document proposes an income tax **ceiling** of fifty per cent.*
> 文件提出了一個所得税的最高限額，即不超過百分之五十。

入口 Entrances

4.47　許多用來描述物質世界的入口的詞也用來談論人們爭取進入組織等系統、爭取得到令人愉快的關係或爭取在別的方面的幸福和成功等情況。在大多數情況下，這些詞的用法有積極含義。

門徑 gateway

4.48　**gateway** 即門徑，門徑處有一道進入某個地區必須經過的門。説 one thing is the **gateway** to another 指通過了解、擁有和利用一事物就能理解或利用另一事物。

> *The face is the **gateway** to your personality.*
> 臉是了解你的性格的窗口。
> *The prestigious title offered a **gateway** to success in the highly competitive world of modelling.*
> 在競爭極為激烈的時裝模特兒界，這個有影響力的頭衡打開了成功之門。

*What starts out as looking like a humiliating defeat turns out to be the **gateway** to a victorious and more fulfilling life.*
那件事起初看來像一個讓人丟臉的失敗，可它結果卻成了通往勝利和更為充實的生活的大門。

門 door

4.49　door 即門，用來開啟和關閉建築物、房間、櫥櫃或機動車輛。和 **gateway** 一樣，**door** 的隱喻用法與進入組織、獲得機會等意義相關。

4.50　說 someone has **closed**, **shut**, or **slammed the door** on a possibility or an idea 指某人已經決定不考慮某種可能性或某個想法，或者以行為舉止表明它們已不再有可能。

*Don't let past mistakes **close the door** to opportunity.*
不要讓過去的錯誤堵死了機會之門。
*His actions had **shut the door** on the possibility of talks.*
他的種種行為關閉了進行對話的大門。
*It is one-sided, **closing the door** on all other teachings.*
它是單方面的，將所有別的教義都拒之門外。
*It is an instinct in time of economic difficulty to **slam the door** on the free trade that has brought prosperity.*
在經濟困難時期，關閉已帶來繁榮的自由貿易之門是一種本能。

4.51　說 someone **closes** or **shuts the door** on part of his life 指某人已決定將其生命的這一段完全結束，將注意力集中於未來。

*She is not **closing the door on** the marriage completely.*
她並沒有完全結束婚姻生活。
*I don't feel like I have just **closed the door on** my past.*
我並不覺得我已經給我的過去畫上了句號，準備重新開始了。

4.52　說 something **opens doors** for someone 指某事給了某人做新的事情或用新的方式思考的機會。

*The Turks have **opened** more **doors** to women than outsiders realise; nearly 20% of their lawyers are women, lots of their engineers and probably more of their university teachers than in Britain.*
土耳其人給婦女提供的機會要比外人所知道到的要多：他們的律師中有近 20% 的婦女，他們的工程師中有許多是婦女，他們的大學教師中的婦女很可能比英國大學中的還要多。
*The reputation that he had gained would **open doors** for him.*
他所獲得的聲譽將為他打開機會之門。
*Greater publicity **has opened doors** to understanding and acceptance.*
公眾注意的增加已經為了解和接受開啟了大門。

後門 back door

4.53 the **back door** of a building such as a house 是位於房屋等建築物背後的入口，通常用於進入花園，而不是出入房屋。**back door** 用作隱喻，指一種進入某個組織或開始實行某條規則和法律等的不平常、非常規的方法。

4.54 説 someone has entered a university or got a job **through the back door** 指某人沒有按常規辦理手續進入了一所大學或得到了一份工作。人們有可能用此隱喻暗示這樣做不公平。

*Shirley came into the profession **through the back door** 25 years ago.*
25 年以前，雪莉通過後門開始從事這個專業。

*If I get into Oxford University, it should not be **through** some special **back door** opened to me because of my colour but because of merit.*
如果我進入牛津大學，那就不應該通過某種因我的膚色而對我開放的後門進入，而是要憑我的實際優點。

4.55 説 a new law or system is being introduced **by the back door** 指人們沒有對一條新的法律或一個系統進行投票表決或正式討論，而是試圖悄悄地引入它們，不公開宣佈或討論。這一詞語用來表示不滿。

*They claim the government is privatising dentistry **by the back door**.*
他們宣稱，政府在悄悄地實行牙齒治療保健的私有化。

*Unless there are tough controls on the use of licences, the result could be the introduction of identity cards **by the back door**.*
除非在許可證的使用上有嚴格的控制手段，否則結果可能會是通過後門來使用身份證。

4.56 説 a person or organization is trying to do something **through** or **by the back door** 指一個人或一個組織試圖不讓人注意地做某事，因為如果別人知道這個情況，他們也許會試圖阻止此人或該組織做這件事。

*The word is that the bank is already financing it **by the back door**.*
有傳聞説，銀行已在背着人悄悄地為它提供經費。

鑰匙 key

4.57 **key** 即鑰匙，它用來插入鎖孔以開啟或鎖住門、手提箱等物，或用來發動或關閉車輛的發動機。沒有某扇門、某個手提箱或某一機動車輛的鑰匙，就無法開這扇門、這隻手提箱或者使用這輛車。**key** 用作隱喻，談論重要的事物，如能使人得以做某事、取得某種成就或了解某個情況的事物等。

4.58 説 one thing is **the key to** another 指做一事或擁有一物對獲取另一事物來説是重要的。例如，説 money is **the key to** success 指錢是取得成功的重要因

素，人們沒有錢就不能取得成功。

*Information was **the key to** success.*
信息是成功的關鍵。
*The truth is that dishonesty is **the key to** a happy relationship, says a US psychiatrist.*
據一位美國精神病專家説，不誠實事實上是幸福關係的關鍵。
*Planning and prioritising are **the keys to** service improvement.*
制定計劃和按輕重緩急辦事是改善服務的關鍵。
*A gentle approach is **the key to** maintaining beautiful, healthy-looking skin.*
從容的方式將是保持美麗和健康皮膚的要訣。

4.59　説 one thing is the **key to** another thing which is difficult to understand 指了解一事物是理解另一難以理解的事物所必須的。

*It is possible to use these pictures as **keys to** the unconscious.*
將這些圖畫用作研究失去潛意識的人是有可能的。
*These considerations provide the **key to** understanding what is otherwise a complete mystery.*
這些想法提供了了解這一些事物的鑰匙，否則這個事物完全是難解的謎。
*He had been working his way around the question which held the **key to** this entire affair, the question of motive.*
他一直在想方設法地解決動機問題，因為這個問題含有弄清整件事的關鍵。

另見 **unlock: 4.69** 節。

4.60　the **key** question, idea, or person in an issue or problem 是一個議題或問題中的必須了解或研究的極端重要或最重要的問題、想法或人物。

*Chapter eight examines a number of **key** arguments about the social and political impact of rising levels of home ownership.*
第 8 章討論關於住房擁有水平的上升所帶來的社會政治影響的幾個主要論點。
*Inevitably the **key** issue is money.*
關鍵問題是錢，這是不可避免的。
*Normality is the **key** word. Don't give your child the impression that something strange has happened.*
"正常" 是個關鍵詞。不要讓你的孩子產生甚麼怪事發生了的印象。
*Women's labour also plays a **key** role in the international movement of capital.*
婦女的勞動也在國際資本運動中發揮着至關重要的作用。

以下是常用於這一用法的 **key** 之後的詞的一些例詞：

area	feature	point
aspect	figure	post
component	issue	problem
decision	member	question
difference	part	role
element	person	sector
factor	player	word

鎖 lock

4.61　to **lock** something such as a door, a room, or a container that has a lock 指用鑰匙將帶鎖的門、房間或容器等安全關閉。to **be locked** in a room 指被鎖在一個房間裏無法脫身，因為房門鎖着，沒有鑰匙打不開。to **be locked out** of a room or a house 則指被鎖在房間或房屋的門外，沒有鑰匙無法開鎖進入。這個關於無法改變一種境況的思路被用在隱喻 **lock in** 和 **lock out** 等短語中。

4.62　說 someone **is locked in** particular negative feelings 指一些具有消極意義的感覺支配了某人，使他快樂不起來，而且看來他無法改善境況。

He **was** now **locked in** loneliness.
現在他陷入孤獨不能自拔。
…unhappily married husbands and wives who **are locked in** misery.
……不幸福婚姻的丈夫和妻子們陷入痛苦而無法得到釋放。
So many people remain **locked in** the past by continually reliving the events that caused them pain.
如此多的人們仍然不斷地回顧曾給他們帶來痛苦的往事，並由此沉湎於過去的歲月而不能自拔。

4.63　說 people **are locked in** an argument or struggle 指人們一直在長時間地相互爭論，而且似乎還要繼續爭論下去。

The two communities **have been locked in** a bitter argument over access to building land.
那兩個社區一直為進入建築用地的問題而僵持在激烈的爭論之中。
His wife **was locked in** a continual battle with her jealous and possessive mother.
他妻子被捲入和她那嫉妒而佔有欲極強的母親之間的一場無休止的爭吵之中，不能脫身。
…**locked in** their endless struggle with each other .
……僵持在他們之間無休止的爭鬥之中。

4.64　to **be locked in** conversation with someone 指和某人深入交談而使他人很難打斷。

One Christmas he spent the entire dinner with his back to me, **locked in** conversation with an attractive friend of his sister.
有一個聖誕節他在整個晚餐時間都將背對着我，一刻不停地在和他妹妹的一位漂亮朋友交談。
She **was locked** in legal talks on the matter.
她被困在關於這件事的法律問題的談判之中。

4.65　說 someone **is locked out of** an opportunity 指某人因自己的處境或因別人的阻礙而沒有能力利用某個機會。

*The well-educated get jobs that provide them with more training while the uneducated **are locked out of** opportunities to improve their skills.*

受過良好教育的人們得到的工作能給他們更多的培訓，而未受過教育的人們卻被拒於門外，與技術培訓的機會無緣。

*I feel **locked out of** life's larger possibilities.*

我感到已無可能從生活中得到更大的機會了。

*After taking part in a strike to better low-paid teachers' conditions she found herself **locked out of** employment.*

參加了為改善低工資教師的生活條件而舉行的那次罷工後，她發現自己已與所有就業機會無緣。

4.66 説 someone's eyes **lock on** something 指某人見到某物後，目不轉睛地緊盯着此物。

*She shook her head. 'No. I will be fine,' she said, and as her eyes **locked on** mine she added 'I will still be here when you get back.'*

她搖搖頭。"我不會有問題，"她説。在她的眼睛盯着我的眼睛看時，她又説，"你回來時我仍然會在這裏。"

*He stepped away from the body and began pacing about, his eyes **locked on** the ground.*

他從那具屍體邊上走開，開始在周圍踱步，他的眼睛始終看着地面。

開鎖 unlock

4.67 to **unlock** something such as a door, a room, or a container that has lock 指用鑰匙將帶鎖的門、房間或容器等打開。**unlock** 用作隱喻，表示開始理解以往顯得難以捉摸、神秘莫測或保密的事物。

4.68 to **unlock** something that has been mysterious, hidden, or secret before, or that has not been used before 指找到了理解或使用以前一直是神秘莫測、隱蔽、保密或沒有被人使用過的事物的方法。

*So we have an opportunity now to really **unlock** the secrets of the universe in ways that have not been available to us before.*

所以我們現在有機會用以前所不具備的方法，真正揭開宇宙的秘密。

*I like the Surrealist movement, they were keen on **unlocking** the mind and understanding it.*

我喜歡超現實主義運動，因為他們非常熱衷於揭開頭腦之謎，了解頭腦。

4.69 説 one thing is the **key to unlocking** or the **key** that **will unlock** another thing 指一事物對理解或利用另一事物來説是必要的。

*Education and training is the **key** that **will unlock** our nation's potential.*

教育和訓練是開發我們民族潛能的鑰匙。

*By replacing hypnosis with free association, Freud found the **key** that **unlocked** his system. By 1896 he had named it psychoanalysis.*

弗羅伊德通過用自由聯想取代催眠的辦法，發現了發展他的體系的關鍵問題。1896 年之前他已將它稱為心理分析。

*For many it is the key to opening dark corners of the mind, for others it **unlocks** unused muscles.*

對很多人來說，它是揭示頭腦的黑暗角落的關鍵；而對另一些人而言，它揭開了未發揮功能的肌肉之謎。

窗戶 window

4.70　window 即窗，用玻璃製成，裝在建築物的牆上或車輛的邊上以便採光和向外觀望。window 用作隱喻，談論有助於人們了解某一情景或課題的事物。

to have a **window on** something 指有機會用一種新的方式看某事或對某事有新的理解。

*The event at York University offers a **window on** the latest green technology.*

發生在約克大學的事件提供了一個理解最新的綠色技術的方法。

*They were vital, unforgettable matches that gave us a new **window on** the game.*

那是些重要的、令人難忘的比賽，它們給我們提供了了解這個運動項目的新視角。

5 機器、機動車輛和工具
Machines, Vehicles, and Tools

5.1 許多用來指機器和機器部件的詞也有隱喻用法。**machinery** 和 **mechanism** 之類的詞用來指運作規模很大的組織和系統。而指稱機器部件的詞，則常用來指這些系統的技術細節。有些用來描述機器運轉方式的動詞也有隱喻用法。

人們在談到或寫到關於政府、法律或經濟的話題時常用這些隱喻。

本章先討論 **machinery**（機器）和 **mechanism**（機械裝置）等指機器的詞和 **wheel**（輪子）和 **pump**（泵）等指機器部件的詞，然後考察表示工具和用工具的勞動的詞，如 **hammer**（錘子）和 **grind**（磨）等；最後要討論的是指機動車輛及其零部件的詞，如 **vehicle**（機動車輛）和 **gear**（排擋）等。

機器 Machines

機器 machinery

5.2 **machinery** 用來指普通意義上的機器，或是用於工廠和農場的機器。**machinery** 的隱喻用來指以某種有序或複雜的方式研究某事物的系統或過程。

5.3 **the machinery of** the law 或 **the legal machinery** 可用來指法律程序的運作，當人們認為該運作相當緩慢和複雜或認為該系統沒有人情味時，尤其會用這兩個隱喻。

> They affirmed their faith in the League of Nations and **the machinery of** international law.
> 他們明確表示自己對國際聯盟和國際法的程序的信任。
> The authorities now seem to be finally setting in motion **the legal machinery** to try and sentence those it regards as responsible for a counter-revolutionary rebellion.
> 當局現在似乎已經最終發動了法律機制，以審訊和判決它認為應對一次革命暴亂負責的人。

5.4 **machinery** 也用來指政府和經濟體制的具體結構和過程。這一用法的 **machinery** 必須以 **the machinery of** something 的結構形式出現在一個形容詞之後或名詞之前。

The machinery of democracy could be created quickly but its spirit was just as important.
民主的機制可以快速創立起來，但其精神也同樣重要。

Five years of tinkering with the machinery of the socialist economic system has left the people worse off than they were.
5年時間修補社會主義經濟體制的運作方式已經使人民的生活比過去更糟。

It revealed the well-oiled machinery of a party that has been in power since 1948.
它揭示了一個從1948年起開始執政的黨順當的運作機制。

力學 mechanics

5.5 **mechanics** 即力學，研究作用於運動或靜止的物體的重力等各種自然力。與 **machinery** 相似，**mechanics** 的隱喻用法談論法律、政府和經濟等錯綜複雜的系統的詳細結構和程序。**mechanics** 經常用於強調說話者正在談論某事物的實際應用方面，而非其一般原理。

這一用法的 **mechanics** 總是出現在 **the mechanics of** something 這一結構中。

The National party are edging towards agreement on the timing and mechanics of an election.
民族黨正在就選舉的時間安排和運作程序緩慢地達成一致意見。

…those currently controlling the mechanics of power.
……那些目前控制着權力的使用程序的人們。

You could ask your daughter to sit down with you and run through the mechanics of organizing your accounts.
你可以請你的女兒陪你坐下來，討論一下編製你的帳目的具體程序。

5.6 人們也可用 **the mechanics of** a process 談論一個過程的技術方面，而不涉及人的智力和感覺的部份。

The one thing she didn't have to do was find a house; that came with her husband's job. But the mechanics of running a family and home changed fundamentally.
她無需做的一件事是找房子；她丈夫有工作，房子也就有了。但是，照料一家和操持家務的具體方式有了根本的改變。

…the mechanics of Shakespeare's dialogue.
……莎士比亞的對話的技巧。

They enroll in a course that includes the mechanics of language.
他們註冊了一門內容包括語言手段的結構成分的課程。

機械裝置 mechanism

5.7 在一台機器或一項設備中，a **mechanism** 是一個裝置，它經常包括若干發揮某一功能的較小的零件。**mechanism** 用作隱喻，談論一個較大系統內部的一個能讓一個某事情發生的程序。它通常用來描述有用的或有利的變化和事件，但也能用來談論人們不喜歡的事物。

*In cases like this, the army can by-pass the appeals **mechanism** altogether.*
在這類案件中，軍隊能夠完全繞過上訴的運作程序。
*This would establish a **mechanism** by which they can claim financial compensation.*
這會建立一個運作程序，根據這個程序他們就能要求財政補償。
*It is also urgent to create **mechanisms** for the exchange of information.*
創建信息交換的機制也是件緊急的事情。

機械的 mechanical

5.8　a **mechanical** device 在工作時其所具有的部件是運動的，其工作動力常常來自發動機或電源。**mechanical** 的隱喻用法描述行動或反應，這些行動或反應看來只是因為人們有所期待或認為正常才採取的。

將某人的行為描述為 **mechanical** 指此人的行為似乎由實際的考慮和慣例所控制，而不是由情感控制的，因此他們好像沒有想他們正在做甚麼事。

*…a very pretty girl at a desk giving him a **mechanical** smile.*
……書桌旁一個非常漂亮的女孩向他機械地笑了笑。
*Literacy teachers shouldn't be too **mechanical** in their approach.*
教讀和寫的老師在教學方法上不應該太刻板。
*I'd been trained to think my whole job was doing things to people in a **mechanical** way to make them better, to save their lives. This is how a doctor's success is defined.*
我已受過的培訓使我這樣想：我的全部工作是用一種機械刻板的方式為人做工，改善人們的健康狀況、拯救人們的生命。這就是為醫生的成功所下的定義。

機械地 mechanically

5.9　to do something **mechanically** 指為滿足他人的期待或出於習慣而機械地做某事，並不真正對此事有所思考。

*He nodded **mechanically**.*
他機械地點點頭。
*I dressed **mechanically**, phoned his office, and notified close relatives and the children that he was dead.*
我機械地穿上衣服，打電話到他的辦公室，通知近親和孩子們他已經死了的消息。

機器零件 Parts of machines

部件 workings

5.10　一項設備的 **workings** 是使該設備運作的活動部份。**workings** 的隱喻用法和 **machinery** 和 **mechanics** 相似，指一個系統或程序的運作方式。

5.11　一個社會、組織或系統的 **workings** 是與該社會、組織或系統相關的人們或程序發揮作用的方式。**workings** 經常這樣用來暗示，如果與這個社會、組織或系統沒有關係，要了解它們如何運作是不容易的。

*The congress approved some modest changes, intended to make the party more democratic in its **workings**.*
代表大會批准了一些溫和的變革，打算使這個黨在其運作方式方面更加民主。
*Public services are essential to the **workings** of private production and distribution.*
公共服務對於私營生產和分配來說是必不可少的。
*...the **workings** of the free market.*
……自由市場的運作。

5.12   the workings of one's **mind** 可用來指一個人思考和決策的方式。

*How could any man ever understand **the workings of** a woman's mind?*
男人怎樣才能懂得女人頭腦的思考方式呢？
***The workings of** the human **mind** are subtle and little known.*
人的頭腦的運作是難以捉摸、幾乎不為人知的。

鐘錶機械 clockwork

5.13   一個 clockwork 的玩具或裝置的內部有機械發條，所以用鑰匙將發條擰緊後它們就能工作。**clockwork** 的裝置非常可靠，工作很有規律，因此 **clockwork** 的隱喻用法談論以可靠和有規律的方式發生的事物。

說計劃或安排等 works **like clockwork** 指這些事完全按照事先的計劃進行，沒有出現任何問題。說 something happens with **clockwork** regularity or efficiency 指某事的發生很有規律或很有效。

*He soon had the household running **like clockwork**.*
他很快將家料理得井井有條。
*The journey there went **like clockwork**; flying out from Gatwick it took seven hours, door to door.*
那兒的旅行進行得非常順利；離開蓋特威克後飛抵另一地只花了七個小時，而且是從住處到住處。
*Each day a howling wind springs up from the south with almost **clockwork** regularity.*
每天都有南風呼嘯而來，幾乎像時鐘那樣有規律。

發動機 engine

5.14   汽車或其他機動車輛的 engine 是產生驅動車輛的動力的部件。這個關於擁有動力以驅動事物的思路，被用來談論能使別的事件發生或改變的行動、事件或境況。

例如，將某事物描述為 an **engine** for change 或 an **engine** for improvement 指該事物是一種非常強大的力量，它改變或改進社會、經濟或政府內部的事物。這一用法在新聞報道中最為常見。

*The private sector is also an **engine** of innovation.*
私營部門也是革新的強大動力。

*Adapting foreign technology can no longer serve as a main **engine** of growth.*
改進外國技術已不可能仍是推動經濟增長的主要動力。

*The worst affected areas will be small businesses, the main **engine** of job-creation.*
受影響最嚴重的領域，將是作為創造就業機會的主要動力的小企業。

設計、建造 engineer

5.15 說 a vehicle, bridge, or building **is engineered** 指一輛機動車、一座橋樑或一個建築物是用科學方法建造或建築的。動詞 **engineer** 用作隱喻，表示事物用一種周密的、聰明的方式被安排或創造出來。

說 someone **engineered** a situation or a change 指某人有意用一種聰明、非直接的方式導致某種形勢和變化的發生，其目的通常是為自己謀取利益。該隱喻通常用來表示不滿。

*As far as I can remember, most of our early arguments **were engineered** by her simply because she felt like a fight and enjoyed one.*
根據我記憶所及，我們早期的多數爭論都是她有意策劃好的，她這樣做僅僅是因為她喜歡爭吵，而且把它當作一種享受。

*He **had engineered** the trip, partly, at least, to escape from emotional unhappiness at home.*
他審慎地安排了這次旅行，其目的至少有一部份是為了逃避在家裏經受到的情感痛苦。

*They have repeatedly accused them of **engineering** the violence in the townships.*
他們已反復指責他們精心策劃了發生在小鎮裏的暴力事件。

空轉 tick over

5.16 說 an engine **is ticking over** 指一台發動機在慢速轉動，原因可能是沒有得到充分利用。這個關於運作比往常緩慢、效率不高的思路被用作隱喻，談論運作效率似乎不很高的企業和組織。

5.17 說 a business, organization, or country **is ticking over** 指一個企業、組織或國家雖然仍在繼續運轉，但其業務或公務活動沒有擴大，成績不大，其原因也許是人們正在等待變革的發生。

*The project might be kept **ticking over** indefinitely.*
這個項目可能會被無限期地延拖下去。

*The president's decision will keep the government **ticking over** until next Thursday.*
總統的決定將使這屆政府繼續勉強運作直至下星期四。

5.18 說 one's mind **is ticking over** 指某人連續思考某事，主要目的是讓其頭腦始終處於積極思考的狀態。

*A business would be a good thing for us. It would keep the brain **ticking over***.
對我們來說，有一家公司做是好事。它將使頭腦始終處於積極思考的狀態。
*The coffee was perfect and by the time I was halfway through my first cup my brain **was ticking over** much more briskly.*
咖啡妙極了，第一杯喝了一半時，我就感到頭腦非常清醒，思維也敏捷多了。

輪 wheel

5.19　在一台大機器或發動機裏，a **wheel** 是一圓形的輪子，以其轉動帶動機器的另一部件。

一個系統的 **wheels** 是系統內部一起工作以保持整個系統運作的那些部份。**wheels** 幾乎總是同 **oil**（潤滑）或 **grind**（磨擦）等另一個與機器相關的隱喻一起使用。

5.20　to **oil the wheels** of a system 指做某事以使一個系統的運作更加有效。這一用法在新聞報道中最為常見。

> *The media are important to a healthy, well-functioning economy; they are a commercial activity that **oils the wheels** of the economy.*
> 對一個健康、運轉良好的經濟來說，媒體是重要的；它們是潤滑經濟發展的商業活動。
> *...keeping **the wheels** of business **oiled***.
> ……保持企業順利發展。

5.21　to **grease the wheels** of a system 與 to **oil the wheels** of a system 意義相同。這一用法在新聞報道中最為常見。

> *Money-supply growth is currently inadequate to **grease the wheels** of recovery.*
> 貨幣供應的增長現在已不足以為經濟復蘇提供潤滑劑了。
> *They **greased the wheels** of the consumer boom by allowing us to buy what we want, when we want.*
> 他們允許我們甚麼時候想要甚麼就買甚麼，以這種方式刺激消費的快速增長。

5.22　說 the **wheels** of a system **grind** slowly or **are grinding** 指某個系統仍在運作，但顯然運作得很艱難，或是因為它的效率很低，或是因為有許多障礙。

> *The **wheels** of justice **grind** slowly, and it was not until eight years later that 13 people were convicted.*
> 法律程序進行得非常緩慢，那 13 個人直到 8 年後才被判罪。
> *...the **grinding wheels** of historical change.*
> ……歷史變革的艱難進程。

5.23　to set or to put **the wheels in motion** 指開始某個系統內的一個複雜過程。

> *Mr Major has set **the wheels in motion**. Now let's get on with it.*
> 梅傑先生已經開始了這項工作。現在讓我們繼續做下去吧。

*It's time everyone else started believing it and put **the wheels** of change **into motion**.*

現在該是其他所有人都開始相信它並實行變革的時候了。

5.24 to keep the wheels turning 指保持一個過程延續，不讓它停止。

*If, however, it turns out that a lot more money is going to be needed to **keep the wheels turning** in eastern Germany, then another round of interest rate rises is expected.*

但是，最後如果證明，要在東德保持經濟運作還需要大量資金，那麼另一輪利率的上升就是可以預料的事了。

*...practical solutions which would **keep the** business **wheels turning**.*

……將能保持業務活動正常進行的實際解決辦法。

*For decades it was these people who **kept the wheels** of the British economy **turning**.*

幾十年來是這些人保持了英國經濟的發展。

5.25 wheels within wheels 這一短語用來指這樣一種情況：因為有若干不同的興趣和因素存在，因此，要了解或預見究竟會發生甚麼事是困難的。

*There are **wheels within wheels**. Behind the actor's apparent freedom as a director or a producer may lie the interest of the studio subsidising the film.*

那裏的情況錯綜複雜。作為導演或製片人，那位演員擁有明顯的自由，但在這種自由的背後可能存在着資助這部影片的製片廠的利益。

*Like other small isolated communities shut away from the rest of the world, there were **wheels within wheels**.*

就像其他與世隔絕的孤立的小社區一樣，那個地方的情況錯綜複雜。

齒輪 cogs

5.26 cog 即齒輪，在機器中用來轉動或帶動另一輪子或零部件。**cog** 的隱喻意義用來指一個系統的部份，這個部份看來很小、不重要，但卻必不可少。這一隱喻一般和 **machine** 或 **wheel** 等另一個與機器相關的隱喻一起使用。

說 something is a **cog in** a particular **machine** 指某事物是一個較大系統的一小部份。**cog** 經常這樣用來暗示，說話者所指的事物被人當作了不重要或無意義的東西來對待。

*As **cogs in** the Soviet military **machine**, the three countries' armies used to sit mainly near their western borders.*

作為整個前蘇聯軍隊機器之中並不重要的齒輪，這三個國家的軍隊從前主要駐紮在其西方邊界附近。

*They were small, totally insignificant **cogs in** the great **wheel** of the war.*

在這個龐大的戰爭齒輪上，它們只是些完全不重要的嵌輪。

*...the great advertising **machine in** which they were tiny **cogs**.*

……那台龐大的廣告機器，它們在這台機器中是些微不足道的齒輪。

87

鏈條 chain

5.27　**chain** 即鏈條，由一起連成一條線的金屬環組成。根據與 **chain** 的字面意義相聯繫的不同思路，該詞有兩個主要的隱喻用法。第一種用法與金屬塊互相連接組成鏈條的方式有關，在 **5.28 - 5.32** 節中加以說明；第二種用法與鏈條用來限制人的活動的方式有關，在 **5.33 - 5.35** 節中加以說明。

5.28　a **chain of** events or relationships 指一連串相繼發生的事件或互相連接的關係，因此每個事件引起後一事件的發生，每個關係也影響與之直接相連的關係。

*The murder began the **chain of** events that led to the fall of the government.*
這宗謀殺引發了這一連串導致了政府垮台的事件。
*This discovery sets off a whole **chain of** reactions in the working class community.*
這項發現在工人階級的社區中引起了一連串反應。
*The **chain of** relationships did not end there, because Lou was married to Ted, who had once been engaged to Nora before she married Arthur.*
這條關係鏈並沒有就此終止，因為樓嫁給了特德，而在諾拉嫁給阿瑟前特德又曾與諾拉訂了婚。

5.29　說 one event starts off a **chain reaction** 指一事件引發很多其他類似事件無法控制地發生。

*The authorities have so far managed to prevent a **chain reaction**.*
當局至今已設法防止了一種連鎖反應的發生。
*We are witnessing an unstoppable **chain reaction** of job losses.*
我們是在親眼目睹一場無法阻止的就業機會一個接一個喪失的連鎖反應。

5.30　the **chain of command** within an organization 是一個組織內部負責人之間的聯繫關係，從最低級行政人員去到最高層主管，該組織的結構確保每個人都對其直接上司負責。

*If the officer won't help, follow the lending department's **chain of command** all the way to the board of directors.*
如果那位官員不願幫忙，那就從借貸部門最底層的官員找起，一直找到董事會。
*With the **chains of command** breaking down and supplies no longer reaching their destinations, the republics and regions have begun to put their own interests first.*
由於行政指揮失效，供給品已不再能到達目的地，於是那些共和國和地區都已開始將其自身利益放在了首位。

5.31　a **food chain** 是一系列被人認為是相互聯繫的生命體，因為在該系列中，每個生命體以它以下的生命體為食。

*Man, at the top end of several **food chains**, eats both green plants and animals.*
處於若干條食物鏈的頂端的人類以綠色植物和動物為食。

5.32　a **chain** of shops or offices 指受同一個中央機構控制或所有權屬同一個中央機構的，處於不同地方的一些商店或辦公室。**chain** 也能用來指在不同地方擁有商店或辦公室的大公司。

*Hotel **chains** have made major investments in countries like Mexico and Cuba.*
連鎖式酒店已在墨西哥和古巴等國進行了大量投資。
*By the time he was forty, he had a worldwide **chain** of offices.*
到40歲時，他的辦公室已遍及世界。
*The **chain** plans to add at least one hundred new centers a year.*
這個連鎖機構計劃每年至少增加一百個新的中心。

另見 **link: 5.36 - 5.39** 節。

5.33　作家或新聞記者在談及政治時有時用 the **chains of** dependency 或 the **chains of** oppression 談論人們或國家以某種方式長期被剝削的情況。

*This offers the country the chance to break the **chains of** dependency and pursue a path of development.*
這向這個國家提供了打破從屬於別國的枷鎖、走上發展道路的機會。
*…when Africa resumes her rightful place in the world and throws off the **chains of** oppression and exploitation.*
……當非洲重新取得其在世界上的合法地位，掙脱壓迫和剝削的枷鎖時。

5.34　the **chains of** a job, or of a way of thinking 可用來指一項工作或一種思想方法限制人們辦事能力的方式。

*It would release me from the **chains of** an office-based job and give me the freedom to pursue other projects, or even to travel.*
它將把我從一項坐在辦公室的工作中釋放出來，給我以從事其他項目或甚至旅行的自由。
*That's why it was really important for me to shake off all these **chains of** expectations.*
這就是為甚麼對我來説，擺脱所有這些期望的束縛是真正重要的。

5.35　説 someone **is chained to** something 指某人無法擺脱某事，在這種情形下此人感到很不快樂，因為他幾乎沒有自由。

*In the bad old days women used to **be chained to** unhappy marriages for financial or social reasons.*
在過去那些倒霉的日子裏，婦女常常因錢財或社會的原因而被戴上了不幸福婚姻的鎖鏈。
*He **was chained to** a system of boring meetings and memos.*
他受到一個由令人厭煩的會議和備忘錄組成的制度的束縛。
*It was incomprehensible that he would want to **be chained to** a job that promised neither challenge nor a chance for advancement.*
他願意受一項既沒有挑戰也沒有晉升機會的工作所束縛，這讓人費解。

鏈環 link

5.36　a link 即一條鏈條中的一個環。link 有若干隱喻用法，它們與"連接"相關，與 5.28 - 5.32 節中説明的 chain 的用法相聯繫。

5.37　a link in a particular chain 能被用來指充當互相聯繫的一批人中的一個個體，或一系列事物中的一個部份的某個人或某個事物。

> *That action thus became an important **link in** the **chain** of events that led up to the outbreak of the First World War.*
> 那個行動因而成為那一連串引起第一世界大戰的爆發的事件中的一個重要的環節。
> *The resistance forces always operated that way during the war; the various **links in** the **chain** only knew as much as it was necessary for them to know.*
> 抵抗力量在戰爭期間總是以這樣的方式運作；那個關係鏈上的各個鏈環只知道他們所必須知道的情況。
> *Ultraviolet light might, by killing plankton, have removed a vital **link in** the ocean's food **chains**.*
> 紫外線光殺死浮游生物，並可能借此除掉了這條海洋食物鏈上的一個至關重要的鏈環。

5.38　在一批相互聯繫的人和一系列相互連接的事物中的 weak link， 是人們認為最有可能失敗並由此破壞或削弱系統的其餘的部份的人或事物。這一用法的 link 常與 chain 一起出現。

> *The **weakest link** in the **chain** of administration was the way in which ships were armed.*
> 管理程序中最薄弱的環節是武裝輪船的方式。
> *Prison visiting has long been regarded as one of the **weak links** in the security **chain**.*
> 探監長期以來已被看作是保安程序中的薄弱環節之一。

5.39　missing link 可用來指目前尚不存在或不為人知、但如被找到或發現卻能完成一個系列或體系的信息、事件或人。這一用法的 link 通常不與 chain 一起出現。

> *Mr Savimbi said that this was the vital **missing link** in all previous peace negotiations.*
> 塞文畢先生説，從前所有的和平談判都缺少這個極其重要的環節。
> *He has such creative thought and marvellous touch that he could just be the **missing link** in the English football manager's grand plan.*
> 他具有如此的創見和非凡的機敏，因此，在那個英國足球經理的宏偉計劃中，他會是一個他們所缺少的重要人才。

泵 pump

5.40　pump 即泵，它用來迫使液體或氣體按某一方向作有力的規則運動。to pump a liquid or gas in a particular direction 指用泵迫使一種液體或氣體朝某個方向流動。動詞 **pump** 經常被用作隱喻，表示"傳遞或給予某物，尤其是大量金錢"的意義。

▶注意◀ 名詞 pump 通常沒有隱喻意義。

5.41 説 a person or organization **has pumped** money **into** something 指一個人或一個組織已在某事物中投入了大量資金，而且在這樣做時不夠謹慎，對此事也不夠重視。 **pump** 經常這樣用來表示對某事的不認可。

*They proposed to **pump** an extra £2 billion **into** the schools but much can be done to improve them at virtually no cost.*
他們提議給這些學校再額外注入 20 億鎊的資金，可是，改善這些學校狀況的許多工作，實際上是不花錢就能做的。
*It therefore makes economic sense to upgrade the existing rail systems rather than **pump** money **into** roads.*
因此，從經濟上考慮，提高現有鐵路系統的檔次而不在公路建設上投資是有道理的。
*New Department of Health figures yesterday showed more progress after the government **pumped** £39 million **into** cutting the longest waiting times.*
新衛生部的數字昨天顯示，政府投入三千九百萬鎊資金以縮短最長的候診時間之後，已取得更多進展。

5.42 to **pump out** something 指連續不斷地大量生產或供應某物。例如，説 music or films **are pumped out** 是暗示音樂或電影的製作人或發行人對音樂或電影的藝術質量不感興趣，他們關心的只是為賺錢而製作產品。

*The two television channels **pump out** very violent material.*
那兩個電視頻道不斷播出大量充斥暴力鏡頭的內容。
*The newspapers, magazines and radio **had been pumping out** BRM propaganda which raised public expectations.*
報紙、雜誌和廣播電台一直在連續不斷地進行大量 BRM 宣傳，這些宣傳提高了公眾的期望。
*The Japanese companies **have been pumping out** plenty of new products.*
那些日本公司一直在連續不斷地推出大量新產品。

工具與使用工具勞動 Tools and working with tools

工具 tool

5.43 **tool** 即握在手中用來從事某種工作的工具，例如，鋸、刀和錘都是工具。**tool** 的隱喻意義用來指人們為某個目的有意利用的計劃、系統等事物。

*The tests are a powerful **tool** for raising standards.*
這些測試是提高標準的一個強有力的工具。

*Long-term credit is a key selling **tool** which should be costed in the same way as other forms of sales promotion.*
長期的信貸是一個重要的銷售工具，它的成本應該與其他促銷形式一樣事先加以估計。

*Use this book as a diagnostic **tool** to help you see when you do need outside support.*
把這本書當作診斷工具使用，讓它幫你了解甚麼時候你確實需要外界的支持。

5.44 將一個人或一羣人描述為 the **tool of** a person or organization 指一個人或一羣人受另一人或一個組織的控制，並且被後一人或該組織以説話者不喜歡的某種方式所利用，或指此人或那羣人的存在只是為了做一些説話者所不喜歡的事情。

*They despise you anyway as a **tool of** imperialism.*
無論如何，他們輕視你，把你看作帝國主義的工具。

*In this country the police are essentially a **tool of** repression.*
在這個國家裏，警察本質上是一件壓迫的工具。

*The churches in East Germany were never simple **tools of** the communist party.*
前東德的教會從來都不僅是共產黨的簡單工具。

儀器 instrument

5.45 instrument 即儀器，用來從事某一特定的工作，尤其是科學工作。**instrument** 的隱喻用法與 **tool** 相似，指人們為某個目的而利用的計劃、系統等事物。

an **instrument of** something 可用來指做某事或完成某事的方式。這是一種正式用法。

*The organization now likes to present itself as an enthusiastic supporter of political reform, not an **instrument of** repression.*
這個組織現在喜歡以政治改革的熱心支持者，而不是壓迫的工具的面貌出現。

*Nuclear weapons had made war too devastating to be an **instrument of** policy.*
核武器使戰爭具有毀滅性，因此它不能成為政策的工具。

槓桿 lever

5.46 lever 即槓桿。槓桿能用來移動用別的方法很難移動的重物。**lever** 的隱喻意義指能用來以有效、有力的方式完成某個事物的行動或計劃，或者表示"運用權力等説服某人做某事"的意思。

*They may use it as a bargaining **lever**.*
他們有可能用它作為討價還價的槓桿。

*The industrial planners's main **lever** of control has been their ability to direct cheap credit to the borrowers they favour.*
工業計劃者的主要控制槓桿一直是他們給所偏愛的客戶提供低息貸款的能力。

*That will give the Treasury a new **lever** to prise open foreign banking markets.*
那將給財政部一根新的槓桿以強行打開國外的銀行市場。

5.47 說 one person **levers** another person into doing a particular thing 指一人用某種行動或威脅迫使另一人做他想要做的事。

*The teaching unions will try to **lever** up pay levels at individual negotiations.*
教學工會將試圖在個別談判時迫使對方提高工資水平。
*By promising to contribute, they **levered** Margaret Thatcher's government into pledging money for an extension of the Jubilee Line.*
他們保證捐款，以此迫使瑪格麗特‧撒切爾政府保證為延伸朱畢利幹線提供資金。

槓桿作用力 leverage

5.48 **leverage** 即槓桿作用力，是使用槓桿時作用於一個物體的力。**leverage** 可用作隱喻，指給人以迫使別人做他所希望做的事的權力的事物，或指某人所知道或擁有的給了他這個權力的事物。

*They have little **leverage** beyond moral pressure.*
除了道德壓力之外，他們幾乎沒有甚麼能讓別人按他們的希望做事的權力。
*The nature of the department store puts them at a disadvantage compared with more specialised retailers when it comes to exerting **leverage** over suppliers.*
在對供應商們施加影響方面，百貨商店的性質使他們的處境與更專業化的零售商比較之下，形勢不利。
*States may now have little **leverage** to force hospitals to hold down costs.*
現在各州或許幾乎沒有甚麼權力能迫使醫院降低費用。

錘 hammer

5.49 **hammer** 即錘。to **hammer** something 指用錘擊某物。動詞 **hammer** 的隱喻用法描述以非常有力、堅決或毀滅性的方式做某事。

5.50 說 one thing or person **hammers** another 指某事物或某人以某種方式嚴重損害另一事物或傷害另一人，或某事物或某人攻擊、批評或戰勝另一事物或另一人。這是非正式用法。

*High interest rates and adverse economic conditions **have hammered** the UK market.*
高利率和不利的經濟條件已經嚴重打擊了英國市場。
*The show **was hammered** by critics.*
展覽受到了批評家們的猛烈抨擊。
*Many businesses are finding themselves increasingly **hammered** by new rules and regulations.*
許多商家正感到它們自己愈來愈多地受到新規定的打擊。

5.51 to **hammer out** an agreement 指經過許多爭論和商討後最後對決定某事取得一致意見。

*German officials **have hammered out** a compromise which involves the Americans giving only technical assistance.*
德國的官員們已經過爭論達成了一個妥協，它僅僅涉及到美國人的技術援助。
*There may well be some way to go before the final details **have been hammered out**.*
在最後的細節爭論出來之前，也可能有某種辦法。

另見 **hammer home: 4.24** 節。

釘子 nail

5.52 **nail** 即釘子。人們錘擊釘子將其釘入一塊木頭或一堵牆。**to nail** something somewhere指用釘子將某物穩固地定在某處。動詞 **nail** 的隱喻意義用來談論以有效的方式做某事，讓人難以挑別或反對。

▶注意◀ 名詞 nail 通常沒有隱喻用法。

5.53 説 someone **has nailed** a criminal or someone who has done something wrong or immoral 指某人已發現足夠的證據不容置疑地證明一名罪犯或某個做了錯事或不道德的事的人有錯或有罪。這是非正式用法。

*They didn't arrest him that night. They felt that they **had** already **nailed** him.*
那天晚上他們沒有逮捕他。他們感到他們已經掌握了他犯罪的證據。
*I wouldn't come up here again, not until we**'ve nailed** this killer.*
我將不再來這個地方，到我們確實掌握了這個殺人犯的罪證我才來。

5.54 説 someone **nails down** something such as an arrangement that was previously uncertain or unclear 指某人找出了以前不確定或不清楚的，關於某種安排等事物的確切信息，並使別人對該事物的意見與此人一致。

*The challenge for investigators is to **nail down** the details.*
找出有關細節是對調查人的挑戰。
*If you **can nail down** a delivery time, you must then negotiate the exact terms of installation.*
如果你能説出確切的交貨時間，那麼下一步你還必須就確切的安裝條件進行談判。

5.55 to **nail** someone **down** 或 to **nail down** a point with someone 指在某人試圖避免表態時，強迫他贊成某事或給説話者一個明確答覆。

*They've been keen to **nail down** the ruling family's vague promises about political reform.*
他們一直非常想迫使那個執政家族明確其關於政治改革的含糊不清的承諾。

鍛造車間 forge

5.56 **forge** 即鍛造車間，是人們對金屬加熱、錘擊、將其彎成一定形狀以製成金屬製品的地方。to **forge** an object out of metal 指通過對金屬加熱、錘擊、將其彎成一定形狀等方式鍛造一個物品。動詞 **forge** 用作隱喻，談論創造事物，尤其是建立相互關係。

> *Industry and education **forged** a strong partnership.*
> 工業和教育之間建立了強有力的夥伴關係。
> *Taylor has **forged** a closer relationship with his wife since the shooting.*
> 那次射擊後泰勒已經與他的妻子建立了更為緊密的關係。
> *As the Socialist Party's most decisive leader, he **forged** an alliance with the Christian Democrats.*
> 作為社會主義黨的最果斷的領導人，他和基督教民主黨人締結了聯盟。
> *A new atmosphere of trust **must be forged**.*
> 必須創造一種新的相互信任的氣氛。

銲接 weld

5.57 to **weld** two pieces of metal 指將兩塊金屬的邊緣加熱後銲接在一起，這樣它們在冷卻變硬後就成了一塊。**weld** 的隱喻意義用來談論以一種永久、有效的方式將一些人或組織聯合起來。

說 someone or something **welds** two or more people or things **together** 指某人或某事物使兩個或更多的人或事物更團結，更能相互理解，這樣他們一起工作的效率就更高。

> *The diverse ethnic groups **had been welded together** by the great anti-fascist cause.*
> 不同民族的羣體在偉大的反法西斯的事業中團結在一起。
> *He said that Europe **was not** yet properly **welded together** by common values.*
> 他說歐洲還沒有被共同的價值恰當地聯合在一起。
> *She has both the authority and the personality to **weld** the party **together**.*
> 她既有權威又有個性，可使這個黨凝聚在一起。

使鋒利 sharpen

5.58 to **sharpen** a tool such as a knife 指將刀之類的工具的邊緣磨得很薄，這樣它就更鋒利，因此也就更有效。動詞 **sharpen** 有若干隱喻用法，它們都和"使某事物更有力或更有效"的含義有關。

5.59 說 one's ways of thinking and behaving **have been sharpened** 指某人的思想和行為方式已經變得更敏銳、更精確。

*It won't tell us exactly what's going on, but it will certainly **sharpen** our understanding of the general principles.*

雖然它將不能告訴我們究竟正在發生甚麼事，但是毫無疑問，它將能使我們對一般原理的理解更加深刻。

*Racing on such roads, lined by massive marker posts, trees, drops, walls and houses, taught Moss precision and **sharpened** his fine judgement.*

道路兩旁排列着無數標記桿、樹木、郵筒、圍牆和房屋，在這樣的道路上競賽，毛絲領悟到時間安排要"精確"，使他的判斷力更加敏銳。

5.60 說 one's appetite **is sharpened** 指某事物使某人的食欲增加。

*The Director General was taking breakfast at his desk, his appetite **sharpened** by the brisk walk over Hungerford bridge.*

總裁在書桌邊用早餐，在亨格福德橋上輕快地散了一陣步後他胃口大開。

5.61 說 someone's voice **sharpens** or **is sharpened** 指某人說話的聲音變得更快、更富有感情，於是別人有可能注意或重視此人。

*'How is she ?' Amy asked, anxiety **sharpening** her voice.*

"她好嗎？"艾米問，擔心使她的聲音變尖了。

5.62 說 disagreements between people or groups of people **sharpen** or **are sharpened** 指人與人之間或人羣與人羣之間的分歧變得更嚴重。這一用法在新聞報道中最常見。

*By 1971, however, the JDL had become a violent fringe group manipulated to **sharpen** tensions between Jews and blacks.*

不過，到了1971年，JDL 已經成了一個極端激烈的外圍羣體，它受人操縱，以使猶太人和黑人的關係更趨緊張。

磨 grind

5.63 to **grind** a substance such as corn 指將玉米等物質放在一台機器的兩個硬面之間研磨，使之變成粉狀。to **grind** something such as the blade of a knife 指將刀片之類的物品放在某個粗糙的表面上磨，磨掉一部份之後它就變得更薄，更鋒利。這個關於碾碎某物或將它磨損掉的思路被用作隱喻，談論使人逐漸感到更加虛弱的形勢。

5.64 說 a situation or person **grinds** someone **down** 指一種形勢或一個人使某人在很長一段時間裏感到極端疲勞和痛苦。

*I've never let male colleagues **grind** me **down**.*

我從來沒有讓男同事們折磨過我。

*They **are ground down** by struggling for equality.*

他們正為爭取平等而鬥爭，因而受到了不少折磨。

5.65 説 an unpleasant situation **grinds** or **grinds on** 指一種令人討厭的情形長時間延續，讓人感到疲憊而難受。

*They are where the poverty **grinds** hardest.*
他們在那些長期非常貧困的地方。
*The recession **grinds on**.*
經濟蕭條的長時間滯留不去。

5.66 將一種情形描述為 **a grind** 指這種令人厭煩的情形長期延續或經常發生。**daily grind** 可用來指日常生活中那些令人厭煩的事情，如艱苦乏味的工作等。

*Festivals provided a much-needed break from the hard **grind** of daily work.*
節日提供了一種人們非常需要的休息，它使人得以從枯燥乏味的日常工作中解脱一下。
*Have you ever thought of the kind of personality it takes to get through the tough **grind** of medical school?*
你是否曾經想過，熬過醫學院校艱苦乏味的學習生活需要怎樣的性格？
*Washing machines and dishwashers have certainly taken the **grind** out of some household chores.*
洗衣機和洗碗機無疑已經減輕了一些枯燥乏味的家務。

磨光 grinding

5.67 **grinding** 能用來描述一個極端緩慢乏味的過程或一個讓人疲倦、令人討厭、延續了很長一段時間的形勢。

*Their grandfather had left his village a century ago in order to escape the **grinding** poverty.*
一百年以前，他們的祖父為了逃脱長時期的難以忍受的貧窮而離開了他的村子。

機動車輛 Vehicles

5.68 **vehicle** 即機動車輛，如小汽車或巴士等。**vehicles** 和指機動車輛的零部件的詞常用作隱喻，談論人們生活中的變化和運動。

機動車輛 vehicle

5.69 説 something is a **vehicle for** a purpose, or a **vehicle of** a particular thing, such as change or freedom 指某事物被用來達到某種目的，如完成變革或獲得自由等。

*...the understanding that education and training matter, that they are crucial **vehicles for** individual development.*
……了解教育和訓練是重要的，它們是個人發展的關鍵途徑。

*Every effort will be made to stop them using banks as **vehicles for** financing their subsidiaries on the cheap.*
人們將盡一切努力，阻止他們把銀行用作廉價資助其附屬公司的工具。

5.70 說 something is a **vehicle for** someone 指某事物讓某人得以運用他們的能力或表達他們的觀點，這樣別人就能聽到或理解他們的想法。

*The news agency is the traditional **vehicle for** official leadership statements.*
新聞通訊社是表達官方領導意見的傳統工具。
*Neither of these shows is an interview show as such, merely a **vehicle for** their star presenters.*
這兩個表演都不是面談性的，只是作為他們的明星主持人表現自己的手段而已。

5.71 a **vehicle for** ideas 指向他人表達思想的形式，如一幅畫，一個故事，或一首樂曲等。這是一種正式用法。

*Boccaccio describes his story as a convenient **vehicle for** his own experiences in love.*
卜加丘把他的故事描述成是自己愛的經歷的表達形式。
*An advertisement is not simply a **vehicle for** its message.*
廣告不僅僅是傳達其信息的一種方式。

排擋 gear

5.72 the **gears** in a vehicle such as a car 指小汽車等機動車輛裏發動機運轉的不同速度。**gear** 一詞及與換排擋有關的詞用作隱喻，談論人們的精力如何旺盛或態度如何積極。to **move up a gear** 或 to **step up a gear** 指在某事上突然投入更多精力，態度變得更加積極或工作變得更有成就。這一隱喻經常用於關於體育運動的報告。

*It was a classic tennis match. Edberg won the first two sets, Becker **stepped up a gear** and won the next two, then lead 3-1 in the final set.*
這是一場最精彩的網球比賽。愛德伯格先勝了兩局，貝克突然振奮精神贏了後兩局，然後在最後一局中以 3 比 1 領先。
*Pressure from the media was clearly going to **step up a gear** now.*
來自媒體的壓力明顯正在突然加大。
*As she approaches her fortieth birthday, the Princess has **moved up a gear** in the pace of her life.*
公主在第 40 個生日快要到時突然加快了生活的節奏。

最高排擋 top gear

5.73 **top gear** 是一輛機動車輛的最高排擋，是發動機所能操作的最高速度。Someone or something is in **top gear** 指某人盡最大努力工作或某事物以最大可能運作，而且通常因此而獲得成功。

*The publicity machine was in **top gear** again yesterday as Madonna spent a day in Britain giving interviews to drum up interest in her new book.*
昨天，當麥當娜花一天時間在英國接受訪問以喚起人們對她的新書的興趣時，大眾宣傳工具又以最快的速度轉動起來。
*From that moment on his career went into **top gear**.*
從那一刻起，他的事業進入了發展最快的階段。

空擋 neutral

5.74 a vehicle is **in neutral** 指一輛機動車的發動機沒有掛在任何排擋上，因此無法駕駛或控制這輛機動車。機動車在電路切斷或電路雖接通但未行駛時通常掛在空擋上。

說 someone is **in neutral** 指某人對正在做的某事沒有盡太大的努力，或者沒有真正意識到所在做的是何事，原因是此人很疲勞，或是此人正在思考別的事情。

*I'm tired, my brain's in **neutral**.*
我感到疲勞，我的頭腦一片空白。
*This allows the practitioner to concentrate and work on areas that need particular attention, while holding stronger areas **in neutral**.*
這使那位開業律師得以集中精力在需要特別注意的領域進行工作，而對較強的領域暫且不管。

滑行 coast

5.75 說 a vehicle **coasts** somewhere 指一輛機動車在發動機關閉或沒有人推動或蹬踏板驅動的情況下繼續行駛。**coast** 的隱喻意義用來表示做某事不付出任何真正的努力。

說 someone **is coasting** 指某人不作任何特別的努力而輕鬆地做某事，而如果此人試圖付出特別的努力，事情可能會做得好得多。

*There was a time when Charles **was coasting** at school, and I should have told him to work harder.*
曾有一段時間，查爾斯在學校學習不努力，只是打發日子，我當時本應該叫他要更加努力學習。
*The West Indies **coasted** to a comfortable victory shortly after lunch.*
午餐後不久，西印度羣島輕而易舉地取得了勝利。

制動器 brake

5.76 **brake** 即機動車輛上的制動器，是導致機動車減速或停止的裝置。a **brake** on a process 可用來描述減緩或停止某一特別進程的事物。

*The organization is keeping the **brake** on pay rises.*
那個組織正對工資的增加進行控制。

*Population growth is also still cited by FAO experts as a major **brake** to food self-sufficiency.*
人口的增長也仍被 FAO（糧農組織）專家引證為糧食自給的主要制約因素。

5.77 to **put a brake on** 或 to **put the brakes on** a process or an activity 指有意使一個過程或一項活動減緩或完全停止。

*They have been trying to fight inflation through high interest rates which are designed to **put a brake on** economic growth.*
他們一直在試圖通過高利率遏止通貨膨脹，提高利率的目的則在於減緩經濟增長。
*It's up to the main arms suppliers, the major industrial nations themselves, to **put the brakes on** the arms race.*
阻止軍備競賽應是那些主要的武器供應商，即那些主要的工業國家本身的責任。

駕駛 steer

5.78 to **steer** a vehicle 指控制一輛機動車的行駛方向。**steer** 用作隱喻，描述對一個人、一個組織或一個過程的進展的有意控制。

5.79 to **steer** people towards doing something 指試圖促使人們做某事，但不使人們明顯感到自己的影響。to **steer** a conversation in a particular way 指操縱某個對話，使之按控制者的意圖進行。

*Two out of three women at the prestigious Oxford University Medical School consider surgery as a career. But consultant Jane Clarke says 80% of them are **steered** away from the profession by senior staff.*
在負有盛名的牛津大學醫學院中，每 3 名婦女中有 2 名將外科視為有前途的職業。但是簡·克拉克顧問說，她們當中有 80% 在高級醫務職員的左右下離開了這個職業。
*In the film he keeps her from harm and **steers** her into accepting life without him.*
在影片裏他保護她，使她免受侵害，又引導她接受了沒有他的保護的獨立生活。
*I **steered** the conversation so that we were deep in chat when we pulled up outside my door, making it seem the most natural thing in the world to ask her in for a drink.*
我引導着談話，於是在我的門前停車時，我們還在熱烈地交談，這樣，請她進來喝杯酒也似乎成了世上最自然不過的事情了。

5.80 to **steer away from** something 指避免某事物。

*They should have **steered away from** alcohol which just dehydrates you further.*
他們不該喝烈酒，因為那只會使脫水情況更加嚴重。
*They decided that money should go to established orchestras, opera houses and theatres, **steering away from** the risk of new and untried work.*
他們決定，錢應該用於地位穩固的管弦樂隊、歌劇院和戲院，避免在新的、未經試驗的工作中冒風險。

5.81 to **steer** a particular course of action 指選擇某一特定的行動過程，這個

過程經常不容易取得成功，因為這個行動過程有問題，人們會更願意去做別的事情。這是一種正式用法。

*Their international relations **had** previously **steered** a careful path between the competing interests of the two superpowers and their allies.*

他們在國際關係方面，從前就已在兩個超級大國和它們的同盟國相互競爭的利益之間，走出了一條謹慎的路。

5.82 to **steer clear** of something 指有意避免與某事物發生任何關係和聯繫。

*Now promoters **are steering clear** of rock acts. They are wary of paying out huge sums to the stars, and risking all on the shows being a success.*

現在籌劃人正在避免滾石短節目。他們對向明星支付巨款一事持謹慎態度，避免將所有風險都押注在表演的成功上。

*The singer **has steered clear of** drugs and alcohol for the past eighteen months.*

這名歌手在過去的十八個月中已經戒除了毒品和烈酒。

*Jonathan and I **had steered clear of** each other for a couple of days.*

喬納森和我已有幾天有意沒有任何接觸了。

6 遊戲和運動
Games and sport

6.1 許多用來談論體育運動和遊戲的詞有隱喻用法，它們特別用來談論其他活動，或用來說明那些活動進行得是否公平。

本章討論這類詞中一些最普通的用法，從 **play**（玩）和 **game**（遊戲、運動）等表示一般遊戲的詞入手，再考察與 **chess**（國際象棋）和 **card games**（撲克牌遊戲）相聯繫的詞，然後討論表示一般體育運動的詞，接着是表示具體運動項目的詞，如 **fishing**（釣魚）和 **hunting**（打獵），以及表示與這些具體運動項目有關的物體和行動的詞，如 **bait**（餌）。本章的最後部份討論用於描述賽馬和賭博的詞，如 **neck and neck**（並駕齊驅）和 **gamble**（賭博）等。

用於談論體育運動和遊戲的詞
Words used to talk about sport and games

玩 play

6.2 to **play** a game 指參加遊戲。名詞 **play** 用於談論某人如何玩遊戲。作名詞和動詞的 **play** 都能用作隱喻談論人的行為，尤其用來說明那行為是否公平與誠實。

公平競賽 fair play

6.3 to believe in **fair play** 指認為每個人都應得到公平的對待，規則應該認真執行。

> *In a demonstration of its commitment to **fair play**, the Georgian Communist Party paper has carried without comment the political programmes of all its major rivals.*
> 格魯吉亞共產黨黨報為表現其遵守公平競賽的規則，不加評論地刊登了該黨所有主要對手的政治綱領。
> *He described the circumstances of the ban as a departure from the basic principles of **fair play**.*
> 他將禁令的情況描述為對公平競賽的基本原則的背離。

公平地比賽 play fair

6.4 說 someone does not **play fair** 指某人的行為不誠實或有欺騙性，哪怕此人可能實際上並沒有違反任何規定或法律。

*At the very least this should show you that banks don't **play fair**; they have two sets of rules. In both instances they win and you lose.*
至少這應該讓你明白，銀行做事不公平，它們有兩套規則。按這兩套規則辦事，他們一定贏，而你一定輸。

*He had a reputation as a quiet and amiable man who **played fair**.*
他有一個辦事公平、沉默寡言、對人和藹的聲譽。

***Play fair** with us and you won't regret it.*
和我們公平競賽，你將不會後悔。

按規則辦事 play by the rules

6.5 說 a person or organization **plays by the rules** 指一個人或一個組織按正確的程序做事，而不採用可能比較容易和更加成功、但卻不能讓別人接受的方式。

to **play by** a particular kind of **rules** 可用來表示"按某個特定羣體認可的方式辦事"的意義。

*The town's road safety officer spends his days ensuring that motorists **play by the rules**.*
這個鎮的道路安全官員花了數天時間確保司機們按交通規則駕駛汽車。

*France is not complaining; it just wants everyone else to **play by** EC **rules**.*
法國不是在抱怨；它只是要所有別的人也都按前歐洲共同體的規則辦事。

遊戲或運動 game

6.6 **game** 即活動或體育運動，它通常涉及技術、知識或運氣。人們在開展活動或體育運動時遵循固定的規則，試圖戰勝對手或解決難題。**game** 用作隱喻談論某人在某一特定的形勢下的行為方式，尤其是說明這一行為方式是否公平或誠實。**game** 用作隱喻時經常與 **play** 同時出現。

6.7 someone's **game** 或 a particular type of **game** 指一種特定的行為方式。它未必總是公平或誠實的行為，它可能涉及冒險，但是，為取得成功或獲得對某人的優勢，它又是一種好的行為方式。

*It was a dangerous **game** his friend had been playing.*
他的朋友一直在玩的是一種危險的遊戲。

*I don't know what Morgan's **game** was. It came very close to jeopardizing his business empire.*
我不知道摩根在玩甚麼花招。他這樣做很有可能給他的業務帝國帶來災難。

玩遊戲 play the game

6.8 説 someone can **play** a particular kind of **game** 指某人了解如何為取得成功或在某一特定場合取得優勢的做事方式。例如,知道在求職面談中 how to **play the game** 指知道如何給人留下一個很好的印象。有時候人們不認為這類行為是正確的,但他們仍然這樣做以取悦他人。

> *Her willingness to **play the game** by the usual rules of the establishment had hardly been rewarded.*
> 她願意按這個現存社會體制的常規行事,可是,她的這一表示幾乎沒有得到甚麼反報。
> *Bankers don't generally expect that a customer knows how to **play the game**, which makes it easier for us to fight back.*
> 銀行家們一般不指望客戶懂得金融業的基本知識,這一點使我們能夠比較方便地進行反擊。
> *'Established art galleries are very inaccessible to young artists,' says Piers. 'They're in the business of making money so they've got to **play the game**.'*
> "年輕的藝術家們是沒有甚麼可能進入地位穩固的藝術館的,"皮埃爾説。"它們屬於掙錢的行業,因此它們就必須按這個行業的規矩辦事。"

按某人的意圖辦事 play someone's game

6.9 to **play** a particular person's **game** 指為獲得好處而按某人會贊同的方式行事處世,雖然心裏可能對這樣做並不以為然。

> *If he is to win their financial support he must **play** their **game**.*
> 如果要贏得他們的資助,他必須按他們會贊同的方式辦事。
> *He's angry at the moment because I won't **play** his **game**.*
> 他此刻很生氣,因為我將不按照他贊同的方式辦事。

玩遊戲 play games

6.10 説 one person **plays games** with another 指一個人對另一人不是以誠相待,而如果後者不了解這個情況,它有可能給他帶來麻煩。

> *They were just using her, **playing games** with her as if what she felt and what she had actually done didn't matter a bit.*
> 他們只是在利用她、玩弄她,似乎她的感受如何、她實際上做了甚麼都根本無關緊要。
> *I'm not going to **play games** with this man. I've run this office straight so far, and I'll continue to.*
> 我並不打算糊弄這個男人。到現在為止我一直正直地管理這個辦公室,而且我還將繼續這樣管理它。
> *We don't **play games**. We're very straightforward.*
> 我們不糊弄人。我們辦事很正直。

6.11 説 people **play games** or **play a game** involving their relationships with other people or their feelings 指人們不是誠實地表達自己的感情,目的是讓別人

感受到一種特定的情緒或以某種特定的方式行事處世。例如，某人可能假裝很不幸，目的是讓別人對他表示憐憫。

*Where you **play games** to hide your true feelings, nobody ever wins.*
你在玩花招掩飾你真實感情的地方，誰都不會贏。

*Two people **playing** this **game** will obviously have an unhealthy relationship.*
要是兩個人都耍手腕，他們就顯然會有一種不健康的關係。

事情敗露 the game's up

6.12 說 **the game's up** 指某人的活動或秘密已被發現。這一詞語經常在罪犯被抓獲時使用。

*It was when they mentioned his dental records. I nearly fainted then. We hadn't thought of that. I told myself, '**The game's up**!'*
事情發生在他們提到他的牙齒的病歷的時候。我當時幾乎昏倒了。我們在此之前從沒有想過那件事。我對自己說，"秘密已經被揭穿了。"

*He narrowed his eyes as the blue lights of the police car filled the cab. Sensing **the game was up**, he pulled over.*
當警車藍色的燈光照亮那輛出租汽車的內部時，他瞇起了眼睛。他感到戲該收場了，於是把車停了下來。

競賽策略 game plan

6.13 在體育運動中，a team's **game plan** 是一個運動隊為取勝而企圖在比賽或競爭期間運用的策略。**game plan** 用作隱喻，談論某人為獲取某一事物而打算採取的行動或想採用的政策。這一詞組主要用於新聞報道。

*Yesterday's attack on the city shows that the militants have their own **game plan**.*
昨天對這個城市的攻擊表明，激進分子有他們自己的行動策略。

*Sullivan outlined the government's **game plan** in his opening statement.*
薩利文在他的開頭的陳述中扼要地概述了政府的行動策略。

玩具 toy

6.14 **toy** 即玩具，如球、娃娃等。人們有時將成人用來取樂的物品稱為 **toys**，在他們談到通常用來做正經事情的物品，如汽車或電腦時，尤其會這麼說。

*Computers have become household **toys**.*
電腦已經成為家庭玩具。

*He parked the car right next to the windows of the conference room. Perhaps he did not want to take his eyes off his new **toy**.*
他將汽車就停放在會議室的窗戶底下。也許他不想讓自己的眼光離開他的這個新寶貝。

6.15 說 someone **is toying with** an idea of doing something or a notion of doing something 指某人正在考慮做某事，但尚未認真制定好做這件事的計劃，有可能改變主意。

> I **had toyed with** the idea of dyeing my hair black, but decided against it.
> 我曾有過將頭髮染成黑色的念頭，但還是決定不這樣做。
>
> She **had toyed with** the notion of going abroad that spring.
> 那年春天她曾有過出國的念頭。
>
> Viki **had been toying with** spending a year in Holland or Germany before settling down in England.
> 維基一直有在定居英國之前在荷蘭或德國生活一年的想法。

與國際象棋有聯繫的詞 Words associated with chess

國際象棋 chess

6.16　chess 即國際象棋，是兩個人在棋盤上玩的一種遊戲。兩人各有十六個棋子，包括一個國王，下棋的目的是移動棋子，使對手的國王無法逃脫被俘獲。國際象棋是一種技術性強的、複雜的遊戲，**chess** 被用作隱喻，表示複雜的談判及這樣一種情景：人們試圖以巧妙的行事處世方式獲得超越別人的優勢。

6.17　a **chess game** 或 a **game of chess** 可被用來指這樣一種情景：人們試圖以巧妙的行事處世方式獲得超越別人的優勢。

> The application is very much part of the long **chess game** which has been going on between the two communities since 1974.
> 應用在很大程度上是那盤下了很長時間的棋的一部份，這盤棋從 1974 以來就一直在兩個社區之間進行着。
>
> A deadly **game of chess** is being fought on London's streets between the terrorists and the police, with the public as pawns.
> 恐怖主義分子和警方之間的一場致命的鬥爭，正在倫敦的街道上進行，而公眾則成了小卒。

pawn 經常與這一用法的 **chess** 同時出現。參見 **6.18** 節。

小卒 pawn

6.18　在國際象棋裏，a **pawn** 是最小、最不重要的棋子。**pawn** 用作隱喻，談論某個捲入到一種其無法控制的情況之中去的人，在這種情況下，此人不會被人看作是重要人物，因此有可能受到不好的待遇。

to be a **pawn in** a situation 指受人利用，而且對此沒有察覺或無法阻止。

> Sadly, the children are sometimes used as **pawns in** a struggle between hurt and angry parents.
> 不幸的是，孩子們有時感情在受了傷害、發怒的父母之間的爭吵中充當了小卒。

*For half a century our city has been a **pawn in** the power games of others.*
半個世紀以來，我們的城市成了別人權力競賽中的小卒。
*I suppose I'm proving to myself that I'm not just a **pawn in** some financial system, I'm an independent person.*
我設想，我正在向我自己證明，我並不只是某個金融系統的小卒，我是個獨立的人。

和棋 stalemate

6.19　在國際象棋中，**stalemate** 是這樣一種情形：兩名棋手中有一名按棋規無法移動棋子，於是棋賽結束，兩人都沒有獲勝。**stalemate** 用作隱喻，談論這樣一種情況：其中爭論或衝突的雙方都不能獲勝，或者甚麼進展都不可能取得。

*There are signs that, after more than two weeks of political **stalemate**, progress is now being made towards the formation of a coalition government.*
有這樣的跡象存在：在兩個多星期的政治僵局之後，人們在建立一個聯合政府方面正在取得進展。
*There's been no end to the **stalemate** at a Scottish prison where inmates are holding a prison officer hostage.*
蘇格蘭監獄的僵局一直沒法打破，獄中的囚犯正把一名典獄官扣為人質。

將死 checkmate

6.20　在國際象棋裏，**checkmate** 指這樣一種情況：一名棋手無法使其國王擺脫被俘獲的命運，因此他就輸了棋。動詞 **checkmate** 用作隱喻，描述這樣一種情形：一人常常以一種聰明或機靈的方式戰勝另一人。

說 one person **checkmates** another 指一人使另一人陷於這樣一種境地：即後者將被打敗或陷入困境，而且他不可能做任何事情以阻止這件事情的發生。

*He had to find out what this girl was up to so he could **checkmate** her.*
他必須弄明白這個女孩想幹甚麼，這樣他就有可能打敗她。
*He would have to **checkmate** the dirty tricksters at their own game.*
他將不得不在這些骯髒的騙子自己玩的把戲中擊敗他們。

撲克牌和撲克牌遊戲 Cards and card games

6.21　**card games** 即一人或數人玩的撲克牌遊戲。有些撲克牌遊戲涉及一些技能成分，但運氣最重要，因為玩牌的人無法控制發給他們甚麼牌。有一些隱喻用來談論人們生活中的機會，彷彿人們是在玩撲克牌遊戲。

玩你的牌 play one's cards

6.22　to **play** one's **cards** in a particular way 可用來描述這樣一種情況：某人在某種形勢下必須作出困難的決策，必須小心謹慎地對待他人。例如，to **play**

one's **cards right** 表示某人對某種形勢的應付是成功的。

> Soon, if she **played** her **cards right**, she would be head of the London office.
> 不久的將來，如果她辦事得當，她應該是倫敦辦公室的領導了。
> If she **played** her **cards** sensibly there was a new and decent life ahead of her.
> 如果她明智地行事處世，她將來能過上體面的新生活。
> He achieved this ambition through some of his father's old friendships and by **playing** his **cards** intelligently.
> 他通過他父親的一些舊時的友人的幫助及自身聰明地行事處世而實現了他的抱負。

6.23　說 someone **has played all** their **cards** 指某人已經盡其所能，但沒有取得成功。說 someone **has another card to play** 指某人雖然已經進行了一些別的嘗試而沒有成功，他仍有一件事情可以嘗試。

> I **haven't played all** my **cards** yet. We can still make a deal.
> 我並沒有到窮途末路的地步。我們仍然可以做一筆交易。
> The deal provided him with **another card to play**.
> 這筆交易為他提供了作另一種嘗試的可能。

6.24　說 someone **keeps** or **plays** his **cards close to** his **chest** 指某人不把自己關於前途的想法或計劃告訴他人。

> He **keeps** his **cards** incredibly **close to** his **chest**. We have no idea what he thinks.
> 他令人難以置信地將自己對前途的看法隱藏起來。我們不知道他怎麼想。
> The big companies **were playing** their **cards close to** their **chests** last night about where the money goes.
> 昨夜那些大公司對錢將怎麼花的問題始終迴避。

攤牌 put or lay one's cards on the table

6.25　在一些撲克牌遊戲中，尤其是在涉及賭博的遊戲中，玩牌人在遊戲結束時 **put** or **lay** their **cards on the table** 以檢查誰擁有最大的牌並由此獲勝。**put** or **lay** one's **cards on the table** 被用作隱喻談論這樣一種情況：某人決定是否將以前保密的想法、計劃或意圖公開。

to **put** or **lay** one's **cards on the table** 指原原本本告訴人們自己的想法、計劃、或意圖，尤其是大家可能曾經認為需要保密的想法、計劃或意圖。

> I am going to **put** my **cards on the table** and make you an offer.
> 我打算將我的想法全部說出來，向你提出一個建議。
> The star **laid** his **cards on the table** yesterday, claiming that hundreds of thousands of pounds of licence payers' money is being wasted.
> 昨天那位名星攤了牌，他宣稱，成千上萬鎊執照付款人的錢正在被浪費掉。

*He says he needs a little more information; he wants to see a few more **cards on the table**.*
他說他需要更多一點信息；他要了解更多的情況。

不久將發生 on the cards

6.26 撲克牌有時也用來預測人們的運氣。算命者任意選擇若干張撲克牌，然後用一種特別的方式解釋牌上的數字和圖畫以預測將來會發生甚麼事。關於"依據已發生的事猜測將發生的事"的思路被用在 **on the cards** 這個短語之中。

說某一特別事件是 **on the cards** 指有跡象表明該事件將在不久的將來發生。

*Many City analysts believe a rise in interest rates is still **on the cards**.*
許多倫敦商業區的分析家相信，利率的上升仍然可能在不久的將來發生。
*It's looking increasingly as though a return to more traditional teaching methods could be **on the cards**.*
有愈來愈多的跡象表明，回到更傳統的教學方法上去可能是過不了多久的事。
*Fifth round matches take place this weekend, with one or two surprises **on the cards**.*
這個週末要舉行第五輪比賽，屆時可能會出現一、兩件令人吃驚的事情。

攤牌 show one's hand

6.27 在撲克牌遊戲中，**hand** 指發給某人的牌或在遊戲的某個時刻某人所擁有的牌。在一些撲克牌遊戲中，尤其是那些涉及賭博的遊戲，在遊戲結束時某人 **shows his hand** 以查看誰擁有最大的牌並已因此獲勝。**show one's hand** 的隱喻用法與 **put** or **lay one's cards on the table** 相似，也用來談論這樣一種情況：某人決定是否將其曾經保密的計劃或意圖對外公佈。

to **show one's hand** 指讓別人知道某人所計劃要做的事、正在想的事或所擁有的東西，特別是在此人可能更希望對這些事物加以保密時將它們告訴別人。

*On domestic politics he seemed unwilling to **show his hand** too clearly.*
他似乎不願意將其在國內政治方面的情況對外說得太清楚。
*Events in Russia are now forcing the US President to **show his hand**.*
俄羅斯所發生的事件現在正迫使美國總統攤牌。

王牌 trump

6.28 在一些撲克牌遊戲中，**trumps** 即王牌，是某個遊戲中選出的具有最高的價值的一組花色牌。**trumps** 和 **trump** 用作隱喻，談論這樣的情景：某人因具有某種意外的優勢而能夠比他人更加成功。

6.29 說 someone **comes up trumps** or **turns up trumps** 指某人在必要時事情

做得很成功或對人很有幫助，儘管說話者從前也許認為此人不會如此成功。

> *Sylvester Stallone **has come up trumps** at the US box office with his new movie.*
> 西爾威斯特・斯泰龍以他的新影片已經在美國的票房獲得出乎意料的成功。
> *Time was short but he **came up trumps** under pressure.*
> 時間很緊，但他在壓力之下仍獲得出乎意料的成功。
> *At least you will discover where your true affections lie when certain people **turn up trumps**.*
> 當某些人獲得成功時，至少你會發現你真正鍾愛的是甚麼人。

6.30 在撲克牌遊戲中，to **trump** someone 指出一張王牌贏某人，即使是在此人剛剛出了一張大牌，似乎有可能贏牌的情況下也是如此。動詞 **trump** 的隱喻意義用來表示 "突然意外地打敗某個看來有可能取得成功的人" 的意思。

to **trump** someone 或 to **trump** something that they have done 指 "通過做與某人所做的相似但又更好的事而戰勝此人" 的意思。

> *Supermarket Tesco **trumped** the oil giants and slashed 8p off a gallon of petrol.*
> 太斯古超級商場打敗了那些油王，使一加侖的汽油的價格下降 8 個便士。
> *The natural rainbow trout record **was** almost immediately **trumped** by a 29lb fish captured from Loch Tay.*
> 自然虹鱒魚的記錄幾乎立即被一條從尼泰湖捕獲的重 29 磅的魚打破了。
> *The research team did not want **to be trumped** so they had to publish their findings quickly.*
> 研究組不想被人超越，所以他們必須快速發表他們的發現。

王牌 trump card

6.31 a **trump card** 指一張王牌，是玩牌時被選為王牌的那套花色的牌的其中一張，它可以擊敗任何一張別的花色的牌。**trump card** 用作隱喻，描述某人所具有的優勢將幫助其取得比任何別的人更大的成功。

> *Low wages are the country's **trump card** at this stage of its economic development.*
> 低工資是這個國家在其經濟發展現階段的一張王牌。
> *The Republicans retain one **trump card**: Texans' traditional dislike for liberal causes.*
> 共和黨人保持着一張王牌: 德克薩斯州人那種不喜歡自由事業的傳統。
> *Mr Major has played a **trump card** that could enable him to cut income tax next Spring.*
> 梅傑先生已經打出了一張使他得以在明年春季削減所得稅的王牌。

運動 Sport

6.32 **sport** 用來指足球、網球等個人或團體間互相展開競爭的體育活動。具體體育運動項目的名稱通常沒有隱喻用法，但與某種特別的運動項目有關的詞則常常用作隱喻，如 **goal**（球門）和 **playing field**（運動場）等。

6.33 在體育運動中，相互競爭的團體或個人無論輸贏都應該表現良好，應公平對待別的競爭者。由此出現了 **good sport** 和 **unsporting** 之類的詞，它們用來描述某人在困難或競爭激烈的情況下的表現。

體育道德好的人 good sport

6.34 稱某人為 **a good sport** 指此人即使在運氣不佳時也情緒樂觀、對人友好。

*They thought you were being such **a good sport** about it.*
他們認為你在這件事上裝出有如此良好的風度。
*He is really not in the mood to be **a jolly good sport**.*
他實在是沒有情緒表現得快樂而有良好的風度。

體育道德差的人 bad sport

6.35 稱某人為 **a bad sport** 指此人在運氣不佳或做某事不成功時脾氣很壞，不能好好處理。

*To be **a bad sport** means to risk almost certain humiliation by the lads at the pub.*
發脾氣意味着冒這樣的風險：幾乎肯定會遭到酒館裏那些小伙子的羞辱。

自私、不公平 unsporting

6.36 將某人的行為描述成 **unsporting** 指此人表現得不公平或自私自利，尤其是在競爭的環境中作如此表現。

*Mr Thomas said he felt bound to cut prices to remain competitive, but nevertheless thought his rival's conduct pretty **unsporting**.*
托馬斯先生説，他感到為保持競爭性必須降低價格，然而他也認為對手的行為相當自私、相當不公平。
*They fined me 2,700 francs which I thought was rather **unsporting** of them.*
他們罰了我 2,700 法郎，我認為他們這種做法相當不公平。

有可能成功的 sporting

6.37 to have a **sporting chance** of succeeding in doing something 指做某事好像不大會成功，但仍然有成功的可能，因此覺得值得一試。

*There was a **sporting chance** of avoiding the traffic police.*
曾有過一個可能避開交通警察的機會。
*There's no reason why you can't make it. You've got a **sporting chance**. I've got none.*
你沒有理由説明你為甚麼不能成功。你有一個成敗都有可能的機會。而我沒有。

選手 player

6.38 **player** 即選手，是參加體育比賽或運動項目的人。**player** 用作隱喻，談論參加一個事件或討論的一個人、組織或國家，尤其用來説明此人、該組織或國家在該事件或討論中的作用何等重要。這一用法在新聞報道中最為常見。這一用法的 **player** 通常出現在一個形容詞或名詞的後面。

*The Bank of Scotland is now a major **player** in management buyouts.*
蘇格蘭銀行現在是全部購買經營管理上市股份的大戶。
*America is not a party to the negotiations, yet it is a key **player**.*
美國不僅是參加談判的一方，可她是一個關鍵角色。

球門 goal

6.39 在足球和曲棍球等比賽中，運動員試圖將球擊入或踢入對方球門（即一張大網）以獲勝。

這被稱為進球得分，得分最高的隊贏得比賽。**goal** 用作隱喻，指一個人或一個組織希望做或完成的事情，其目的通常是為了完成另一事情。

*My **goal** is to get a good background on the subject so I can pass the Medical College Admission Test.*
我的目標是得到關於這個題目的充足的背景資料，這樣我就能通過醫學院的入學考試。
*The **goal** is to involve the parents in a plan to help their child do better in school.*
目的是使家長們參與一個幫助自己的孩子在學校進步得更快的計劃。
*She dieted to within ten pounds of her **goal** weight.*
她節制自己的飲食，使目標體重的變化保持在 10 磅之內。

本隊隊員射入本方球門的球，由對方得分 own goal

6.40 在足球和曲棍球等比賽中，a player scores an **own goal** 指一名選手偶然將球踢入或擊入自己的球門，這樣就使對方球隊得一分，即是"烏龍球"。**own goal** 用作隱喻，指某人為改善自己的處境而做的、但實際效果卻適得其反的事情。

*Because of the legislation I could not employ a woman. Women have made themselves unemployable. They have scored an **own goal**.*
按照法規我不能僱用婦女。婦女已經使她們自己無法受僱。她們這是自作自受。

門柱 goalpost

6.41 在足球和曲棍球等比賽中，a **goalpost** 是由一根橫槓連接的兩根直立的木柱之一，它們共同組成球門。在這些比賽中，球門是固定的，這樣兩個球隊就非常清楚該往哪裏射門，兩個球隊有同等的進球得分的機會。**goalposts** 作為隱喻用在 **move the goalposts** 這個短語中，描述這樣一種情況：一個人或一羣人以不公平的行為舉止獲得優勢，勝過另一人或另一羣人。

to accuse someone of **moving the goalposts** 指某人在某個境況或某項活動中改變了規則，尤其是為了自己受益，而使所有別的參與者都處於更加不利的境地或感到活動更加難以進行。

*They seem **to move the goalposts** every time I meet the conditions that are required.*
每當我滿足了他們提出的要求時，他們都似乎有意改變條件，使我永遠無法達到目的。
*He was always **moving the goalposts** so that we could never anticipate what he wanted.*
他總是在改變條件，這樣我們就永遠無法預料他要的究竟是甚麼。

球場 playing field

6.42　playing field 即球場，是舉行足球、曲棍球或板球比賽的草地賽場。它通常是一處平整的場地。**playing field** 用作隱喻，在 **level playing field** 這個詞語中，談論某種形勢的公平情況。

a **level playing field** 是一種公平的情況，因為與之有關的人們之中，沒有人比其他任何人佔有優勢。這一詞語主要用於新聞報道。

*American businessmen ask for a **level playing field** when they compete with foreign companies.*
美國商人在與外國公司競爭時要求競爭環境公平。
*One of the main objectives of the single market was to provide a **level playing field** where all EC member states could compete on equal terms.*
單一市場的主要目標之一是提供一個公平的環境，使所有歐洲共同體的成員國能在同等條件下相互競爭。

馬拉松 marathon

6.43　marathon 是一種賽跑項目，參賽者跑的距離為 26 英里（約 42 公里）。marathon 是距離最長的賽跑項目之一，它難度極大，極其累人。**marathon** 用作隱喻，指極端耗時、累人的任務或極其漫長、乏味的旅行。這一用法的 **marathon** 總是出現在名詞之前。

*Their scheduled two days of talks stretched into a **marathon** nine-hour session on the third day.*
他們預先安排的兩天討論在第三天延伸為一個 9 個鐘頭的馬拉松會議。
*...a **marathon** television show.*
……一個冗長的電視節目。
*She began her **marathon** journey from Maastricht with a bus ride to Calais, where she caught the ferry to Dover.*
她從馬斯特里特開始她那漫長的旅行，在那裏她乘坐一輛公共汽車前往加來，又從加來擺渡到了多佛爾。

溜冰 skate

6.44　to **skate** 指穿冰鞋或旱冰鞋溜冰。穿冰鞋和旱冰鞋溜冰的方式，是用冰刀或輪子在一個表面上快速滑行。**skate** 作為隱喻用在 **skate over** 和 **skate around** 等短語動詞裏，表示 "避免某個問題" 或 "未能恰當處理這個問題" 的意思。

6.45　to **skate over** 或 to **skate around** an issue or a problem 指不詳細討論或考慮某件事情或某個問題，這通常是因為要適當地對這件事情或這個問題加以説明是困難的或令人難堪的。

*She's had plenty of practice here in **skating over** unpleasant realities.*
她可以對令人不快的現實避而不談，因為在這方面她在這裏已有了充分的實踐。
*Most of these arguments **skate over** the evidence.*
這些論點大部份迴避證據。
*When pressed, he **skates around** the subject.*
在受到壓力時，他就對這個題目避而不談。

6.46　説 someone is **skating on thin ice** 指某人正在做某件危險的事，這件事可能會給他帶來不利的或嚴重的後果。

*I **had skated on thin ice** on many assignments and somehow had, so far, got away with it.*
我曾在許多任務上冒過風險，不過後來我還是以某種方式僥倖度過了難關。

航行 sail

6.47　a ship **sails** 指船在海上航行。**sailing** 與便捷、順利的運動相關，它作為隱喻用來描述人們似乎很方便、快速地獲取某種成果的情形。

6.48　to **sail through** a situation 或 to **sail into** a situation 指讓人感到有能力輕而易舉地將某種形勢應付得很好。

*I was younger then, I could have **sailed through** any job.*
我那時比較年輕，我是可能對任何工作都應付裕如的。
*She was bright, learned languages quickly and **sailed through** her exams.*
她很聰明，語言學得快，輕而易舉地通過了她的考試。

6.49　説 a task was not all **plain sailing** 指一個任務不是容易完成或簡單易行的。

*Pregnancy was not all **plain sailing**, and once again there were problems.*
懷孕並不都是一帆風順的，它又一次發生了問題。
*We know it won't be **plain sailing** in the final because there are no easy games at this level.*
我們知道決賽將不是一帆風順的，因為在這一水平上是沒有容易的比賽的。

打獵和捕魚 Hunting and fishing

6.50 hunt、fish 及一些與打獵或捕魚活動有關的詞作為隱喻，用來表達"尋找和發現人和事物"的意思。

打獵 hunt

6.51 hunting 是捕殺野生動物的活動。動詞 hunt 用作隱喻，談論尋找和發現人和事物，尤其用在所要尋找和發現的人和事物是很重要的情況之下。

6.52 如果警方正在尋找一名犯了法以後消失的罪犯，人們就能説警方 **are hunting** 那名罪犯。

*Police **were** yesterday **hunting** the thieves.*
昨天警方在搜捕那些小偷。
*A hit-and-run driver who killed a grandmother **was being hunted** yesterday.*
昨天，一名開車撞死了一位已當祖母的婦女後逃走的汽車司機正遭警方追捕。
*Two men who left the third floor flat in Hove , East Sussex , at the time **are** still **being hunted** by police.*
兩名離開了東蘇塞克斯的胡佛的四樓公寓的男子此刻仍在警方的搜捕之中。

6.53 to **hunt** something 或 to **hunt for** something 可用來表達"非常希望得到並尋找某事物或努力爭取得到某事物"的意思。

*My wife was very keen for years to get a plant called helichrysum and she **hunted** and **hunted** and eventually found it in a garden centre in Brighton.*
我的妻子有好多年一直想得到一種叫做蠟菊屬的植物。她不斷地搜尋，終於在布賴頓的一個園藝中心找到了它。
*He plans to save the money while he **hunts for** a job after being made redundant.*
他計劃在被作為冗員解聘後找工作時把這筆錢省下來。
*…two months of unsuccessful job **hunting**.*
……尋找工作一事無成的兩個月。

憂慮的 hunted

6.54 説 someone has a **hunted look** 指某人看起來憂心忡忡，似乎等待着某件令人不快的事情的發生。

*A **hunted look** came into her eyes.*
她眼睛裏流露出一絲憂慮。
*He had a **hunted look** about him, as if he expected someone to kick open the door at any minute.*
他看起來憂心忡忡，好像在期待甚麼人隨時把門踢開。

捕魚 fish

6.55 **fishing** 為捕殺魚的活動。動詞 **fish** 用作隱喻，表示"爭取發現或獲取某事物"的意思，尤其是以一種笨拙或間接的方式發現或獲取。

6.56 to **fish** somewhere, for example in a bag or in your pocket 指不用眼睛看，而用不太有效的方式試圖在包或口袋裏找到某物。to **fish** something from somewhere 則指比較困難地發現並取出某物。

*The lawyer looks at his cards again, **fishes** in his pocket, and lays his wallet on the table.*
律師又一次看看他的卡片，在他的口袋裏搜索了一番，把他的錢包放到了桌上。
*He **fished** a cigarette out and lit it, blowing the smoke into my face.*
他掏出一根香煙，點了它，將煙吹到我的臉上。
*He **fished** some coins out of his pocket.*
他從口袋裏掏出一些錢幣。

6.57 説 someone **is fishing for compliments** 指某人試圖讓別人説他的好話，方法是問別人某些問題、否定他自己並希望別人對他所説的話表示異議等。

*'They no longer find me attractive and are merely being polite.' Mark laughed. 'You**'re fishing for compliments**,' he said, 'and you do not need to.'*
"他們感到我已不再有吸引力了，他們這樣做無非是出於禮貌而已。"馬克笑着説。"你這是想要別人稱讚你，"他説，"但你並不需要這樣做。"

釣魚 angling

6.58 **angling** 是表示"釣魚"意義的另一個詞，**angling** 作為隱喻的用法與動詞 **fish** 相似。someone **is angling** for something 指某人試圖得到某事物，不過他們採用的是間接的方法，而不是直接要求。

***Are** you **angling** for promotion? Finding out which type of worker you are, and how your colleagues see you, are the first steps to getting ahead at work.*
你的意思是想要提升? 要使自己工作表現突出，第一步就是要明確你自己屬於 工人中的哪一類，你在同事們心目中的形象如何。
*Officials **have been angling** for an early visit to Moscow by the new British Prime Minister.*
政府官員們一直在試圖通過某種非直接的辦法爭取英國的新首相早日訪問莫斯科。
*It sounds as if he**'s** just **angling** for sympathy.*
聽起來他好像只是在博取同情。

▶**注意**◀ 動詞 angle 只有在這一用法中才有 -ing 形式。

餌 bait

6.59 **bait** 即餌，是人們打獵或捕魚時用來吸引企圖捕獲的動物或魚的食物。**bait** 用作隱喻有名詞和動詞的形式，兩者都可用來談論被人用來試圖說服某人做某事的事物。

6.60 如果一人為說服另一人做某事——而且通常是後者一般不願意做的事或對後者來說是不該做的錯事——而提出給後者某種好處，那麼這種好處就可被稱作 **bait** 。

> *Gary Mason was last night warned not to accept former world heavyweight champion George Foreman's **bait** of a £230,000 offer to fight again.*
> 昨天晚上有人警告加里‧梅森，要他不要被前世界重量級拳擊冠軍喬治‧福爾曼提出的 230,000 英鎊的收買而再次參賽。

6.61 說 one person **baits** another 指一人有意說一些令人不快、殘忍或煩人的話或做一些令人不快、殘忍或煩人的事，設法使另一人發怒。這種行為可稱為 **baiting** 。

> *All through the interval, Ray **was baiting** poor Jack, questioning him time and again about whether he wanted to change his mind.*
> 整個間隙時間，雷都在逗弄可憐的傑克，不斷地問他是否要改變主意，企圖引他發火。
> *Youths **baited** and taunted soldiers.*
> 一些青年人挖苦、嘲弄着士兵們，試圖激怒他們。
> *Black sportsmen are the latest victims of racist **baiting**.*
> 黑人運動員是最近種族主義挑釁行為的受害者。

賽馬和賭博 Horse-racing and gambling

6.62 許多用於談論賽馬和賭博的詞和表達式有隱喻用法，尤其用來是談論政治和選舉。

參賽 in the running

6.63 在一場跑馬比賽中，a horse that is **in the running** 指正在參賽的馬。說 someone is **in the running** for something 指某人是有可能得到某物或做某事的機會的那些人的其中之一。這一說法尤其是為了暗示，那些人們正在為得到此物或該機會而相互競爭。

> *At 48 he is too young to be **in the running** for the job of prime minister.*
> 他 48 歲，因為太年輕，他不可能參加首相職位的競爭。
> *Three of the major studios were **in the running** to buy him out.*
> 有三家主要電影製片廠在相互競爭買下他公司的全部股份。

*To be **in the running** to win this wonderful holiday just answer the questions on the coupon.*
實際參與這個爭取度好機會的競賽本身就回答了彩票上的問題。

不準備參賽 out of the running

6.64　在一場跑馬比賽中，a horse is **out of the running** 指雖然人們期望一匹馬參加比賽，它也不準備參賽，原因通常是它已受傷。説 someone is **out of the running** for something 指即使某人希望得到某物或做某事的機會，他也不再有可能得到，因此別人將得到此物或該機會。

*The ex-communists are really **out of the runnning** for some years to come.*
那些前共產主義者在今後數年中確實沒有再參與政治的可能了。
*Until this week he appeared to have ruled himself **out of the running** because of his age.*
在本週以前，他似乎一直因年齡關係而將自己排除在事務活動之外了。
*She was divorced and had married again so she was **out of the running** for the money anyway.*
她離了婚，又再結了婚，所以無論如何她是不可能再爭取到那筆錢了。

先聲奪人 make the running

6.65　説 a horse **makes the running** in a particular race 指在某場賽馬中一匹馬跑得很快，因此好像有可能得勝，因而所有別的馬都不得不努力趕上它。這一短語作為隱喻用來描述這樣一種情況：一個人或一個事物看來發展得很好或在付出極大的努力，因此有可能比其他人或事物更有可能成功。

説某人在某種情況下，尤其是在類似競選等具有競爭性的活動中，**makes the running** 指此人做事比其他參與者們更好、更快，因此其他人要與其競爭就不得不更加努力地工作。

*From now on it's space-based astronomy that's going to **make the running**.*
今後具有競爭力的將是以空間為基礎的天文學。
*The other two actors **have been making the running**.*
另外兩位演員的發展勢頭一直很好，比別人更有競爭力。
*Most of **the running** in this campaign **has been made** by the novelist Mario Vargas Llosa.*
在這個運動中唱主角的主要是小説家馬里奧·瓦爾蓋斯·羅薩。

並駕齊驅 neck and neck

6.66　説兩匹馬在比賽臨近結束時出現了 **neck and neck** 的情況指這兩匹馬都超越了所有別的馬，但它們彼此的間隔距離非常小，因此很難確定哪匹馬將會取勝。

説兩個政黨或一個職位的兩個候選人是 **neck and neck** 指在準備選舉或決定職位人選的階段很難説出哪個政黨或哪個候選人將會取勝，因為它們（他們）似乎都有很強的競爭力。

*The Green Party was running **neck and neck** with the Communists.*
綠黨和同共產黨正在並駕齊驅地展開競爭。
*Running **neck and neck** as candidates were Manchester and Sydney, Australia.*
作為候選城市並駕齊驅地進行競爭的是曼徹斯特和澳大利亞的悉尼。
*For months, polls showed the two main parties **neck and neck**.*
幾個月來的民意測驗顯示，兩個主要政黨的得分不相伯仲。

首先通過標桿 first past the post

6.67 在賽馬中，第一匹通過終點標桿的馬獲勝。這個用簡單明瞭的方法觀察誰贏得某事物的思路被用於 **first-past-the-post** 這個復合詞之中。a **first-past-the-post** system of electing a government 是一個選舉政府的制度，其中國會議員是那些在某個地區得到的選票比任何人都多的人，而政府則是由擁有國會議員人數最多的政黨組成。這意味着執政黨在全國範圍內得到的選票總數有可能會比另一個黨的獲票總數少。這個制度容易操作，也容易被人理解，但很多人認為它不公平。

*He demanded an end to the **first-past-the-post** voting system within 18 months.*
他要求在 18 個月以內結束這個"首先通過終點標桿"的投票選舉制度。
*...the existing **first-past-the-post** system.*
……現存的這個"首先通過終點標桿"的制度。

也參賽的馬 also-ran

6.68 在跑馬比賽中，**also-ran** 是參賽但競技狀態不佳的馬。**also-ran** 用作隱喻，指沒有多少可能贏得選舉之類的事物的人們，或沒有多少成功機會的企業或組織。

*It is the second largest party but it is likely to remain the **also-ran** forever if it goes on like this.*
它是第二大黨，但這樣下去它就可能永遠做陪襯。
*Best known for its computer printers, the company was a distant **also-ran** in the fastest growing bit of the industry.*
雖然這家公司現在以其經營的電腦打印機最為出名，但它在這一行業最為迅速發展的部份中卻曾是一家沒有甚麼活力的落後企業。

賭博 gamble

6.69 to **gamble** an amount of money 指在撲克牌遊戲中賭錢或就某項比賽或競爭的結果下賭注。人們賭博時，他們是有贏大筆錢的機會，但通常他們輸掉賭資的可能性更大。

gamble 用作隱喻有動詞和名詞的形式，兩者都用來談論涉及巨大風險、但也可能導致成功的行動。

6.70 説 something is a **gamble** 指説話者在開始做某事時，無法確定其結果對自己有利還是有害。

*Farming is quite a **gamble** in these conditions.*
在這些條件下，務農實在是一種賭博。
*Marriage is a **gamble**.*
婚姻是一種賭博。
*It was his biggest political **gamble** and it paid off.*
那是他最大的政治賭博，他賭贏了。

▶注意◀ 作為隱喻，**gamble** 的名詞形式的使用頻度比其動詞形式高。

6.71 Someone **gambles** that something will happen 指某人希望某事將會發生，而且表現出此事將會發生的樣子。如果此人的希望落空，即此事沒有發生，那麼結果可能對此人非常有害。

*He **gambled** that her 21 month-old daughter would sit quietly through the hour-long ceremony.*
他打賭説，他那 21 個月的女兒能夠安靜地坐在那兒度過儀式進行所需的一個鐘頭時間。
*She **gambled** that they would never use their nuclear forces.*
她打賭説，他們將永遠不會使用核部隊。

最有可能贏得比賽的馬 favourite

6.72 人們在進行賽馬賭博時，the **favourite** 指的是人們認為最有可能得勝的馬。**favourite** 用作隱喻——描述被人認為在某種情況下——尤其是在競爭的環境中——最有可能獲得成功的個人或組織。

*The Mayor of Ankara is the current **favourite** for the succession.*
安卡拉市的市長是目前最有可能繼任的人選。
*...he was ranked as **favourite** for the job.*
……他曾被列為最可能得到這項工作的人。
*The US firm had been **favourite** to grab the order.*
這家美國公司曾一直最有希望撈到這個訂單。

不可能贏得比賽的馬 outsider

6.73 在跑馬比賽中，an **outsider** 是被人們認為不可能贏得比賽或甚至不可能贏得第二、第三名的馬。如果這樣一匹馬贏了比賽，那麼，在此馬身上下了賭注的人們就有可能贏得一大筆錢。**outsider** 用作隱喻，指在某種情況下——尤其是在競爭的環境中——看來非常沒有可能獲得成功的人。

> *There has been a surge of support for an independent candidate, Mr Alberto Fujimori, who was previously considered an **outsider**.*
> 獨立競選人阿伯托·福基莫里先生原先被人看作是根本不可能成功的人，但現在對他的支持突然大大增加。
> *Until the election campaign started, he was an unknown rank **outsider**, having left the country twenty-one years ago.*
> 他在 21 年前離開了這個國家。在競選運動開始之前，他完全是個不為人知的小人物。

賭注 stake

6.74　當某人就一場賽馬、一項競爭或一個撲克牌遊戲進行賭博時，他的 **stake** 是他進行賭博的賭注，如果他所下注的馬、人或團隊不能取勝，他就會輸錢。**stake** 及其複數形式 **stakes** 用作隱喻，談論事物處於危險境地的情況。

6.75　説 something is **at stake** 指某事物在某個境況中冒着風險，如果有關的人們不能取得成功，該事物就可能被損失或遭破壞。

> ***At stake** is the loss or failure of the world trade talks.*
> 無法預料的是世界貿易談判的損失或失敗。
> ***At stake** are more than 20,000 jobs in Britain's aerospace industry.*
> 吉凶難卜的是英國航空航天工業的 20,000 多個工作機會。

6.76　與一個危險境況有關的 **stakes** 是有可能失去或獲取的事物。説 the **stakes** are **high** 指有關的人們有可能失去或贏得許多，這取決於他們是否成功。

> *By arresting the organisation's two top leaders the government and the army have now raised the **stakes**.*
> 逮捕了該組織的兩名最高領導人後，政府和軍隊的風險現在更大了。
> *When science deals with the lives of patients, the **stakes** are **high**.*
> 當科學用於解救病人的生命的時候，其成功與否的風險是很大的。
> *Magazine publishing is a **high-stakes** game.*
> 發行雜誌是一種高風險的賭博。

6.77　**stake** 也用作動詞談論對某事物冒險。to **stake** something such as a large amount of money or one's reputation **on** the success of something 指將大筆錢或自己的名譽等押在某事物的成功上，如若那事物不成功，錢就會損失，名譽則會遭損害。

> *He **has staked** his political future **on** an election victory.*
> 他已經將他的政治前途押在選舉的勝利上了。
> *He **has staked** his reputation **on** the outcome.*
> 他已將自己的名譽押在結果上。

跑馬比賽 stakes

6.78　跑馬比賽有時被叫做 **stakes**。這是舊式用法,但它仍然出現在一些比賽的名稱裏。**stakes** 用作隱喻,指一種競爭的情勢。

a particular kind of **stakes** 可用來指人們認為是競爭或冒險的一種境況,在這種境況中,輸贏都有可能。

*He was a big winner in the personality **stakes**.*
他在性格競爭中是一名大贏家。
*The celebrated Amstel Hotel, in Amsterdam, now has a rival in the luxury hotel **stakes**.*
阿姆斯特丹著名的阿姆斯特爾旅店現在在豪華旅店的投機競爭中有了一個對手。
*I didn't do so badly in the marriage **stakes**.*
在婚姻方面我的運氣不那麼糟。

投注賠率 odds

6.79　在人們押注進行賭博的跑馬比賽或類似的競爭中,押在某匹馬、某個人或某個團隊的獲勝上的 **odds** ,是這匹馬、這個人或這個團隊獲勝的概率。例如,如果某人在一匹賠率為"十比一"的馬上押上 1 英鎊,人們認為那匹馬獲勝的概率為十分之一,如果那匹馬贏了比賽,此人將贏得 10 英鎊。**odds** 用作隱喻,在若干個表達式中談論一個人或一項計劃成功的可能性有多大。

6.80　說 **the odds are** that something will happen 指某事有可能會發生。說 **the odds are that** someone will fail 指某人有可能會失敗。

***The odds are that** your heating system is costing you more than it should.*
情況可能是你的供熱系統正在讓你支付比它所應該耗費的更多的費用。
***The odds are that** the insurance company would not have requested an investigation.*
保險公司也許就不會要求調查,這是有可能的。
***The odds are that** you are going to fail.*
你很可能會失敗。

6.81　說 the **odds** are in someone's **favour** 指某人很有可能在正在爭取做的事情中獲得成功。說 the **odds** are **against** someone 則指某人幾乎沒有成功的機會。

*Buying a horse is always a risk, but are there ways of making sure the **odds** are in your **favour**?*
買馬總是一種風險,但是難道有辦法確定情況一定對你有利嗎?
*She bravely continued but the **odds** were **against** her.*
她勇敢地繼續進行下去,但情況對她不利,幾乎沒有成功的機會。

6.82 to do something **against all odds** 指哪怕某事很難做，做它會遇到許多阻礙，也要設法做。

*He was young and inexperienced at the time; he took positive steps to educate himself in the jail **against all odds**.*
他當時年輕，而且缺乏經驗；在監獄裏，他不顧困難，踏踏實實地進行自我教育。
*All his men had been killed; he alone had survived, **against all odds**.*
他手下的人已經全部被殺；他一個人經歷了各種艱難險阻而活了下來。

6.83 to face huge or impossible **odds** 指要完成一項非常艱難的任務，這項任務幾乎沒有甚麼成功的可能，因為有很多事情使它變得很難完成。

*People like Jenny and Sarah will have to struggle on against almost overwhelming **odds**.*
像詹尼和薩拉一樣的人將不得不繼續拼命努力，克服幾乎無法克服的困難。
*...the work of those admirable women who have laboured against enormous **odds**.*
……那些令人欽佩的、靠勞動抵擋巨大的困難的婦女們的工作。
*Nobody realized he was facing impossible **odds**.*
沒有人意識到，他正面對着不可逾越的障礙。

以下是普遍用於這一用法的 **odds** 前的詞的一些例詞：

considerable	hopeless	unbelievable
enormous	impossible	
heavy	overwhelming	

7 烹調和食物
Cooking and Food

7.1 許多表示食物製作方式和風味的詞有隱喻用法。本章從討論準備食物的詞入手，然後探討表示廚房用具的詞，再看表示烹調食物的不同方法的詞，如 **grill** 和 **boil** 等，最後討論的是表示風味和味道的詞。

準備製作食物 Preparing food

7.2 本節討論烹調前準備食物的詞。

食譜 recipe

7.3 **recipe** 即食譜，它由一個原料單子和一套有關如何製作某一食物的説明組成。**recipe** 用作隱喻，談論人們期望會產生某種結果的某種形勢或環境。

7.4 説 one thing is the **recipe for** another thing 指做第一件事或擁有第一個事物很可能會引起做第二件事或擁有第二個事物的結果。這一説法可用來談論具有積極意義和消極意義的事物。

*When asked for his **recipe for** happiness, he gave a very short but sensible answer: work and love.*
當人們向他討教幸福的處方時，他的回答簡短而合乎情理：工作和愛。
*It's a stressful job, and if you don't look after yourself, it's a sure **recipe for** disaster.*
這是一項壓力很大的工作。如果你不照顧好自己，它肯定會引起災難。
*The **recipe for** success in such marriages seems to be that the man should have a career which has absolutely nothing to do with his wife's money.*
在這類婚姻中，成功的處方似乎是男人應該有事業，而這個事業與他妻子的錢財絕對沒有任何關係。

複數形式 **recipes** 也可用於這一意義，但遠沒有單數形式用得普遍。

*Clubs are relying more and more on fitness and strength as **recipes for** success, at the expense of skill.*
俱樂部正愈來愈多地依賴體能和力量，它們將這兩個因素作為成功的處方，而把技術拋在一邊。

原料 ingredient

7.5 **ingredients** 是人們在做某一道菜時所用的各種不同的食物原料的全部。**ingredient** 用作隱喻，談論引起某種形勢或結果的事物。

7.6 説 something is an **ingredient of** or an **ingredient for** a particular situation or result 指某事引起某種形勢或結果。這一説法較多用來談論有利的形勢或結果，但也可用來談論不利的形勢或結果。

> *A good image is one of the most vital **ingredients of** business success.*
> 好的形象是商務活動取得成功的最關鍵因素之一。
> *Fun is an essential **ingredient of** physical and emotional health.*
> 開心是導致身體和情緒健康最根本的因素。
> *One of the key **ingredients of** a safe investment is preservation of capital.*
> 安全投資的重要因素之一是資本的保存。

7.7 one thing is an **ingredient in** another 能用來描述這樣一種情況，即一事物是組成另一事物的成分之一。

> *He also knows that the most important **ingredient in** any team is confidence.*
> 他也知道，在任何球隊中，信心是最重要的因素。

7.8 説 one thing has **the ingredients** to do or be another thing 指一事物具有做另一事或成為另一事物所必需的全部素質。

> *The novel certainly has all **the ingredients** to be a big success.*
> 這部長篇小説無疑具有取得很大成功的全部要素。
> *The meeting had all **the ingredients** of high political drama.*
> 這個會議具有高級政治戲劇的全部特徵。

7.9 以下是通常用於 **ingredient** 和 **ingredients** 之前的形容詞的例詞：

basic	important	necessary
classic	key	right
crucial	main	vital
essential	major	usual

片 slice

7.10 a **slice of** bread, meat, cake, or other food 是從大塊的麵包、肉、餅等食品上切下的薄片。a **slice of** 用作隱喻，指某物的一部份。

▶注意◀ 複數形式 slices 通常沒有隱喻用法。

7.11 a **slice of** something such as money or profit 可用來指錢或利潤等事物的一部份。

*Universities depend less on government grants; a significant **slice of** their income is from the private sector.*
大學對政府撥款的依靠更少了：它們的收入中有一大部份來自私人捐贈。

*Ministers and their departments will have to battle for a **slice of** the funds.*
部長們及其所領導的各部門將不得不為獲得一份資金而鬥爭。

*Giving the workforce a **slice of** the profit, be it in cash or shares, is a good thing.*
給工人們一部份利潤是件好事，給現款或給股票都一樣。

7.12　一段時間可用 a **slice of** time 表示。

*We each need privacy; a **slice of** time apart and alone.*
我們每個人都需要私人生活；一段時間的分離和獨處。

*A large **slice of** her day goes on picking up toys, feeding the baby, clearing up after her and nappy-changing.*
她一天有大部份時間用來收拾玩具，給嬰兒餵食，跟在她後面整理物品和換尿片。

7.13　a **slice of** luck 或 a **slice of** fortune 可用來指對一個人來說是很幸運的意外事件。

*Even at their best, the team might need a **slice of** luck.*
甚至在處於他們最佳狀態的情況下，這個隊仍可能需要有點運氣。

*John had a **slice of** luck in insurance payouts.*
約翰在獲得保險金額方面有一些意外運氣。

*What David needs is a **slice of** good fortune.*
大衛所需要的是一些好運氣。

7.14　**a slice of life** 指一個事件、一部電影或一幅圖畫，它們幫助人們理解別人所經歷的日常生活。

*Independent travel, when it lives up to its promise, gives you **a slice of life** as others live it.*
如果獨立的旅行能履行它的承諾，那麼它就能讓你體驗一下別人所過的生活。

*Casual photographs taken in relaxed circumstances give **a** richer and more intimate **slice of life** than a formal picture.*
在休閒的環境中拍攝的隨意相片比在正式場合拍攝的照片能更豐富、更貼近地反映生活的一個方面。

7.15　to want a **slice of the action** 指希望參加一項成功的活動。

*The US banks are now likely to want a **slice of the action**.*
美國的銀行現在可能想要參與這項活動了。

*Everyone it seems wants to know what is going on down there and how they can get a **slice of the action**.*
人人都好像想知道那裏發生了甚麼事，他們怎樣才能參與這項活動。

*Mountain bike racing enjoys a larger **slice of the action** than in previous years.*
攀山自行車競賽今年在活動中佔的比例比前些年高。

攙水 water down

7.16　to **water down** a liquid 指把水加入某種液體使其濃度降低或使其味道變淡。**water down** 用作隱喻，談論削弱某事物的作用或影響。

說 something such as a plan, statement, or proposal is **watered down** 指一項計劃、一個陳述或一項建議不如原先有力，不像原先那樣容易引起爭論。這一說法用來表示不認可。

> *...the **watered-down** version of an earlier suggestion.*
> ……一項經過對先前版本的修改而不再容易引起爭論的建議。
> *Proposed European Community legislation affecting bird-keepers has been **watered down**.*
> 所提出的對養鳥人有影響的歐洲共同體的法規已經被淡化了。

稀釋 dilute

7.17　to **dilute** a liquid 指將水或別的液體加到一種液體裏，使其濃度降低，味道變淡。**dilute** 比 **water down** 更正式，但其隱喻用法與後者相似。

someone or something **dilutes** a belief, value, or quality 指某人或某事物削弱了一個信念、一項價值或一種素質，使它們變得不如從前有效。這一說法用來表示不認可。

> *The addition of a mechanically cheery score behind the action is another conventional touch **diluting** the movie's freshness.*
> 給動作加配的、機械地表現愉快情緒的音樂是又一處司空見慣的敗筆，它減弱了這部影片的新鮮感。
> *Does any of this **dilute** the ideal of impartiality?*
> 這在任何方面削弱了對於公平的理想嗎？

廚房設備 Kitchen equipment

7.18　若干表示用來製作和烹調食物的用具的詞也有隱喻用法。

前灶、後灶 back burner, front burner

7.19　在一個煮食爐子——尤其是煤氣爐子——的上方，加熱後用來烹調平底鍋內的食物那些部件有時被稱為 **burners**。爐子後部的 **burners** 通常用來烹調不需要經常攪拌的食物或需要花長時間蒸煮的食物。爐子前部的 **burners** 通常用來烹調需要經常攪拌的食物或需要快速烹調的食物。

back burner 和 **front burner** 用作隱喻，談論人們將給予一個計劃或項目多少關注。

7.20 説 someone is putting a plan or project on **the back burner** 指某人準備將注意力從一個計劃或項目轉移到別的事情上去。此人並不是永遠放棄了這項計劃,而是先將它擱置一邊,以便今後有時間再從新進行。

*For ten years she has looked after three children, with her career very much on **the back burner**.*
十年來她一直照顧三個孩子,而她的事業則在很大程度上擱在一邊了。

*Obviously this means you are going to have to put one project on **the back burner**.*
顯然這意味着你將不得不把一個項目擱置在一邊了。

*Bearing in mind his wife's reaction to the project, he had, probably wisely, consigned the idea to **the back burner** for the time being.*
他記住了妻子對這個項目的反應,於是就暫時將它擱在一旁。他這樣做很可能是明智的。

7.21 説 someone is putting a plan or project on **the front burner** 指某人準備對一個計劃或項目投入大量精力,爭取盡快加以實施。

*By putting tourism on **the front burner**, the government has opened up the opportunity for substantial growth in visitors.*
政府將旅遊業放了在重要的位置考慮,因此已經為遊客的大幅度增加創造了機會。

*This approach helps to put an important issue back on **the front burner**.*
這個看法幫助把一個重要問題放回到優先考慮的位置。

▶**注意**◀ 作為隱喻,**back burner** 的使用頻度比 **front burner** 高。

壓力鍋 pressure cooker

7.22 **pressure cooker** 即壓力鍋,它能在鍋內產生很高的壓力,因而用來快速蒸煮食物。**pressure cooker** 有時用作隱喻,指充滿壓力的環境。將一種形勢描述成 a **pressure cooker** 指人們承受着許多壓力,這意味着他們的情緒非常強烈,有可能隨時發怒或變得非常不高興。

*He had recently escaped the emotional **pressure cooker** of the communal flat.*
最近他已經逃離了共用公寓這個使人情緒壓抑的地方。

*The lid on the **pressure cooker** of nationalist emotions has now been removed.*
現在, 這個充滿民族主義情緒的壓力鍋的蓋子已經掀開。

*…in the **pressure cooker** atmosphere of the FA Cup Final.*
……在足總杯決賽的高壓氣氛之中。

烹調方法 Methods of cooking

7.23 許多用來描述食物烹調方法的動詞也有隱喻用法。**heat** 一詞與充滿壓力的形勢和憤怒之類的強烈情緒相關,許多表示涉及熱量的食物烹調方法的詞,例如

boil 和 **simmer**，也作為隱喻談論充滿壓力的形勢和強烈的情緒。

另見第 10 章：熱、冷和火 **Heat, Cold, and Fire**。

烹調 cook

7.24　to **cook** food 指用熱量加工食物，這樣食物的樣子、味道就和加工前不一樣。**cook** 沒有隱喻用法，但短語動詞 **cook up** 用來談論不誠實的行為，這種行為涉及到有意使某個信息或某種形勢與實際情況不符的企圖。

7.25　to **cook up** a complicated story 指編造一個複雜的故事，然後試圖讓人相信它的真實性。

> He **had cooked up** some fantastic story.
> 他已編造了一些離奇的故事。
> His lawyer claims that the charges **were cooked up**.
> 他的律師聲稱，指控是捏造的。
> ...clumsily **cooked-up** propaganda.
> ……編造得很拙劣的宣傳。

7.26　to **cook up** an idea or a scheme 指生造一個主意或一項計劃。這一短語用來表示説話者認為該主意和計劃在某種程度上是不誠實的或古怪的。

> ...agreements that governments **have cooked up** to protect their airlines.
> ……政府已編制的保護他們航線的協議。
> What happens now will depend on a strategy **cooked up** by parliament.
> 現在發生的事將有賴於國會拼湊編制的一項戰略。

燉 stew

7.27　to **stew** food such as meat or fruit 指在液體裏慢慢地煮肉或水果等食物。**stew** 作為隱喻用來談論人們在一段時間裏對某事愈來愈憂慮的狀況。

7.28　to **let** someone **stew** or **leave** them to **stew** 指有意讓某人對某事物擔憂一陣子，而不是幫助此人或告訴此人某事以使其感覺好一些。這個短語尤其是在説話者認為某人所擔心的事情正是此人自己的過失所造成的情況下使用。也可用 someone **stews in** their **own juice** 來描述這樣一種情況：某人因由自己的失誤造成的某事擔心或生氣，而説話者不準備做任何事幫助此人或使此人的情緒好一些。

> Should I call him? No. **Let** him **stew**.
> 我應該給他打電話嗎？ 不。讓他煩惱吧。
> 'I'd rather **let** him **stew**,' Thorne said. 'We'll get more out of him that way in the end.'
> "我寧願讓他着急，"桑尼説。"用這個辦法我們最終能從他身上得到更多。"

*That was weak of me, for I should have **let** Marcus **stew in** his **own juice**.*
那是我軟弱的表現，因為我應該讓馬庫斯自作自受。
*I thought I'd **leave** him to **stew in** his **own juice** until Tuesday afternoon.*
我想我要讓他自作自受到星期二下午。

7.29 **stew** 即燉菜，由蔬菜和肉在液體中長時間燉煮而成。**stew** 用作隱喻，談論無序或不成功的境況。

7.30 如果人們因缺乏周密考慮而將若干事物拼湊在一起，由此導致一項計劃或一種境況的不成功，這種情況可被稱為 **stew**。

*The budget is a dreadful **stew** of federal subsidies and tax breaks.*
這項預算不過是將聯邦政府的補助及稅收劃減的因素拙劣地拼湊起來而已。
*...taking all they can remember of early 90's culture and throwing it all together into one undignified **stew**.*
……將他們關於 90 年代早期文化的全部記憶拾起來，胡亂湊成一個不成樣子的雜燴。

7.31 to be **in a stew** 指對某事非常擔心或因某事而感到非常不安。

*He's been **in a stew** since this morning and now you arrive late for this discussion he considers so important!*
今天早上他一直憂心忡忡，而對於這個他認為如此重要的討論，你卻遲到！

沸騰 boil

7.32 a liquid **boils** 或 someone **boils** a liquid 指一種液體變得非常熱，於是液體中間出現氣泡，其上方冒出水蒸氣。to **boil** food 指將食物放在沸水裏煮。**boil** 作為隱喻用來談論非常強烈的消極情緒。

7.33 to **be boiling with rage** or with another strong negative emotion 指感到極其憤怒或某種情緒極為激烈，以致覺得無法控制自己的行為。

*Gil smiled tolerantly and Cross found himself **boiling with rage**.*
吉爾寬容地微笑着，而克勞斯則怒火中燒。
*I used to be nice on the outside but inside I **would be boiling with rage**.*
我曾經是個外表看來性格溫和的人，但我的內心卻常常會怒不可遏。
*He **boiled with frustration**.*
他因遭受挫折而情緒激動。

7.34 說 someone's **blood boils** 指某人極其憤怒。

*His **blood boiled** and his anger was so intense that he felt like knocking down everything around him.*
他熱血沸騰，怒不可遏，就想把周圍的一切打個稀巴爛。
*My **blood boiled** at the sight but I dared not speak.*
這個景象使我怒不可遏，但我卻敢怒不敢言。

7.35 說 a liquid someone is cooking **boils over** 指某人正在煮的一種液體拼命冒泡，因為它的溫度非常之高，致使有些液體從容器的頂部冒了出來。**boil over** 用作隱喻，談論人們無法控制自己的情緒這樣一種情況。

說 someone's feelings **boil over** 指某人的情緒變得非常強烈，已控制不住，因此他們開始表現出極端的、不可預測的行為。

*Adolescent emotions **boiled over** in a way that older people would have been able to cope with.*
青春期的強烈情緒是以年長的人們能夠應付的方式表現出來的。
*By the summer of 1980 public indignation **had boiled over**.*
到 1980 年夏天，公眾的義憤已經不可遏止。
*He is in danger of **boiling over** at the injustice of it all.*
面對這一切的不公平，他怒火中燒，隨時可能爆發。

7.36 to **boil down** a liquid 指讓某種液體長時間沸騰，這樣該液體的一大部份就化成了水蒸氣，較少的一部份剩了下來，而剩下的液體與原始的液體相比已稍有不同，例如，剩下的液體會變得較稠，或者會有一種更濃的氣味。這個關於 "擺脫某事物的一部份，尤其是非根本性部份" 的思路被用於短語動詞 **boil down to**。

說一個問題或一錯綜複雜的形勢 **boils down to** 某一特殊事物指該特殊事物是該問題或形勢最重要的部份或基本的方面。

*It was a 28 page analysis of the movie business which basically **boiled down to** two ideas: don't spend too much money, and don't make movies without a script.*
這是個長 28 頁的對電影業的分析，它基本上可概括為兩個想法：不要花太多錢；沒有劇本不要拍攝影片。
*What it **boiled down to** was that I understood what he was talking about and was making the right replies.*
概括起來的意思就是我明白他說的是甚麼，我也正在給予正確的回答。

沸點 boiling point

7.37 **boiling point** 即沸點，是某一液體開始沸騰的溫度。例如，水的沸點是攝氏 100 度。**boiling point** 與 **boil** 和 **boil over** 作為隱喻的用法類似，都用來談論強烈的情緒。

說 someone's feelings have reached **boiling point** 指某人的情緒已經變得極其強烈，馬上就會採取一些劇烈的行動。說 a bad situation has reached **boiling point** 指一種壞形勢已變得極其糟糕，因此有可能發生某些災難性的事情。

*His temper was already close to **boiling point**.*
他的情緒已經快要爆發出來。

*With tempers and emotions almost at **boiling point**, it's important to take one step at a time.*
在憤怒情緒幾乎快要爆發的情況下，重要的是每次只採取一個步驟。

*It has brought the present crisis to **boiling point**.*
它已使當前的危機一觸即發。

*The situation is rapidly reaching **boiling point** and the army has been put on stand-by.*
形勢正在迅速進入緊急狀態，軍隊已經奉調待命。

燉、煨 simmer

7.38 to **simmer** food 或 food **simmers** 指將食物保持在沸點或稍低於沸點的溫度烹調。**simmer** 用作隱喻的用法與 **boil** 的隱喻用法相聯繫，談論爭吵、辯論和強烈的具有消極意義的情緒。

7.39 disagreements or unpleasant feelings **simmer** 指分歧或讓人不舒服的情緒在一段時間裏持續存在，而且常常變得更為強烈，於是有時這些分歧和情緒會導致嚴重的爭吵或一種令人不快的境況。這一用法的 **simmer** 常常與 **boil over** 之類的其他有關烹飪的隱喻一起使用。

> *…the row that **simmered** during the summer.*
> ……憩了一個夏天的爭吵。
> *The dispute, which **has been simmering** for years came to the boil in April.*
> 已經憩了好幾年的爭論在 4 月份爆發出來了。
> *Passions which **have simmered** throughout the year can bubble over.*
> 壓抑了整整一年的憤怒情緒有可能噴發出來。
> *The authorities have managed to keep the lid on any **simmering** discontent.*
> 當局已經設法防止任何正在滋長的不滿情緒的爆發。

7.40 説 someone **is simmering down** 指某人曾是非常憤怒或沮喪，不過現在正逐漸冷靜下來。

> *'It's the shock,' she said, 'They**'ll simmer down**.'*
> "那是由於震驚，"她説。"他們會慢慢冷靜下來。"
> *Ginny's initial rage **had simmered down**.*
> 基尼最初的憤慨已經慢慢減弱。

烘烤 roast

7.41 to **roast** meat or other food 指將食物放在烤箱裏或火的上方乾烤。**roast** 用作隱喻，談論一人對另一人大叫大嚷或進行批評。説 one person **roasts** another 或 one person **gives** another person **a roasting** 指一人對另一人大叫大嚷或嚴厲批評。這通常是因為前者是後者的上司，而且後者做錯事。

*If it had been Mattie's class at the training centre, Mattie **would have roasted** him in front of all the others.*

如果這發生在訓練中心馬蒂的班上，馬蒂將會當着所有人的面狠狠教訓他。

*There was no way Bobby should have done what he did. I **have given** him the biggest **roasting** of his life.*

鮑比無論如何都不可能已經做了他所做的事。我已狠狠教訓了他，這是他一生中所受到的最嚴厲的批評。

*He told us how **a roasting** from his old boss helped rescue his career.*

他告訴我們他從前的老闆對他的嚴厲責罵如何挽救了他的事業。

烤 grill

7.42　to **grill** meat, fish, or other food 指將肉、魚或其他食物直接置於高熱的上方或下方加以燒烤。**grill** 用作隱喻，談論"一人連續不斷地或以恐嚇手段盤問另一人"這樣一種情況。

to **grill** someone 或 to **give** someone **a grilling** 指盤問某人許多細節問題，使此人感到不舒服或害怕。

*The police **grilled** him for hours.*

警察盤問了他好幾個小時。

*She kept **grilling** me about what my connection was with the department.*

她糾纏着盤問我和那個部門有甚麼關係。

*He now faces a tough **grilling** and a report will be sent to the Crown Prosecution Service which will decide whether to press charges.*

他現在面對着一次難以對付的審問，隨後報告會送往英國政府檢察部門，由它決定是否起訴。

烘 bake

7.43　說 a cake or bread **bakes** 或 someone **bakes** a cake or bread 指將一塊餅或一塊麵包在沒有任何外加的液體或脂肪油的烘爐裏烘烤。動詞 **bake** 一般不作為隱喻使用，但 **half-baked** 這個復合詞用來談論似乎不完整或考慮得不夠恰當的計劃、想法等事物，尤其是那些顯得幼稚或不現實的計劃、想法等事物。

*The vast majority of ordinary people do not want or need these **half-baked** ideas about the world.*

絕大多數普通百姓不要或不需要這些不成熟的關於世界的想法。

*…second-hand **half-baked** sociological theories.*

……支離破碎的二手社會學理論。

*This is another **half-baked** scheme that isn't going to work.*

這是又一個不可行的、不現實的計劃。

風味和味道 Flavour and taste

7.44　若干描述和指稱食物的味道的詞也用作隱喻，談論事物的屬性。

風味、味道 flavour

7.45　the **flavour** of food or drink 是食物或飲料的味道，如鹹或甜等。**flavour** 用作隱喻，談論看來是某事物所特有的或能使人聯想起別的事物的那些屬性。

> *…the cosmopolitan **flavour** of Hong Kong.*
> ……香港作為國際大都市所具有的風味。
> *Claude studied and worked in Rome and his landscapes have a distinctly Italian **flavour**.*
> 克勞德曾在羅馬學習和工作，因此他的風景畫帶有明顯的意大利風格。

7.46　a **flavour of** something 是人們所經歷的某事，它剛好能讓人們對此事有很好的了解。

> *Even more enjoyable is a day trip, giving you a **flavour of** France in just a few hours.*
> 更讓人愉快的是一次白天的旅行，它讓你在幾個小時裏就對法國有所領略。
> *The best way I can give you the **flavour of** its argument is to read you its opening paragraphs.*
> 我能讓你了解它的論點的最好的辦法是將它開頭的幾段讀給你聽。

7.47　將某人或某事物説成 **flavour of the month** 指此人或該事物目前很受歡迎或很流行，但説話者同時又暗示，這種情況不會持續很長時間。

> *He is certainly **flavour of the month** as far as the French are concerned.*
> 對法國人來説，他肯定是個名噪一時的人物。
> *At the moment **the flavour of the month** is the fixed-rate loan.*
> 時下最流行的是利率固定的貸款。

香料 spice

7.48　**spice** 即香料，從帶有強烈或異常的味道的植物中提取，可加到食物或飲料中，使之產生一種特別的香味。**spice** 用作隱喻，指一種通過引入風險等因素使某事物變得更有意思或更富有刺激的特性或形勢。

▶注意◀ 這一意義的 **spice** 只能用作不可數名詞。

> *His absences from home may have added **spice** to their marriage.*
> 他有時會離家外出，這也許會使他們的婚姻更有情趣。
> *If you want to add a little more **spice** to your investments then it is worth looking outside the UK.*
> 如果你想給自己的投資增加一點興趣，那麼到英國外部去看看是值得的。

*When journalists want a little **spice**, they call me. I have been outspoken in my life.*
當新聞記者需要一點趣聞的時候，他們就給我打電話。我一輩子都知無不言。

7.49　to **spice** something 或 to **spice** something **up** 指給某事物添加別的成分或以某種方式對某事物加以改變，使之變得更有意思或更令人興奮。

*It is a moving account of his early childhood, his work in the theatre and Hollywood, **spiced** with encounters with stars.*
關於他的幼年時代和他在劇院及好萊塢的工作的敍述令人感動，而與明星們相遇的故事則為它增色不少。

*Those safe insurance policies **are spiced up** with the prospect of an extra pay-out.*
那些安全保險政策因給人提供額外保險金額的可能而更加吸引。

富有刺激的 spicy

7.50　把某事物描述為 **spicy** 指該事物比別的類似事物更有趣，原因為該事物有點危險性或與性有聯繫等。

*I think the naughty side, the **spicy** side of my personality is explored on stage.*
我想我性格中頑皮的一面，即我身上更為與眾不同的一面在舞台上被發掘出來了。

*This series promises to be **spicier** than the previous homely tales.*
這套叢書承諾，它要比先前平常的故事更有趣。

另見 **peppery: 7.56** 節。

清淡的 bland

7.51　説 food or drink tastes **bland** 指食物或飲料沒有味道。**bland** 用作隱喻，描述顯得遲鈍或乏味、沒有特別的或令人激動的素質的人或事物。

*Are they really that special? Aren't they a little **bland**?*
他們真是那樣特別嗎？他們難道一點都不乏味嗎？

*He was pleasant, **bland**, and utterly conventional.*
他是個友好、平常、完全是因循守舊的人。

*They are hoping to add spice to a **bland** contest.*
他們正在希望給一場平淡的比賽增加一點刺激。

乾 dry

7.52　**dry** food 即乾食品，它裏面或上面都沒有任何東西使它變得潮濕，例如，**dry** bread 是沒有抹上奶油或果醬的麵包 **dry** meat 是不潮濕的，通常是因為它已經被烹調了太長的時間。許多人覺得乾食品令人討厭或沒有滋味。**dry** 用作隱喻，描述用一種似乎是以乏味的方式陳述的信息，尤其是因為該信息與普通百姓及其生活似乎沒有聯繫。

*Many people are put off poetry by the way it's taught in schools, where it can be made to seem **dry** and too impersonal.*

學校詩歌教學的方式讓許多人不喜歡詩歌。因為在學校，詩歌讓人感到似乎太枯燥、太缺乏人情味。

*They will give brief, practical and interesting information, not just **dry** scientific facts.*

他們將提供簡短、實際和有趣的信息，不光是乾巴巴的科學事實。

7.53　dry sherry or wine 指略有酸味而沒有甜味的雪梨酒和葡萄酒。有些人喜歡帶有這種味道的飲料，但許多人覺得這類飲料味道不好，因為它們與這些人所習慣的口味有很大的不同。**dry** 用作隱喻，描述聰明或有趣的評論，但這種評論的方式很巧妙、特別，因此並非人人會理解它或感受到其幽默所在。

*She'd answered with a suggestion of **dry** amusement.*

她已經有點聰明和幽默地作了回答。

*Even when he might appear to be depressed, his **dry** sense of humour never deserted him.*

即使他有可能顯得抑鬱，機智的幽默感從來不曾從他身上消失。

枯燥無味地 drily

7.54　**說 someone speaks **drily 指某人說的話聽起來不友好、無感情，雖然此人可能是在說笑話或進行冷嘲熱諷。這一用法在書面語中最為普遍，尤其是在長篇小說中。

*'Do you know anybody who doesn't cheat?' I asked **drily**.*

"你知道有任何人不作弊嗎？"我機械地問道。

▶ **注意** ◀ drily 也可拼寫為 **dryly**。

*'I'm sorry, it never occurred to me.' 'Clearly,' he said, **dryly**.*

"對不起，我從來沒有想到過這一點。""這很明顯，" 他毫無表情地說。

鹹的 salty

7.55　salty food or drink 指有鹹味的食物或飲料。**salty** 用作隱喻，描述誠實、有趣但偶然帶有咒罵或粗話的語言。

*Sam's vocabulary includes some quite **salty** language.*

山姆的語彙裏有一些相當有趣而粗魯的語言。

*His work is dense and sharp, with **salty** dialogue.*

他的工作緊張而熱烈，常常伴隨着一些有趣而粗魯的對話。

*She was the **salty** commentator on everything that happened in the ward.*

她對病房裏發生的一切都用有趣、尖刻的語言加以評論。

辣的 peppery

7.56 **peppery** food 因含有許多胡椒粉而味道辛辣。雖然 **peppery** 與 **spicy** 的字面意義相似，但作為隱喻，這兩個詞的用法不同。**peppery** 用於描述脾氣壞的或似乎易動怒的人，尤其是老年人。

*He was a **peppery** old man who was a good deal kinder than he looked.*
他是個脾氣壞的老人，但他其實遠比從外表看要和藹可親。
*'Nothing wrong with that,' he said. He was beginning to get **peppery** again.*
"它沒有毛病，"他說。他又開始發脾氣了。
*The President was in a particularly **peppery** mood this morning .*
今天早上總統特別容易動怒。

甜的 sweet

7.57 **sweet** food 指帶有甜味而不是鹹味的食物或飲料。**sweet** 用作隱喻，描述和藹可親、可愛的人或令人愉快的行動。

7.58 說 someone is **sweet** 指某人態度友好、脾氣溫和、心地善良。**sweet** 可用來描述人的行動，它在描述女孩和婦女時用得較為普遍，在描述男人和男孩時用得不多。

*She was a very pretty, **sweet** girl.*
她曾是個非常漂亮、可愛的女孩。
*Judy had always been very **sweet** and patient with me.*
朱迪曾一直對我非常友好、非常耐心。
'Would you like me to come with you?' — 'That's sweet of you, but I will be alright.'
"你希望我和你一道來嗎？"──"謝謝你的好意，不過我想我不會有問題。"

7.59 a **sweet** voice 指悅耳、圓潤的嗓音，常常音調很高。

*Her voice was as soft and **sweet** as a young girl's.*
她的嗓音和年輕女孩的一樣溫柔甜美。

7.60 to want to **keep** someone **sweet** 指討好某人，使之行為得體，不給人找麻煩。

*Do tip the barman to **keep** him **sweet**.*
別忘了給那個酒吧服務生小費，免得他惹麻煩。
*The desire to **keep** things **sweet** will persuade him to go along with every suggestion that is made.*
因為不想惹麻煩，他將同意所提出的每項建議。

親切地 sweetly

7.61　to behave **sweetly** 指人們的行為舉止得體，態度友好，脾氣溫和，心地善良。**sweetly** 在描述女孩和婦女時用得較為普遍，在描述男人和男孩時用得不多。

> *She smiled at him **sweetly**.*
> 她朝他友好地笑笑。
> *'Go to sleep,' she said **sweetly**.*
> "快睡吧，"她柔聲說道。

難以下嚥的 unsavoury

7.62　**savoury** food 是帶有鹹味或辣味，而不是甜味的食品。**savoury** 不作為隱喻使用，但與之相關的詞 **unsavoury** 用來描述令人討厭的人或事物。

將一個人、一處地方或一件事物描述為 **unsavoury** 指說話者感到此人、該地方或該事物是令人討厭或違反道德的。

> *…another millionaire who has acquired his fortune in a rather **unsavoury** manner.*
> ……另一個用相當不正當的手段發財的百萬富翁。
> *…the problems which have brought him such **unsavoury** publicity.*
> ……給他帶來如此令人頭疼的公開影響的問題。
> *Matthew is suddenly very alone without his brother and drifts around town with a group of faintly **unsavoury** characters.*
> 沒有兄弟在身邊，馬修突然感到非常孤單，他於是同一夥稍有些違法行為的人們在鎮裏遊蕩。

▶注意◀ **unsavoury** 一詞只用於這一意義，不能用於描述食物或飲料。

苦的 bitter

7.63　**bitter** taste 即苦味，與甜味不同，它是一種常常不讓人喜歡的強烈味道。**bitter** 用作隱喻，描述令人討厭的或具有消極意義的、不利的感覺或形勢。

7.64　說 someone is **bitter** about a disappointment or a bad experience 指某人因一件使其失望的事或一次不好的經歷而感到難受、生氣，在隨後很長一段時間都是如此。

> *It left me feeling very **bitter** against the police.*
> 它使我對警方懷恨在心。
> *I was disappointed but not **bitter** about it.*
> 我感到失望，但並不對此事感到惱怒。
> *He is still **bitter** about the way he has been treated.*
> 他仍然對所受到的待遇感到氣憤。

7.65   a **bitter blow** 或 a **bitter disappointment** 可用來描述一次極端令人失望的經歷。

> It is a **bitter blow** to have to cancel an event at the last minute after all the preparation.
> 做好了一項活動的所有準備工作後，在最後一分鐘卻不得不取消它，這是一個極端令人失望的打擊。

7.66   a **bitter argument** 或 a **bitter fight** 是這樣一種爭論或爭鬥：有關的人們彼此感到極端生氣、惱怒。

> Jill wanted to keep separate bank accounts, which was the cause of many a **bitter argument** between us.
> 吉爾想要單獨開銀行戶頭，這就是引起我們之間許多激烈爭吵的原因。
> He was at the centre of one of the most **bitter rows** between the British and Irish governments.
> 他處於英國和愛爾蘭政府之間一個最激烈的爭端的中心。

這裏是通常用於這一意義的 **bitter** 之後的一些例詞：

accusation	criticism	fighting
argument	debate	memory
attack	dispute	opponent
clash	division	recrimination
comment	enemy	rivalry
complaint	experience	row
controversy	fight	struggle

7.67   說 a bad experience **leaves a bitter taste** in one's **mouth** 指某人在有了一次不好的經歷後持續感到生氣或煩惱，同時此經歷也使此人對與之有關的人們產生了不好的看法。

> This affair is going to **leave a bitter taste** for many governments.
> 這件事將給許多政府留下長時間的氣憤。

痛苦地 bitterly

7.68   to complain **bitterly** 指痛苦地控訴，表達極端憤怒或失望的心情。說 someone is **bitterly** disappointed or unhappy 指某人極端失望或痛苦。

> In a letter to my wife I complained **bitterly** that it did not seem to matter to her.
> 在給妻子的一封信裏，我痛心地抱怨說，這件事似乎跟她沒有關係。
> Steve got dressed, walked out of the room and never saw her again. Now of course, he **bitterly** regrets what he did.
> 史蒂夫穿上衣服，走出房間，從此再也沒有見過她。現在他當然對自己所做的事情痛悔不已。
> I felt **bitterly** disappointed.
> 我感到極端地失望。

既甘又苦的 bitter-sweet

7.69 food that has a **bitter-sweet** taste 指兼有苦味和甜味的食物。**bitter-sweet** 用作隱喻，描述同時具有令人愉快和讓人悲傷的屬性的事件和形勢。

*There is something for everyone in this **bitter-sweet** tale.*
在這個讓人既快樂又悲傷的故事裏，每個人都能得到他想要的東西。
*But he's got **bitter-sweet** memories of his first appearance there.*
但是，對於他在那裏的第一次露面，他有既快樂又難受的記憶。

有酸味的 sour

7.70 **sour** food 即有酸味的食品，它有一種類似檸檬或未成熟的蘋果的強烈的味道。許多人不喜歡這個味道。sour 作為隱喻與 **bitter** 的用法類似，描述令人討厭的或具有消極意義的感覺或情緒。

7.71 説 someone is **sour** 指某人脾氣不好，情緒低落，原因常常是此人有過不愉快的經歷。**sour** 也可用來描述人們看起來生氣或痛苦的表情。

*He was a **sour** and cruel man.*
他曾是個脾氣很壞、惡毒的男人。
*McGinnis considered this, his expression **sour**.*
麥克基尼斯想着這個問題，顯得很生氣。
*The door was opened by an elderly **sour**-faced man.*
門被一個上了年紀、表情憂鬱的男人打開了。

7.72 説 something such as a friendship **turns sour** or **goes sour** 指友誼之類的事物和從前相比變得不那麼令人愉快，有關的人們開始產生互相討厭的情緒。

*Their marriage **turned sour** and now they want to divorce.*
他們的婚姻變得沒有多少幸福可言，現在他們希望離婚。
*For him, the relationship **was going sour**.*
在他看來，關係正在變壞。

7.73 説 financial arrangements **turn sour** or **go sour** 指財政安排不再成功，有關的人們通常虧損。

*They are still worried that big loans **could turn sour**.*
他們仍然擔心大筆借款會蒙受損失。
*This leaves pensioners with nothing if investments **go sour**.*
如果投資不成功，領養老金的人們就一無所有了。
*They not only don't make profits, but they lose a lot of money when loans **go sour**.*
在貸款失敗時，他們不但沒有獲利，而且還損失了許多錢。

7.74 説 a bad experience **sours** someone 指一次不好的經歷使某人後來感到痛

苦、生氣，而結果此人也讓別人感到討厭。

*Ralph was a terrific person; an artist who never made it but didn't let that **sour** him.*
拉爾夫曾是個了不起的人；作為藝術家，他雖然從來沒有取得成功，但並沒有因此而變得乖戾，令人討厭。
*Everyone has differences of opinions but these are short-lived so try not to let them **sour** your day.*
人人都可能有不同意見，但這些分歧不會長期存在，所以努力別讓它們破壞了你一天的情緒。
*General suspicion continues to **sour** the atmosphere.*
普遍的懷疑繼續使氣氛變得讓人難受。

氣憤地 sourly

7.75 說 someone does something **sourly** 指某人做某事時表現出壞脾氣或壞情緒。

*A tall thin woman, whose mouth turned down **sourly** at the corners, stood up to greet her.*
一個瘦高個的婦女生氣地撇着嘴角站起身來迎接她。

憤怒、痛苦 sourness

7.76 **sourness** 即憤怒和痛苦，通常由不好的經歷引起，會讓人表現出使別人討厭的行為舉止。

*His face carried an habitual expression of **sourness**.*
他的臉上習慣地帶着一種痛苦的表情。
*You will find a great deal of resentment and **sourness** among the workers.*
你將在工人中發現許多不滿和憤怒的情緒。

酸 acid

7.77 an **acid** fruit or drink 即帶有酸味或強烈刺激味的水果或飲料，許多人常常不喜歡它們的味道。**acid** 用作隱喻，描述惡毒、消極、或有意讓人不快的談話或評論。

說某人有 an **acid** way of speaking 或 an **acid** voice 指此人說的話惡毒、不友好或尖刻。

*She has an **acid** tongue. She can raise laughs at other people's expense.*
她說話尖刻，能借奚落他人引人發笑。
*She half turned away, wanting him to stop or pause, but his **acid** voice continued.*
她將臉半轉過去，希望他立刻停止或暫停片刻，可是他尖刻的說話聲仍在繼續。
*Max's voice changed, became **acid** with hatred.*
因為仇恨，麥克斯的嗓音變得譏諷尖刻。

尖刻地 acidly

7.78 說 someone speaks **acidly** 指某人說的話聽起來不友好或尖刻或某人說的話很惡毒。

*'If you mean Simon, as I assume you do,' said Jeanne **acidly**, 'he hasn't mentioned it.'*
"如果你是指西蒙,而我想你確實是指他,"珍妮憤憤地說,"那麼他並沒有提到過這件事。"

多汁的 juicy

7.79 **juicy** food 或 **juicy** fruit 指鬆軟的、多水分而且好吃的食物或水果,因為它們含有許多汁。**juicy** 用作隱喻,描述有趣而讓人興奮的信息。

7.80 將一條消息描述為 **juicy** 指說話者認為這條信息令人非常感興趣,這通常是因為它涉及某人的私人事務,尤其是某人希望保密的事情。

*I must say I would like to find out some really **juicy** secret about him.*
我必須說,我希望發現關於他的真正讓人感興趣的秘密。
*Her father dragged her into the house. It caused some **juicy** gossip for a few days.*
她父親將她拖進了屋子。這件事在好些天裏引起了一些流言蜚語。
*The whole world will be watching, anxious for all the **juicy** details.*
全世界都將觀看,人們急欲了解所有有趣的細節。

7.81 **juicy** 也能用來描述非常有利可圖的事物。

*He has a **juicy** 8% holding in the group.*
他在這個集團裏擁有利潤非常可觀的百分之八的股份。
*The fees to the bankers that arrange the issues are **juicy**.*
為安排這些事情而支付給銀行家們的費用,數目很可觀。

8 植物
Plants

8.1 人們經常用來源於植物的隱喻，談論能發展和生長的東西和涉及人羣的事物。經常用這種方式來指稱和敍述的事物包括組織、政府、政治運動和想法。因為植物是自然世界的一部份，這一隱喻暗示，所描述的生長和發展是自然的；有時候，選擇這些詞有可能不再強調人類的行動。表示植物的組成部份——尤其是樹的組成部份——的詞用來描述各個發展階段。

本章先討論各類植物，再是表示各種植物的不同部份的詞。接着討論與花朵和水果有聯繫的詞及與植物培育有聯繫的詞，如 **prune** 和 **harvest** 等，然後是表示植物生長的詞，最後是與植物疾病有聯繫的詞，如 **wither**、**wilt** 和 **shrivel**。

植物 Plants

8.2 只有少量表示單個植物種類的詞有隱喻用法。我們先討論 **plant** 這個詞，然後討論更具體地表示特殊種類的植物的詞。

植物 plant

8.3 **plant** 即植物，是生長在地球上的生命體，通常具有幹、葉、和根。to **plant** a seed, plant, or young tree 指在地裏播一顆種子，栽一株植物或一棵小樹，這樣它們就會生長。動詞 **plant** 用作隱喻有好幾種不同的用法，所有用法都與在某處放置某物的想法有聯繫。

8.4 説 someone **plants** himself in a place 指某人一動不動地站或坐在一個地方。to **plant** something somewhere 則指果斷地將某物置於某處。

*She had stood up. She crossed the room and **planted** herself in front of him.*
她已經站了起來。她穿過房間，一動不動站在他前面。
*She stepped back, her hands on her hips, with her plump shapely legs **planted** wide apart.*
她後退了幾步，雙手放在臀部，堅定地將豐滿勻稱的雙腿叉得很開站着。
*The landlady grasped Mary Ann's shoulders, **planting** a kiss firmly on her cheek.*
房東太太摟住瑪麗的肩，在她的面頰上果斷地印上一個深深的吻，態度果斷。

8.5　説 someone **plants** a bomb somewhere 指某人在某處安放了一枚炸彈，這樣它以後會爆炸。

*A call warned police that a two hundred pound bomb **had been planted** in a car in the centre of the town.*
一個電話警告警方説，一枚二百磅的炸彈已經放了在鎮中心的一輛汽車裏。

8.6　説 evidence of a crime, such as drugs, **has been planted** in a particular person's belongings 指毒品之類的犯罪證據已經被某個人放置在另一個人的行李裏，這樣後者將會遭到錯誤的犯罪起訴。

*A jury decided that the drugs **were planted** on the brothers by police.*
一個陪審團判定，毒品是警方放置在兄弟們家裏的。
*He said that according to eye-witnesses, the weapons **were planted** on the dead men afterwards to portray them as terrorists.*
他説，據目擊者反映，武器是在後來放到死者身上的，目的是將他們描繪成恐怖主義分子。

8.7　説 a person **is planted** in an organization 指要求一人成為一個組織的成員或在該組織中找一份工作，目的是發現該組織的秘密並將其滙報給他人。

*Journalists informed police, who **planted** an undercover detective to trap him.*
新聞記者為警方提供情報，而警方則安置了一名秘密偵探讓他墜入圈套。
*Al himself **planted** a spy on the set while the film was being made.*
影片攝製過程中艾爾自己在攝製組裏安插了一名密探。

8.8　**plant** 可用來指人們認為已經去了一個地方或加入了一個組織以發現秘密並向其他人滙報的人。

*Harry, at times, thought she might have been a **plant**.*
哈里有時想，她也許曾是個奸細。

另見 **plant seeds: 8.52 - 8.54** 節。

蔬菜 vegetables

8.9　**vegetables** 即胡蘿蔔、馬鈴薯和洋葱等能做成餸菜吃的蔬菜。**vegetable** 用來指遭受了腦損害，無法思維或活動的人們。這是因為植物有生命，也能生長，但不具有像人和動物那樣的智力。許多人覺得這一用法令人反感。

*I never saw her but from all accounts she was virtually a **vegetable**.*
我從未見過她，但根據大家所説，她實際上是個植物人。
*From basically a **vegetable** he was transformed and can walk with a stick, and needs a wheelchair only occasionally.*
他基本上已從一個植物人變成了能使用拐杖行走的人，只是偶然需要用一下輪椅。

白菜 cabbage

8.10　**cabbage** 是蔬菜的一種。**cabbage** 和 **vegetable** 類似，也用來指遭受了腦損害，無法思維或活動的人們。許多人覺得這一用法令人反感。

Now he cannot speak to us and though it hurts to say this, he is little more than a cabbage.
現在他已無法和我們説話。雖然這樣説是令人難過的，但他差不多是個植物人了。

蘑菇 mushroom

8.11　**mushrooms** 即蘑菇，是真菌的一種。有些種類的蘑菇是能吃的，它們有短短的莖和平坦的頂部。蘑菇生長很快，因此 **mushroom** 可用作動詞談論生長或發展很快的事物。説 things such as towns or companies **mushroom** 指城鎮或公司成長和發展很快。

*A sleepy capital of a few hundred thousand people **has mushroomed** to a crowded city of 2 million.*
一個困倦的數十萬人的首都已經迅速成長為一個有二百萬人的人口密集的城市。
*The organization quickly **mushroomed** into a mass movement.*
這項有組織的活動迅速發展為一項羣眾運動。
*The number of managers **mushroomed** from 700 to 13,200.*
主管的數目從 700 人迅速增加至 13,200 人。
*He was working as an interior designer for the new boutiques and restaurants that **were mushrooming** across London.*
他正在為倫敦各處迅速出現的精品店和飯店搞室內設計。
*He wants to concentrate on his **mushrooming** TV career.*
他要專心致志地從事他迅速發展的電視事業。

▶注意◀　名詞 mushroom 通常沒有隱喻用法。

植物的部份 Parts of plants

種子 seed

8.12　**seed** 即新的植物以此生長的種子。從一個小事物成長為一個大事物這一思路用作隱喻，描述一個想法、一種感覺、一種形勢或一個運動。例如，the **seeds of** discontent 可用來指會引起人們難受或不滿的感覺的行動或事件；the **seed of** success 則可用來指某人所具有的、被人認為可以成功地進行開發的才能。這一用法在英文文學作品中最為常見。

*He considered that there were, in these developments, the **seeds of** a new moral order.*
他認為在這些進展中存在着產生一個新道德秩序的因素。

The ***seeds of*** the future lie in the present.
未來發展的萌芽存在於現在。
He also carries within him a ***seed of*** self-destruction.
他也攜帶着自我毀滅的種子。

另見 **plant seeds: 8.52 - 8.54** 節。

根 root

8.13　the **root** of a plant 即植物的根，是長在地下支撐植物並為其提供水和養料使其得以生長的部份。**root** 用作隱喻，指一個人或一種形勢的起源，尤其用來暗示該起源對此人或該形勢的發展方式具有重要的作用。

8.14　the **root of** an organization, idea, or situation 指導致一個組織的成立、一個想法的產生或一種形勢的出現的事物。説 one situation has its **roots in** another situation 指一種形勢的根源在於另一種形勢，即前一種形勢是後一種形勢造成的。

A good therapist will try to find the ***root of*** the problem.
一個好的治療專家將設法發現疾病的根源。
Dianne insists that feminism is at the ***root of*** her success.
戴安尼堅持説，女權主義是她成功的根本。
Where do the ***roots of*** its troubles really lie？
它的麻煩的根源究竟在哪裏？
Jealousy has its ***roots in*** unhealthy patterns of development.
嫉妒的根源在於不健康的發展模式。
Many educational problems, however, have their ***roots in*** social and political structures.
不過，許多教育問題的根源存在於社會和政治結構。

8.15　**roots** 可用來指一個人的故鄉、祖國或社會背景，在一個人感到這些因素非常重要或對自己具有重要的作用時，尤其會這樣説。a way of behaving or thinking has its **roots in** a place 可用來説明，一種行為或思維方式是由某個地方的風俗習慣發展而來的。

Do not be afraid of your African ***roots***.
不要害怕你的非洲背景。
…the work of eight British artists with South Asian ***roots***.
……8位源於南亞的英國藝術家的工作。
The Japanese have never forgotten that their principal religion, Buddhism, had its ***roots in*** India.
日本人從來沒有忘記，他們的主要的宗教，即佛教，根源是在印度。

8.16　someone **puts down roots** 指某人開始覺得自己因某種原因屬於某個地方，

原因是已經在那個地方交了朋友等。

> *Servicemen and women are seldom in the same place long enough to **put down roots** and buy their own home.*
> 男軍人和女軍人很少會長期駐紮在同一個地方，因此他們不會在一個地方紮根定居、買自己的房子。
> *...a means of preventing male immigrant workers from **putting down roots**.*
> ……一個阻止外來男性工人定居的辦法。

8.17 to **take root** 可用來表示一個新想法或新組織為人所知或被人接受的意思。

> *It needs more time for its values to **take root**.*
> 它的價值觀要被人接受還需要更多時間。
> *The beginning of an idea **took root** in Rosemary's mind.*
> 一個想法的雛形在羅斯瑪麗的頭腦裏形成。
> *Similar initiatives to encourage electric and alternative-fuel vehicles **are taking root** in other countries.*
> 為鼓勵用電和替代燃料驅動車輛而提出的類似的創議，在別的國家裏正在被人們所接受。

8.18 說 one thing **is rooted in** another 指一事物受了另一事物的強烈影響或一事物從另一事物發展而來。

▶**注意**◀ root 用作動詞表示這一意義時，只用於被動形式。

> *Her deepest feelings **were** still **rooted in** early training.*
> 她最深刻的感情仍然來源於早期的訓練。
> *...a socialism **rooted in** liberal values.*
> ……根植於自由價值觀的社會主義。

rooted 常常與 **deeply** 或 **firmly** 一起使用。**deeply-rooted** 可用作形容詞。**deep-rooted** 的用法與此相同。

> *The affair was **deeply rooted** in the way the company was managed.*
> 這件事的深刻的根源存在這公司的管理方式之中發生着深刻的影響。
> *The organization was **firmly rooted** in the old church.*
> 該組織在那個老教堂裏牢固地生了根。
> *The older we grow, the more **deeply-rooted** that influence becomes.*
> 我們的年齡愈是增大，那個影響也就愈是根深蒂固。
> *They are fighting **deep-rooted** social and cultural traditions.*
> 他們正與根深蒂固的社會文化傳統作鬥爭。

草根 grass roots

8.19 the **grass roots** of an organization such as a political party 指政黨等組織的普通成員，而不是領導人。**grass-roots** campaigns 或 **grass-roots** support 是普通人而不是領導人發起的運動或表示支持的行動。

*We must insist our policemen go back to **grass roots** to restore our faith in them.*
我們必須堅持要我們的警察回到草根階層去以恢復我們對他們的信任。
*It was a **grass-roots** campaign.*
它是一場由草根階層組織的運動。
*There is another battle which is going on at the **grass-roots** level.*
另外有一場戰鬥正在基層進行。

綠色嫩芽、幼苗 green shoots

8.20 **shoot** 即幼苗或嫩芽，是剛開始生長的植物或一棵植物上面剛開始生長的部份。複數形式的 **shoots** 用作隱喻，用於 **green shoots of recovery** 這一結構談論生長或發展的事物。説 there are **green shoots of recovery** in a particular country 指某個國家的經濟問題正在得到解決，有跡象表明，經濟狀況在不久的將來會得到改善。

*Typically the first **green shoots of recovery** herald an increase in bankruptcy.*
經濟復蘇的先兆預示着破產的增加，這是一種典型現象。
*There would, he added, be no **green shoots of** economic **recovery** until interest rates came down.*
他補充説，在利率重新下降之前，經濟復蘇是不可能的。

莖、幹 stem

8.21 the **stem** of a plant 即植物的莖，是葉子和花生長的部份。這個關於某事物的一部份將自己與其他部份連接起來的思路用於動詞 **stem**，描述以某種方式聯繫起來的想法或形勢。説 one thing **stems from** another 指一事物是另一事物引起的結果。

*The controversy **stems from** an interview given by the mayor to Reuters news agency.*
爭議是由路透社對市長的採訪引起的。
*Part of my pleasure **stemmed from** the fact that I knew the author.*
我快樂的一部份源於我認識作者這個事實。
*A massive new effort is needed to fight the growth of cocaine addiction and the crime that **stems from** it.*
人們需要重新付出巨大努力以遏止吸食可卡因上癮的人增加和由此引發的犯罪率的上升。

▶ **注意** ◀ 名詞 stem 通常沒有隱喻用法。

多刺的 thorny

8.22 **thorns** 是如薔薇叢一類植物和樹上長的尖刺。a **thorny** plant 或 a **thorny** tree 是長滿刺的植物或樹，人們碰它們時若不小心，皮膚會被刺傷或擦傷。**thorny** 用作隱喻，描述需要非常小心對付的問題或形勢。

a **thorny** issue 或 a **thorny** question 是非常困難的問題，因為人們對這個問題的看法不一致，還沒有明確的答案或解決辦法。這意味着有關的人們説話做事不得不非常小心，否則他們可能會把情況搞得更糟。

*If property and finances become a **thorny** issue, you may find you really do need help.*
如果財產和財政成為一個棘手問題，你可能感到你真的需要幫助了。
*The **thorny** question of divorce was discussed.*
討論了離婚這個棘手問題。
*The educational questions are just as **thorny**.*
教育問題也同樣棘手。
*Green consumerism has done nothing to raise the much **thornier** issue of how to reduce overall consumption, not just make it more environment-friendly.*
在提出如何減少總體消費，而不僅是讓消費更加有利於環境這個更為棘手的問題方面，綠色消費主義沒有甚麼作為。

▶**注意**◀ 名詞 **thorn** 通常沒有隱喻用法。

枝、枝杈 branch

8.23　the **branches** of a tree 是長在樹幹上的枝杈，枝杈上面生長着葉子、花和果實。**branch** 用作隱喻，描述充當較大事物的組成部份的較小事物。

8.24　a **branch** of an organization 是一個組織的數個辦公室或部門的其中之一，它通常在中央辦公室或中央部門的管理之下工作。

*…a local **branch** of this organization.*
……這個組織的地方分支機構。
*He was back in his old job in a South London **branch** office.*
他回到了倫敦南部的分支辦公室從事他原來的工作。
*…customers using Midland Bank **branches** for cashing cheques or paying in money.*
……利用中部銀行分支機構將支票兑現或進行現金支付業務的顧客。

8.25　a **branch** of an area of study 是學科的一個小的專業領域。

*Laser equipment is expensive but it can be used in many **branches** of surgery so the costs can be shared.*
激光設備是昂貴的，但它可以用於許多不同的外科手術，因此其花費可共同分擔。
*As in all other **branches** of learning, the first step after deciding what area one wants to pursue is to learn what others have thought about the matter.*
就像在所有別的學科做學問一樣，一個人在決定了從事哪個學科以後，第一步是了解他人對這個問題已有的想法。

8.26　説 someone **branches into** a new area or **branches out into** a new area 指某人開始進行和他通常所做的事情不同、但往往又是有聯繫的工作或活動。

*He began the club for amateurs and in the few years since he **branched into** the professional game he's already produced four British champions.*

他是以業餘愛好者俱樂部起家的，但在轉入專業比賽後的數年中，他已經培養出四名英國冠軍。

*Only now, 21 years since he established his distinctive women's range, is he **branching out into** men's clothing.*

從他確立了自己獨特的婦女服裝系列的地位時算起，至今已有21年。只是在21年後的今天，他才開始把範圍擴大到男士服裝。

花 Flowers

8.27 表示特殊種類的花和花的各部份的詞在英語中通常沒有隱喻用法，但個別作家為達到詩歌或其他文學作品的某種效果也這樣用。不過，**blossom**、**flower** 等意義較為一般的詞則常用來描述以良好的態勢發展着的事物。

芽 bud

8.28 **bud** 即樹或植物的芽，它能長成葉子或花。名詞 **bud** 通常沒有隱喻用法，但短語 **nip in the bud** 除外。to **nip** a problem **in the bud** 指在一個問題發生的早期就對它進行處理，防止它發展成為嚴重的問題。這個短語通常用於談論說話者不認可的事物。

*We monitor their progress very carefully so if anything goes wrong, hopefully we **can nip** it **in the bud**.*

我們非常注意地監控他們的進展，因此，如果發生任何問題，我們希望將它解決在萌芽狀態。

*It is important to recognize jealousy as soon as possible and **to nip** it **in the bud** before it gets out of control.*

盡早識別嫉妒心，在其失控前就將其解決在萌芽狀態，這很重要。

*In this way, problems that can lead to depression and even illness **can be nipped in the bud**.*

用這種方法，那些有可能導致抑鬱甚至疾病的問題就可在萌芽狀態中被解決。

芽 budding

8.29 **budding** 能用來描述正在開始發展的事物。例如，a **budding** actor 是剛開始當演員或希望不久能當演員的人。

*They will run a workshop for **budding** authors on how to make, write and illustrate their own books.*

他們將為嶄露頭角的作者們舉行一個關於為自己的書做製作、撰文、配插圖的研討班。

*He is not particularly serious about his **budding** recording career.*

他對自己剛開始的錄製事業不是特別認真。

*Our **budding** romance was over.*

我們剛萌芽的浪漫故事結束了。

花 flower

8.30 **flower** 即花，是植物的一部份，通常僅存在一段短時間。説 a plant **flowers** 指一株植物開花。人們認為植物在開花時最美麗。**flower** 的名詞和動詞形式用作隱喻，談論事物最好的或最美麗的部份或方面。

8.31 the **flower of** something 是某事物最好的和最漂亮的部份。這一用法帶有較強的文學色彩。

*They remembered her as she'd been in the **flower of** their friendship.*
他們記得她，記得昔日他們友誼發展最美好的時光的她。
*I feel I can still do it even though I am no longer in the full **flower of** youth.*
我覺得我仍能做這件事，雖然我青春的最好時光已不在。
*Her majesty invited the **flower of** the nobility.*
女王陛下邀請了貴族的精英。

8.32 the time when something **flowers** 指某事物突然開始積極發展的時間或處於最佳、最美好的狀態的時間。這一用法帶有較強的文學色彩。

*Their friendship **flowered** at a time when he was a widower and perhaps felt lonely in his personal life.*
他們的友誼在他成了鰥夫、也許感到個人生活孤單的時候達到最佳狀態。
*...the nation that **had** briefly **flowered** after 1918.*
……在 1918 年以後有過短時間繁榮的那個國家。

開花 flowering

8.33 the **flowering** of something 是某事物非常強大、非常討人喜愛或非常成功的時期。這一用法帶有較強的文學色彩。

*This was in the seventeenth century when modern science was in its first **flowering**.*
這是在 17 世紀現代科學正處於第一次繁榮的時期。
*As these religions became established there was a **flowering** of art of every form all over the ancient world.*
當這些宗教的地位確立起來時，曾有一個時期古代世界各種形式的藝術都繁榮起來。

花 blossom

8.34 **blossom** 是樹上能見到的、結果以前的花。説 a tree **blossoms** 指一棵樹進入開花時期。動詞 **blossom** 的隱喻用法與 **flower** 相似。説 something **blossoms** 指某事物開始健康發展或其狀態突然開始改善。這一意義的**blossom** 有若干不同用法，將在下面説明。

▶ **注意** ◀ 名詞 blossom 通常沒有隱喻用法。

8.35　説 a relationship, especially a romantic one, **blossoms** 指某種相互關係——尤其是浪漫的關係——變得更為密切、表現出更多的相互關心。

*The relationship **blossomed**. They decided to live together the following year.*
他們之間的關係變得更加親密，於是他們決定次年一起生活。

*It was not until he joined her for a skiing holiday that their romance **blossomed**.*
直到他和她一起滑雪度假，他們的浪漫關係才變得更加密切。

*They met when she was still at school but the friendship **blossomed** and he began taking her out for quiet dinners.*
他遇見她時，她還在上學。但他們的友誼發展、加深了。他開始帶她外出，去飯館單獨吃晚餐。

8.36　説 someone **blossoms** 指某人的個性或事業正以説話者所認可的方式發展。

*She had studied , worked , travelled and **blossomed** into an attractive intelligent young woman .*
她有了學習、工作、旅行的經歷，已經成長為一個漂亮、聰明的年輕女人。

*She was a gauche adolescent who wore anything that came to hand and always managed to look tatty. But over the years she **has blossomed** .*
她曾是個不善社交的女孩，穿着非常隨便，老是設法讓自己顯得衣衫襤褸。不過，這些年來她變得成熟了。

*Harrison started to **blossom** as a songwriter.*
作為一個作曲家，哈里森開始進入成熟的創作時期。

8.37　説 business or a career **blossoms** 指業務或事業開始健康發展。

*His business **blossomed** when the railway put his establishment within reach of the big city.*
當鐵路使他的公司與那個大城市連接起來時，他的生意開始興旺。

*As her career **blossomed**, she kept her personal and professional lives totally separated.*
當她的事業開始發達時，她將自己的個人生活和事業完全分開。

*...a **blossoming**, diverse economy.*
……一個繁榮的多樣化經濟。

花朵 bloom

8.38　a **bloom** 是一株植物上的花朵。説 a plant **blooms** 指一株植物開出花朵。動詞 **bloom** 用作隱喻，談論顯得很幸福或很健康的人們。

説 someone **blooms** or is **blooming** 指某人看起來更漂亮，因為此人顯得比以前更加健康、快樂。

*She **bloomed** into an utterly beautiful creature.*
她出落成一個絕頂美麗的尤物。

*Greta is very much enjoying having the baby. She is **blooming**.*
格麗塔正因為有了嬰兒而感到非常快樂。她正在變得更加光彩照人。

▶注意◀ 名詞 **bloom** 通常沒有隱喻用法。

水果 Fruit

水果 fruit

8.39 **fruit** or a **fruit** 即水果或一種水果，它們生長在樹或灌木上，含有包裹在可食用的果肉之內的種子或核。人們有時種植樹或灌木，這樣他們就能收穫並食用水果。為了使樹或灌木生產水果，人們必須非常仔細地照顧它們。這個關於人們花許多時間、經過許多努力才獲得某種好的、有用的事物的思想被用在包含 **fruit** 一詞的若干短語之中。

8.40 **the fruit of** or **the fruits of** something such as success or labour是由成功或勞動等事物帶來的利益。

> Now they've finished will they sit back and enjoy **the fruit of** their labours？
> 他們既然已經完成了，會不會甚麼都不幹，光享受他們勞動的成果呢？
> This was **the** single most important scientific **fruit of** the whole space programme.
> 這是整個空間計劃唯一的、最重要的科學成果。
> American and Japanese firms are better at using **the fruits of** scientific research.
> 美國和日本的企業比較善於運用科學研究的成果。
> They enjoy **the fruits of** success and live well.
> 他們享受成功的果實，過着舒適的生活。

8.41 the **fruit of** a partnership 是兩個合夥人共同工作所獲得的利益。

> …the first **fruit of** the union between IBM and Apple.
> ……IBM 和蘋果公司聯合後取得的第一項成果。
> Bowie's recent 'Real Cool World' is the first **fruit of** a new collaboration with Rodgers.
> 波威最近的《真正的冷世界》是他和羅傑斯的新合作的第一項成果。

8.42 something that someone has worked hard on **bears fruit** 指某人最後能夠看到自己努力的良好結果。

> Their campaign seems **to be bearing fruit**.
> 他們的運動看來正在結出果實。
> Sooner or later our common efforts **will bear fruit**.
> 早晚我們的共同努力將結出果實。
> Last week their labour **bore fruit** and most achieved good exam results.
> 上星期他們的勞動結出了果實，多數人在考試中取得了好成績。

碩果纍纍 fruitful

8.43 **fruitful** fields or trees 即生產許多莊稼和果實的土地或樹。**fruitful** 作為

隱喻的用法與 **fruit** 相似,談論正在成功或正在取得良好的結果的事物。

說 something such as a relationship, a search, or an approach to a task is **fruitful** 指一種相互關係、一項探索或從事一項工作的方法產生了有用的結果,尤其是在付出許多努力或進行了許多艱苦工作之後。

> *They were eager to continue the long and **fruitful** association.*
> 他們渴望繼續那種長期的、富有成果的聯繫。
> *Our search so far has not been as **fruitful** as we might have hoped.*
> 迄今為止我們的探索不像我們也許曾經希望過的那樣富有成果。
> *It wasn't going to be **fruitful** to approach him.*
> 和他打交道是不會有多少結果的。
> *They are less able to ensure that finance is used **fruitfully**.*
> 他們不太有能力確保資金的使用富有成果。

沒有成果的 fruitless

8.44 an action, plan, or idea that is **fruitless** 指不產生任何有用的結果的行動、計劃或想法。

雖然 **fruitless** 的字面意義為"沒有果實",它現在只用作隱喻,不用來描述植物或樹。

> *She returned home after her **fruitless** efforts to find a job.*
> 她找工作的努力毫無結果,於是她回了家。
> *...twenty years of **fruitless** searching.*
> ……20 年毫無結果的尋找。
> *They appeared for these appointments at ten am, only to wait **fruitlessly** until five in the afternoon.*
> 他們早上十點鐘來赴約,在這裏毫無結果地一直等到下午五點鐘。

實現、完成 fruition

8.45 說 things such as plans or ideas **reach** or **come to fruition** 指計劃或想法開始產生預期的結果,這通常是在長時間的等待或大量工作之後發生的情況。這個短語用於正式場合。

雖然 **fruition** 的字面意義為"結出果實",它不用來談論植物或樹。

> *The plans finally **reached fruition**.*
> 計劃最後實現了。
> *Unfortunately a plan to reprint the play never **came to fruition**.*
> 遺憾的是,一個重印該劇本的計劃從來沒有實現。
> *You have the capacity to bring your ideas to **fruition**.*
> 你有實現你的想法的能力。

培育植物 Cultivating plants

8.46 若干與務農和種植植物有聯繫的詞作為隱喻用來表達"人們試圖發展事物"的意思。

作好準備 prepare or lay the ground

8.47 植物在土地上生長，下列短語用 **ground** 一詞談論計劃和想法，將它們看成會生長和發展的植物和種子。

説 someone **prepares** or **lays the ground** for a new development or for a change in plans 指某人以某種方式讓人們作好準備，這樣，在新的發展出現或計劃的變化發生時，人們會更願意接受它們，更容易理解它們。

*The work **will prepare the ground** for future development.*
這項工作將為以後的發展準備條件。
*These two chapters **prepare the ground** for the critical argument that follows.*
這兩章為隨後批判性的論點做好了準備。
*Now they have signed agreements that **lay the ground** for a huge growth in trade and co-operation.*
現在，他們已經在協議上簽了字，這個協議為貿易和合作的巨大增長奠定了基礎。
*Their positions had not changed but they **had laid the ground** for working together and that was very encouraging.*
他們的地位沒有改變，但他們已經為共同工作準備了條件，這是非常令人鼓舞的。

耕作 cultivate

8.48 to **cultivate** land or crops 指耕作土地，種植農作物。這個關於努力保證事物健康生長、發展的思路用作隱喻，説明人們有意試圖發展相互關係或行為方式等事物，這尤其是因為他們認為這樣做能為自己帶來好處。

8.49 to **cultivate** a relationship with a person or organization 或 to **cultivate** a person 指努力使自己和一個人或一個組織的關係盡可能牢固，這通常是因為感到此人或該組織能以某種方式幫助自己或給自己某種利益。

*He always **cultivated** friendships with the ruling class.*
他總是盡量和統治階級發展友誼。
*She revered him as a painter and **cultivated** him as a friend.*
她把他當畫家來尊敬，當朋友來發展友情。
*…**cultivating** business relationships that can lead to major accounts.*
……努力發展能帶來大筆利潤的業務關係。
*…technical universities which boast well-organized courses and carefully **cultivated** links with industry.*
……以安排得當的課程和精心發展的與工業界的聯繫見長的理工大學。

8.50 說 someone **cultivates** a particular way of behaving or of presenting himself 指某人刻意以某種方式表現自己，這通常是因為他們認為這樣做將給他們帶來某種利益。**cultivate** 經常被這樣用來表示不以為然，因為它暗示，某人的這種行為並不真誠。

*He **may have cultivated** this image to distinguish himself from his younger brother.*
他有可能刻意造成這個形象以把自己和弟弟區別開來。

*He **has been cultivating** his image as a manager of ability.*
他一直刻意將自己的形象塑造為一名有才幹的經理。

*...his carefully **cultivated** cockney accent and extravagant clothes.*
……他精心模仿的倫敦方言口音和豪華昂貴的衣着。

有修養的 cultivated

8.51 將某人描述為 **cultivated** 指此人受過良好教育、有教養、老於世故。注意，這一用法不表示不以為然的態度。

*She was as well-educated and **cultivated** as she was beautiful.*
正如她長得很美麗一樣，她也受過良好的教育，很有修養。

*A wealthy and **cultivated** American lady is hosting a dinner at the Jockey restaurant in Madrid.*
一位富有的、有教養的美國淑女正在馬德里的騎士餐廳主持一個晚宴。

播種 sow or plant seeds

8.52 to **sow** or **plant seeds** 指將種子放入土地，這樣它們就會生長。**sow** or **plant seeds** 用作隱喻，談論想法、計劃或發展，以暗示這些事物是可以按人們的意圖開始或創造的。

8.53 說 one person **sows** or **plants** a **seed** or **seeds** in another person's mind 指一人往往以一種非直接的方式提出一項建議，希望另一人會開始考慮這項建議，有時甚至希望後者相信，是後者自己先想到了這項建議。

*A **seed** of doubt **may have been planted** in your minds.*
一顆懷疑的種子可能已被埋在你的頭腦裏了。

*He had the skill to **plant** the **seed** in Jennifer's mind that her problem was not so important.*
他有本事使詹妮弗相信，她的問題並不那麼重要。

8.54 **sow** 和 **seed** 一起使用也可描述政治或社會變革的開始。說 someone **has sown the seeds of** change 指人已經採取了一項行動，這項行動可能引發比以往大得多的變革。

*The emphasis must now be on **sowing the seeds of** such a movement.*
現在強調的重點必須是為這樣一個運動播下種子。
*...debate that **sowed the seeds** of the welfare state.*
⋯⋯為福利國家的建立播下了種子的辯論。
*By the time of his tragic murder in 1965, Malcolm X **had sown the seeds** of a new consciousness amongst African-Americans.*
到馬爾科姆‧Ｘ 1965 年被刺殺的悲劇發生時，他已在非洲血統的美國人中間喚起了一種新意識。

另見 **plant: 8.3 - 8.8** 節和 **seed: 8.12** 節。

修剪 prune

8.55 to **prune** a plant 指剪掉一株植物的一些枝條，這樣這株植物來年會長得更好。**prune** 用作隱喻，表達 "除去某事物的一部份，使之更茁壯地生長或更有力地發展" 的思想。

8.56 説 someone **prunes** a company or organization 指某人試圖削減費用，其方式通常是僱用更少的人員以使一個公司或組織獲取更多利潤。説 the government **prunes** public services or spending 指政府試圖在公共事務或公共開銷方面花更少的錢以節省經費。

*They selectively **pruned** the workforce.*
他們有選擇地緊縮工作人員。
*Government and educational bureaucracies can and should be ruthlessly **pruned**.*
政府和教育官僚機構能夠、也應該被無情地削減。
*...the expansion of the road network alongside a **pruning** of the railways.*
⋯⋯與公路網絡的擴展同時進行的鐵路線的縮減。

8.57 説 someone **prunes** promises, ideas, or plans 指某人改變承諾、想法或計劃，使它們花錢更少或更容易付諸實施。

*The government forced it to **prune** back its promises.*
政府迫使它刪改它的承諾的內容。
*Mr Patten promised to **prune** the curriculum and the tests.*
帕頓先生答應刪減課程和測試。

另見 **shed: 8.82 - 8.84** 節。

收成 crop

8.58 a **crop** 指每年在收穫季節所收穫的莊稼或果實。這個同時收穫許多東西的思路用作隱喻，談論差不多同時顯得或變得更強或更好的一批事物。例如，a **crop of** new buildings 是通常在同一個地區差不多同時出現的一些新的建築物。

這一意義的 **crop** 必須與 **of** 及一個名詞一起使用。

*A **crop of** talented youngsters have already made their mark.*
一批有才能的年輕人已經嶄露頭角。

*Of the rest of the new **crop of** restaurants, The Square in Piccadilly has had a remarkable success.*
在其餘新建的餐館之中，一家名叫"皮卡迪利大街的廣場"的餐館取得了令人矚目的成功。

*Calling on him for help would produce its **crop of** personal difficulties.*
向他求助將會產生一連串個人問題。

*He came away with a new **crop of** customers.*
他帶着一批新客戶離開了。

▶注意◀ 複數形式的 **crops** 通常不這樣使用。

突然發生 crop up

8.59 說something such as a problem, an idea, or a name **crops up** 指問題、想法或姓名等事物通常意外地發生或出現。

*While the construction work progressed, another difficulty **cropped up**.*
當建築工作有了進展時，另一個困難突然出現了。

*Unexpected work **cropped up** on the day of the next visit.*
在下一個訪問的日子，意想不到的工作出現了。

*Your name **has cropped up** and he'd like to talk to you about it.*
你的姓名已突然出現，他想和你談談這個問題。

收割 reap

8.60 to **reap** crops 指砍倒莊稼，將它們收進來。**reap** 用作隱喻，表示從一直在做的某事中獲得好的結果的意思。

說 someone **reaps** benefits or rewards from an activity that he has been working hard at 指某人從其一直在努力進行的一項活動中獲得許多好的結果。

這一詞語也可用來談論由人們的行動引起的壞的結果，但這種用法不多。

*Employers **reaped** enormous benefits from cheap foreign labour.*
僱主們從外國廉價勞動力中獲得巨額利潤。

*Reynolds **reaped** the reward for his effort by taking sixth place.*
雷諾茲獲得第6名，他的努力使他得到了回報。

*Self-employment is growing fastest in areas where professionals **can reap** big rewards.*
自我僱用現象在專業人員能獲得很大利益的行業裏增加的速度最快。

*Cecilia's records **are not** yet **reaping** huge profits.*
塞西莉亞的唱片還沒有獲得巨額利潤。

*...a TV film that's **reaped** a clutch of international awards.*
……獲得了一批國際獎項的電視劇。

另見 **harvest: 8.62** 節。

收穫 harvest

8.61 一批莊稼被收進來後就被稱為 a **harvest**。to **harvest** a crop 指收穫一批莊稼。**harvest** 可用作動詞和名詞，它們用作隱喻都用來談論人們的行動的結果。

8.62 説 someone **reaps** the **harvest** of his actions 指某人見到了自己行動的結果。這是一個文學用語。

*He began to **reap** the **harvest** of his sound training.*
他開始收穫他的優質訓練的成果。

8.63 説 people **harvest** useful things 指人們收集有用的東西，將它們集中起來使用。

*We have thousands of ideas to **harvest**.*
我們有成千上萬的主意要收集。
*The **harvesting** of knowledge from space will be one of the great scientific endeavours of the next century.*
從空間獲取知識將是下個世紀偉大的科學努力之一。

挖掘 dig up

8.64 To **dig** something **up** 指通常用一件鏟子之類的工具將埋或種在地裏的某物取出來。**dig up** 用作隱喻，表示發現已丟失、隱藏或保密的事實的意思。

8.65 to **dig up** information which is not well known 指發現不為人知的信息並通常公之於眾。

*Had he **dug up** any new evidence against him?*
他已經發現任何對他不利的新證據了嗎？
*I've had enough reminders of my age today without **digging up** the past.*
即使不想過去的事，我也已有足夠的東西讓我記得自己的年齡了。
*...**digging up** facts and figures from Companies House and other sources.*
……從情報機關和其他來源發現的事實和數據。

8.66 説 one person **digs up dirt** or **digs up the dirt** on another person 指一人發現了關於另一人的不光彩的事實並將這些事實告訴他人。

*He claimed he had been hired to **dig up dirt** on the entrepreneur's controversial deal.*
他聲稱他曾受僱去揭發那位企業家在有爭議的交易方面的醜事。

去除 weed out

8.67 **weeds** 是長在作物所生長的花園或農田裏的野生植物，所以它們的存在妨礙着人們培植的植物的正常生長。to **weed** a garden or a field 指從花園或農田中除去雜草。這個關於去除不需要的事物以使別的事物更加健康地生長或發展的思路被用於短語動詞 **weed out**。

說 someone **weeds out** people or things, usually from an organization or company 指某人通常從一個組織或公司裏將人裁掉或將事物移走，因為他認為那些人或事物是虛弱或有害的，對該組織或公司的發展不利。

*This will make it more difficult to **weed out** people unsuitable for the profession.*
這將使從這個行業淘汰不稱職的人員更加困難。
*The police may need to establish ways of **weeding out** lazy and inefficient officers.*
警方可能需要建立清除懶惰、低效率的警官的方式。
*Those in the motor trade who ignore women customers deserve to **be weeded out**.*
汽車行業那些漠視婦女顧客的人應該被清除。
*The worst material was never shown. It **was weeded out** by the television companies themselves.*
最壞的材料從來沒有被放過。電視公司自己就把它們都清除掉了。

溫室 hothouse

8.68 a **hothouse** 即一間溫室，是一個加熱的建築，通常由玻璃製成。在溫室中，植物和花的生長能比在室外更快。在室外天氣太冷、對植物和花的生長不利時，它們能在溫室裏生長。**hothouse** 用作隱喻，描述這樣一種情形：人們的生活和工作承受許多壓力，別人期待他們能比在通常情況下更快地掌握技術、取得成功；這種情況可以使他們更富有想像力，工作更有效率，但也能讓人覺得壓力太大。

*Adam admits he is happier away from the **hothouse** of the architectural debate in London.*
亞當承認，離開了倫敦那個經常進行建築學的辯論的高壓環境使他感到更加快樂。
*The school has always had a **hothouse** atmosphere.*
這所學校一直有一種緊張、充滿壓力的氣氛。

另見 **pressure cooker: 7.22** 節。

溫室 greenhouse

8.69 **greenhouse** 即溫室，是供植物生長的玻璃房子，因為那些植物需要防止惡劣天氣的侵害。這個創造比一般地方更暖的環境的思路被用於 **greenhouse effect** 和 **greenhouse gases** 這兩個短語，它們指由地球周圍的大氣中的二氧化碳等氣體的聚集所造成的問題，因為這個現象正在引起地球的氣溫上升。

> *Several groups of scientists have also provided evidence that the earth is undergoing a warming due to the **greenhouse effect**.*
> 一些科學家也證實，由於溫室效應的緣故，地球正在經歷一場升溫。
> *...the idea that it might be possible to control the **greenhouse effect**.*
> ……有可能控制溫室效應的想法。
> *The United States is the world's biggest emitter of **greenhouse gases**.*
> 美國是世界上溫室氣體最大的發射源。

8.70 ▶注意◀ 雖然 **hothouse** 與 **greenhouse** 的字面意義相似，它們的隱喻的意義是非常不同的。

生長 Growth

8.71 若干用來談論植物的生長和發展的詞用作隱喻，談論計劃、想法和組織的成長和發展。

發芽 germinate

8.72 說 a seed **germinates** 指一棵芽從種子裏萌發出來，開始長成一株植物。這個事物開始從另一事物發展起來的思路，用來談論想法發展成項目、組織或行動等事物的情況。

說 an idea **germinates** 指一個想法初次形成，有一些人開始對它發生興趣，對它進行討論，這樣他們就能發展這個想法。

> *Another equally outstanding design **was germinating** at Bristol.*
> 另一項同樣傑出的設計雛形正在布里斯托爾形成。
> *The plans were a long time **germinating**. The discussion happened in 1980 and he did not act on it until 1989.*
> 這些計劃是長期醞釀的結果。討論是在 1980 開始的，可是直到 1989 年他才開始採取行動。
> *The new phase in the relationship between father and son **had germinated** on the long drive from Toronto.*
> 父子關係的新階段是在從多倫多開始的長途駕車中開始的。

發芽的過程 germination

8.73 **germination** 指的是發芽的過程。**germination** 用作隱喻可用來談論想法的發展，但這一用法不如動詞 **germinate** 普遍。

> *The book is an account of the **germination** and fruition of ideas as experienced through a full career.*
> 這本書是關於在整個職業生涯中所經歷的想法的產生、發展和結果的説明。

另見 **take root: 8.17** 節。

長芽 sprout

8.74　説 plants or seeds **sprout** 指植物長出新的芽或葉子。**sprout** 用作隱喻，談論快速大量出現的事物，它尤其用來暗示這些事物的出現是件壞事。

*Concrete hotels and tourist villages **are sprouting** along the desert shore.*
混凝土結構的酒店和度假村正沿着荒涼的海岸雨後春筍似地冒出來。
*More than a million satellite dishes **have sprouted** on homes across the country in the last eighteen months.*
在過去的 18 個月裏，一百萬個以上的衛星接收碟一下子在全國的家庭的房子上安裝起來。
*Across the land, shopping malls **sprout** like concrete mushrooms.*
購物區在各地像混凝土製的蘑菇一樣到處建立起來。
*Friendships **had sprouted** up in training.*
在訓練中，友誼的種子已經萌芽。

▶ **注意** ◀ 名詞 **sprout** 沒有這種用法。

繁榮 flourish

8.75　説 a plant **flourishes** 指一株植物很健壯，生長很快，因為它所處的條件對它的生長很有利。**flourish** 用作隱喻，談論發展良好、非常成功的事物。説 something such as a business, country, or idea **flourishes** 指一家企業、一個國家變得更強大或一個想法很成功，並且通常很引人注目。這一意義的 **flourish** 能用來描述具有積極意義或消極意義的事物。

*Exports **flourished**, earning Taiwan huge foreign currency reserves.*
出口貿易暢旺使台灣賺取了巨額外匯儲備。
*His career **is flourishing** again.*
他的事業再度興旺起來。
*As the king refused to educate the public, ignorance and prejudice **flourished**.*
由於國王拒絕教育公眾，無知和偏見非常盛行。
*...a system that allows the banks to **flourish** and profit.*
……一個使那些銀行得以興旺及賺取盈利的體制。

繁榮的 flourishing

8.76　**flourishing** 可用在名詞之前表示"明顯成功"的意思。

*There is now a **flourishing** black market in software there.*
那裏現在有個非常繁榮的軟件黑市市場。
*...the ruins of a once **flourishing** civilization.*
……曾一度非常繁榮的文明的廢墟。

有病的植物 Unhealthy plants

8.77　若干用來談論有病的、正在死去的植物的詞用作隱喻，談論不成功的事物，如組織或境況等。

枯萎 wither

8.78　説 a flower or plant **withers** 指一支花或一株植物萎縮、乾枯、死去。這個關於某事物變得更加虛弱然後死亡的思路用來談論不成功的事物，如想法、組織或相互關係等。

説 something **withers** or **withers away** 指某事物變得越來越虛弱，直到它變得完全無效或消亡。

> The centre parties have achieved spectacular by-election results in the past, only to see their support **wither** again in general elections.
> 那些中心黨過去在地區性的國會議員補缺選舉中取得過輝煌的勝利，可是，在大選中所見到的是得到它們得到的支持的再次減弱。
> They had been innocent sweethearts at a German University but their romance **withered** when they came back to England.
> 他們在德國的一間大學裏曾是天真無邪的戀人，但是，回到英國時，他們的浪漫關係就淡化了。
> I could see her happiness **withering**.
> 我能看出來，她的快樂正在消失。
> The changes are likely to cause severe disruption for all the countries as the old system **withers away**.
> 隨着舊制度逐漸消亡，這些變革有可能給所有國家帶來嚴重的分裂。

摧毀性的 withering

8.79　説 someone is **withering** 指某人説話或看別人的樣子是企圖讓他們感到自己愚蠢、覺得慚愧或難受，常常使他們做不成所做的事。

a **withering** attack or look 是企圖讓受攻擊者或被看的人感到自己愚蠢、覺得慚愧或難受的攻擊或眼光，它們常常使受攻擊者或被看的人做不成所做的事。

> Smith could be **withering** in debate.
> 史密斯的辯論才能可以非常具有攻擊性。
> The record is a **withering** attack on the fashion industry.
> 這項紀錄是對時裝業的毀滅性打擊。
> He gave me a **withering** glance.
> 他咄咄逼人地瞟了我一眼。

凋謝，蔫 wilt

8.80　a plant **wilts** 指一株植物漸漸向下彎曲，變得虛弱，因為它在逐漸死去或是因為它需要水。**wilt** 用作隱喻，談論人突然變得虛弱，尤其這種變化引人注目。

wilt 可用來描述這樣一種情況：某人因遇上了煩人的事或別人對他的行為不禮貌、不恰當而突然覺得身體虛弱、精神痛苦。

> *He visibly **wilted** under pressure.*
> 他在壓力下面突然變得憔悴了。
> *The look the president gave the reporter made that experienced journalist **wilt** before his eyes .*
> 總統對那位記者投去的一眼使那位富有經驗的新聞記者當着他的面突然變得委頓了。
> *She heard the sadness in my voice and her smile **wilted**.*
> 她聽出了我話音中的悲傷，她的微笑一下子消失了。
> *Tony looked at Momma, his smile **wilting**.*
> 托尼看着媽媽，他的微笑一下子消失了。

皺縮 shrivel

8.81　說 a plant or a leaf **shrivels** 或 something **shrivels** it 指一株植物或一個葉片乾枯、皺縮了，這通常是因為炎熱使它們失去了太多水分。**shrivel** 用作隱喻，談論事物的逐漸消亡。

說 something such as an organization **shrivels** 指組織等一類事物規模變小、力量變弱、效率變低了。用 **shrivel** 來描述人們具有的幸福之類的感覺，指人們變得更加悲傷、更沒有希望。

> *The union, which was once the most powerful in the country, **has shrivelled** under his leadership.*
> 那個曾一度是全國最強大的協會在他的領導下已經每況愈下。
> *The sympathy made something in him **shrivel**, shrink away.*
> 同情心使他身上的某種東西萎縮、消退了。
> *My heart **shrivels** in fear.*
> 我的心臟因恐懼而收縮。
> *It was the kind of rain that **shrivels** the hopes of holidaymakers.*
> 是這樣的雨讓度假的人們的希望落了空。

掉落 shed

8.82　a tree **sheds** its leaves 指一棵樹的葉子在秋天下落，因為這些葉子已經死亡，不再有用。**shed** 用作隱喻，表示"捨棄不必要的或不再有用的東西"的意思。

8.83　一家公司為節省開支而將其一部份僱員作為冗員處理，這樣的情況就可以用 **shed** 一詞描述。這一用法在新聞報道中用得最普遍。

*Furniture manufacturers are cutting back on costs and **shedding** jobs.*
傢具製造商們正在降低成本、撤消多餘崗位。

*Last year the company **shed** 40,000 of its 340,000 employees.*
去年這家公司從它 340,000 名僱員中辭退了 40,000 人。

*Firms have been much speedier in **shedding** employees, to cut costs.*
企業在清除冗員以減少費用方面步子一直要快得多。

8.84 說 someone **sheds** something which he does not want or need any longer
指某人主動丟棄他不再需要的東西或讓它們被人拿走。

*…an attempt to **shed** all tradition.*
……一種拋棄全部傳統的意圖。

*Motoring organisations say the government **is shedding** its responsibility for building motorways.*
汽車駕駛組織宣稱，政府正在逃避建造公路的責任。

另見 **shed light: 11.11** 節。

9 天氣
Weather

9.1　若干用來談論天氣條件的詞也有隱喻用法，尤其用來談論情緒和個性。本章討論這些詞，首先是表示晴朗天氣的詞，接着是表示寒冷天氣的詞，再是與雲和潮濕天氣有聯繫的詞，最後討論表示風和暴風雨的詞。

表示熱、冷和其他與溫度有聯繫的詞將在**第10章：熱、冷和火 Heat, Cold, and Fire** 中討論。

晴朗天氣 Sunny weather

晴朗的 sunny

9.2　説 it is **sunny** 指天氣晴朗、陽光普照。多數人認為晴朗的天氣讓人感到舒適，它常常使人心情愉快。**sunny** 用作隱喻，描述讓人感到快樂、舒適的人和境況。

someone who has a **sunny** personality 是具有一種快樂、友好的個性的人，他能使周圍的人感到愉快。説 someone is in a **sunny** mood 指某人態度樂觀、心情愉快。the outlook or the future is **sunny** 可用來表示説話者對前景或將來感到有信心，感到樂觀。

*Everyone says what a happy, **sunny** girl she was.*
人人都説她曾是個多麼快活、樂觀的女孩。
*…the **sunnier** side of his character.*
……他個性中比較開朗、樂觀的一面。
*By the time he reached the outskirts of Cambridge, David was in a **sunny** mood.*
他到達劍橋的郊外時，戴維的心情非常好。
*Disappointing employment figures, showing a 9.5% rise, spoiled the market's **sunny** mood.*
令人失望的就業數字顯示出 9.5% 的增長，它破壞了市場的樂觀氣氛。
*Producers are well aware that in terms of sales, the outlook is far from **sunny**.*
生產廠家很清楚，從銷售量看，前景遠非那麼令人樂觀。

乾 dry

9.3 見 **7.52 - 7.53** 節。

冷天氣 Cold weather

9.4　一般認為 **cold** weather（冷天氣）不如暖和、晴朗的天氣舒適，用來談論冷天氣的詞通常用作隱喻，描述讓人討厭的人或行為。關於 **cold** 的用法，詳見**第10章：熱、冷和火 Heat, Cold, and Fire**。

霜 frost

9.5　説 there is **frost** or **a frost** 指室外的溫度降到冰點之下，地上和其他物體的表面有結晶體。**frosts** 很好看，但也可能讓人討厭，因為它很冷，而且有了霜，地面很滑，而且危險。**frost** 用作隱喻，指表面上彬彬有禮，卻似乎掩飾着不友好的情緒的感情或行為舉止方式。這一用法在書面英語，尤其是小説中，最為常見。

*'Did you ?' said Amanda, with more than a touch of **frost** in her voice.*
"是嗎？"阿曼達説，她的話音中不僅僅有一絲冷淡。
*'I assume you can explain,' Magdalena said. There was **frost** in her voice.*
"我想你能夠解釋，"馬格達琳那説。她的説話的聲音冷冰冰的。

有霜的 frosty

9.6　説 the weather is **frosty** 指有霜凍。to behave in a **frosty** way 指清楚地表示不喜歡某人或不認同某人的行為舉止，雖然事實上對某人的態度並非粗暴無禮。a **frosty** person 對許多人不喜歡或不認可，其行為舉止彬彬有禮，但拒人於千里之外。

*The suggestion had been received with **frosty** disapproval.*
這項建議已經被無情地否決了。
*...a **frosty** reception.*
……一次冷淡的接待。
*Her remote father quickly married a **frosty** snobbish woman who did not like her new daughter.*
她那位對她漠不關心的父親很快娶了一個冷若冰霜的勢利女人，這個女人不喜歡她的新女兒。

冰冷的 icy

9.7　**icy** weather 是極端寒冷的天氣，**icy** road 是結冰的道路。**icy** 作為隱喻的用法與 **frosty** 相似，也用來描述有禮貌但不友好的行為。將人們的行為描述成

icy, 指人們的行為彬彬有禮，但他們彼此之間顯然沒有多少好感，大家心裏都不高興，雖然大家都在努力地不把真實情感表達出來。

> *'You cheated me, didn't you?' he said with **icy** calm.*
> "你騙了我，是不是？" 他冷冷地、平靜地說。
> *Vincent met his father's **icy** stare evenly.*
> 文森特平靜地迎着父親冷若冰霜的注視。
> *We want our children to see that we can stay apart and still be friends. It's better this way than staying married and enduring **icy** silences.*
> 我們要讓我們的孩子明白，我們可以分居，但仍然是朋友。這樣做要比結婚在一起而同時忍受冷若冰霜的沉默寡言的生活好。

冰冷地 icily

9.8 說 people speak or behave **icily** 指人們彼此之間顯然沒有好感，非常不友好，但實際上彼此間並無粗暴無理的舉動。

> *She asked him to help her but he told her **icily**, 'It is your problem, you sort it out.'*
> 她請他幫忙，但他冷冰冰地對她說，"這是你的問題，你自己解決。"
> *Unable to communicate, they become **icily** polite to one another.*
> 因為他們彼此無法交流，於是他們的相互關係就變得冷漠但不失禮貌。

不勝負荷 snowed under

9.9 **snow** 即雪，它由許多小小的冰粒組成，在寒冷的天氣裏有時從天空落下。雪落下時經常在地上積起來，覆蓋一切，有時將道路和房子等厚厚地覆蓋住，以致人們無法離開他們的房子或去任何地方。這個關於某個地方某物太多，因此人們很難正常做事的思路作為隱喻用在短語 **snowed under** 之中。

說 someone **is snowed under** with work, letters, or telephone calls 指某人無法不做如此多的工作，收到如此多信件或接到如此多的電話，這使他們難以應付，使他們沒有時間做他們不得不做或想要做的事。

> *Arnold **was** really **snowed under** with work.*
> 阿諾德的工作實在多得使他難以應付。
> *He **was snowed under** with thousands of letters when he was doing his television show.*
> 在他進行電視表演時，收到成千上萬封信，使他無法應付。

雪崩 avalanche

9.10 **avalanche** 即雪崩，是從山邊滑落的大量雪或岩石。an **avalanche of** something 可用來指一下子大量出現的某種事物，尤其是人們沒有預料到、難以對付的事物。

*I was unprepared for the **avalanche of** mail which came in after my programme for BBC Radio Four.*
我沒有想到，我在英國廣播公司第四廣播電台的節目播出後，會收到雪片般湧來的大量郵件。
*He was eventually buried under an **avalanche of** criticism.*
他終於被突如其來的大量批評壓得透不過氣來。
*…an **avalanche of** greetings cards from long-lost schoolfriends.*
……從長期失去聯繫的校友處雪片般飛來的大量賀卡。

複數形式的 **avalanches** 也有這一用法，但遠沒有單數形式常用。

*…**avalanches** of paperwork.*
……成堆的文書工作。

雲和潮濕天氣 Clouds and wet weather

9.11　英國人多數不喜歡雨和潮濕的天氣，與潮濕天氣有聯繫的詞用作隱喻，談論令人討厭的或不受歡迎的行為或境況。

雲 cloud

9.12　**cloud** 即雲，是漂浮在天空裏的大片水氣。雲通常是灰色或白色的，經常引起雨或帶來令人厭煩、寒冷的天氣。**cloud** 用作隱喻，在若干個表達式中，指破壞了一種形勢的讓人討厭的事件。它也用來談論隱瞞了一種形勢或使一種形勢讓人難以理解的事物。同樣有這一用法的、與天氣有聯繫的詞還有 **haze**（薄霧）、**fog**（霧）和 **mist**（霧）。

9.13　具有壞作用或能破壞一種形勢的事物可被稱為 a particular kind of **cloud**。這一用法的 **cloud** 通常出現在 a **cloud** of something 這個結構中。

*He couldn't risk his political future by marrying into the family while a **cloud of suspicion** hung over it.*
他不能拿他的政治前途來冒險：通過婚姻與那個家庭結親，而懷疑的陰雲正籠罩着它。
*They had been suffering for weeks or even months under the **cloud of depression**.*
在愁雲籠罩下，他們已經受了幾個星期乃至幾個月的精神折磨。
*A **cloud of grief** descended on the country and the world.*
這個國家乃至這個世界突然沉浸在悲傷的氣氛之中。

9.14　說 someone or something is **under a cloud** 指人們認為某人或某事物可疑，好像此人已犯了錯誤或該事物已出了問題。這使此人很難繼續正常工作，該事物很難繼續正常運作。

*I'll probably live the rest of my life **under** this **cloud**.*
我將要在人們懷疑的陰雲下度過我的餘生。

*His economic reform programme has come **under** a **cloud** because of a stockmarket scandal.*
由於股票市場的一個醜聞，他的經濟改革計劃被罩上了懷疑的陰雲。

9.15 説 something **casts a cloud over** one's situation 指某事使某人的情況變得不那麼有希望、 不那麼令人樂觀。

*That immediately **casts a cloud over** the future of the other player.*
那件事立即給另一名選手的前途罩上了一片陰雲。
*The failure to raise prices also **cast a cloud over** the market.*
加價失敗也給市場罩上了一片陰霾。

9.16 説 there is a **cloud hanging over** someone 指某人因某件煩人的事情的發生而感到不高興 。此事的發生也許是此人的錯，而他不知道此事將會有甚麼後果。這很難使他對將來充滿希望。

*We do not want the tour to end with this **cloud hanging over** us; we have nothing to hide.*
我們不想在這次巡迴比賽在結束時還讓這件煩人的事壓在我們的心頭；我們沒有甚麼要隱瞞的。

9.17 説 a **cloud appears** in a particular situation 指某事物的發生或出現使某個境況不那麼令人愉快或使某個境況看起來馬上就會結束。 也可用 a **cloud appears on the horizon** 表達這一意義。

*A **cloud appeared** over his friendship with the king.*
他和國王的友誼出現了陰影。
*Things were going great for decades, the distillery was turning out thousands of barrels of whiskey. Then a dark **cloud appeared on the horizon**: prohibition.*
數十年中情況一直不錯：製酒廠一直在生產成千上萬桶威士忌酒。後來，一片陰雲出現了：禁止生產。

9.18 ▶注意◀ 複數形式的 **clouds** 通常沒有比喻用法。

9.19 説 something **clouds** a situation which would normally be good 指某事物破壞了一個在正常情況下會是很好的形勢。這一用法在書面英語——尤其是長篇小說——中最為常見。

*Recent meetings **have been clouded** by serious public disagreements.*
最近的會議被嚴重的公開分歧破壞了。
*We wanted to believe that Ted would benefit from living there but guilt continued to **cloud** our thoughts.*
我們想讓自己相信，住在那裏對特德是有益的，可是罪疚感持續使我們不得安寧。

9.20 説 someone's face or expression **clouds** or **clouds over** 指某人不再顯得很快樂。這一用法在書面英語——尤其是長篇小說——中最為常見。

*Trish's face **clouded** with disappointment.*
特里西感到很失望，臉顯得陰沉。
*Grace's face suddenly **clouded over** and she turned away.*
格麗絲的臉突然沉了下來，她把頭轉了開去。
*The tramp's eyes **clouded over** and he seemed to lose interest.*
流浪漢的眼睛黯然失色，他似乎已失去了興趣。

9.21 説 something **clouds** someone's judgement or thoughts 指某事物使某人的判斷或思考不如往常準確。説 something **clouds** an issue 指某事物使人更加難以理解某個問題。這種情況的發生經常是因為涉及到強烈的情緒。

*Wasn't he allowing his personal interests and prejudices to **cloud** his judgement?*
他難道不是在允許他自己的個人利益和偏見影響着他的判斷嗎？
*You don't want your personal relationship with your employees to **cloud** your vision.*
你不想讓自己和僱員的個人關係模糊了你的洞察力。
*When a problem arises in a family emotions always **cloud** the issue.*
當家裏出現問題時，情緒總會使問題變得是非難辨。

以下是常與這一意義的 **cloud** 一起使用的一些例詞：

issue	mind	thoughts
judgement	thinking	vision

潮濕 wet

9.22 説 the weather is **wet** 指正在下雨。下雨天與難受乏味的感覺有聯繫，因此 **wet** 用作隱喻，談論顯得憂鬱、難受或虛弱的人們或其行為。

9.23 説 someone is **wet** 指某人很虛弱，不喜歡與別人爭論，或是因為此人的熱情和精力不足。**wet** 也可用來描述人們的行動，它用於非正式的英式英語。

*Don't be so **wet**, Charles.*
別那麼喪氣，查爾斯。

9.24 在英國，新聞記者經常用 **wet** 描述支持溫和而不是更加極端右翼的政策的右翼政客。**wet** 也用作名詞指稱這類政客。

*To advocate dialogue and co-operation in politics is not to be **wet** and unpolitical.*
在政治活動中提倡對話和合作並不意味着右傾與非政黨性。
*Other **wets** are not satisfied: Lord Prior gave a warning that there could be serious social problems.*
其他的右翼政客感到不滿意：普賴爾勳爵警告説，有可能存在着嚴重的社會問題。

陣雨 shower

9.25 **shower** 即陣雨。**shower** 的名詞和動詞形式都可用作隱喻，談論大批或大量同時出現的事物。

9.26 a **shower of** something 指常常是大批或大量同時意外地出現的事物。**shower** 通常這樣用來指具有積極意義的事物。

> ...a **shower** of publicity.
> ……突如其來的大量的宣傳活動。
> For those who are successful there are **showers of** praise.
> 對那些成功者，讚美之聲不絕於耳。

9.27 說 one person **showers** another person **with** something such as gifts or praise, or **showers** gifts or praise **on** them 指一人給予另一人許多禮物或讚揚等事物，而且常常顯得過份。

> He **showered** me **with** presents which were delivered to the office.
> 他給了我大量禮物，這些禮物都送到了辦公室。
> They **will** also **be showered with** gifts like Mercedes cars and luxury apartments.
> 他們也將收到諸如平治車和豪華公寓之類的大量禮物。
> Because of his escape, attention **was being showered on** him.
> 因為他逃脫了，所以許多人都在注意他的行蹤。

▶注意◀ shower 作為動詞不能用來談論雨。

冰雹 hail

9.28 hail 即冰雹，是雨一般從天空的落下的微小的冰珠。**hail** 質地硬，下落的份量也很重，因此落到人們的身上會砸傷皮膚，打到窗子和屋頂上會發出很大的噪聲。這個關於大量傷人的或具有破壞力的事物的思路用作隱喻，談論侮辱和批評及大量下落或投向某人的物體。

9.29 a **hail of** something such as insults or criticism 指針對某人或某個組織的大量侮辱性或批評性的言行。**hail** 的這一意義用來談論具有消極意義的事物。

> Officials sneaked out through a side door to avoid a **hail of** protest.
> 官員們通過一扇邊門偷偷地溜出去以避免抗議浪潮。
> ...a **hail of** abuse.
> ……鋪天蓋地而來的詆毀謾罵。

9.30 a **hail of** bullets 是同時射向某個人或某個地方的大量子彈。

> The victim was hit by a **hail of** bullets.
> 那個受害者被一陣彈雨擊中了。
> The riot police were met with a **hail of** stones and petrol bombs.
> 防暴警察遇上了密集的石頭和汽油彈的攻擊。

霧 Fog, mist, and haze

9.31 **fog**、**mist** 和 **haze** 都指這樣一種天氣狀況:空氣中充滿了細細的水滴,因此人們很難看清周圍的一切。**fog** 和 **mist** 都與冷天氣有聯繫,而且 **fog** 比 **mist** 要濃。而 **haze** 與溫暖的天氣有聯繫,因此它就不如 **fog** 或 **mist** 濃。因為在這些天氣狀況下人們很難看清周圍事物,所以這幾個詞用作隱喻,談論在理解、記憶事物或集中精力進行工作方面所產生的問題。

霧 fog

9.32 there is **fog** 指空氣中有細小的水珠,它們形成了一片厚厚的雲霧層,使人看不清周圍的事物。這個使人看不清周圍事物的思路用作隱喻,談論阻礙人們頭腦清楚地理解、記憶或集中精力處理某個形勢或事件的事物。説 someone is in a **fog of** some kind 指某人因感受到某種強烈的情緒、因吸毒或飲酒過度而無法清楚地思考問題。

*In a **fog of** misery she reached down for her suitcase.*
因為痛苦,她糊裏糊塗伸出手到下面去拎手提箱。
*She left in a **fog of** depression.*
她心情沮喪,精神恍惚地離開了。
*There was little she could say that would make sense through the **fog of** drugs.*
在毒品的作用下,她説不出甚麼符合情理的話。

有霧的 foggy

9.33 it is **foggy** 指霧氣籠罩,所以人們很難看清周圍事物。**foggy** 用作隱喻,談論在了解或記憶某事方面有問題。説 someone is **foggy** 或 someone's mind is **foggy** 指某人的記憶力不佳或某人無法進行有條理的思考。

*I must admit that I'm a bit **foggy** about this bit.*
我必須承認,我對這一點還有些迷惑。
*In my **foggy** state I decided to leave the apartment.*
我在迷迷糊糊的狀態下作出了離開那公寓的決定。
*For no apparent reason my mind would get **foggy**, then I'd feel a distance from those around me.*
我的頭腦會無緣無故地迷糊起來,然後我就感到了與周圍的人有一段距離。

最模糊的 foggiest

9.34 説 someone **hasn't the foggiest** or **hasn't the foggiest idea** about something 指某人對某個問題一點兒也不理解。説 someone **has only the foggiest idea** about something 則指某人對某事物只了解一點點皮毛。

*I **did not have the foggiest idea** what he meant.*
我一點都不理解他的意思。
*I **had only the foggiest** sense of what was real and what were my memories.*
我只稍微知道甚麼是現實，甚麼是我的記憶。

霧 mist

9.35　**mist** 是由空氣中大量的細小水珠形成，它們使人看不清周圍的事物。**mist** 作為隱喻用於 **lost in the mists of time** 和 **lost in the mists of the past** 等詞語中談論因在太久以前發生而讓人難以發現或理解的事件或情景。

*Bruce Clark returned to his native USA and vanished into the **mists of** time.*
布魯斯‧克拉克回到了他的家鄉美國，然後消失在時間的迷霧中。
*…lost too far back in the **mists of** memory.*
……在塵封的記憶中消失得太久了。
*…hidden by the dim **mists of** history.*
……被歷史昏暗的迷霧掩蓋起來了。

▶注意◀ 單數形式的 **mist** 沒有這一用法。

薄霧 haze

9.36　**haze** 是薄霧，由空中的水的微粒形成，它使人看不清周圍的事物。**haze** 用作隱喻，用法同 **fog** 相似，它同樣來談論妨礙人們頭腦清楚地理解、記憶或集中精力處理某個形勢或事件的事物。

說 things happen to someone in a **haze** 或 someone is **in a haze** 指某人對所發生的每件事都不理解，原因是他們有病，感到困惑，或是吸了毒或飲了過多的酒。

*I was quite surprised at the way the day would drift past in a sort of **haze**. I couldn't read the paper, I couldn't concentrate long enough for that.*
一天會這麼糊裏糊塗地過去，對此我感到非常驚訝。我無法讀報紙，因為我無法長久地集中精力。
*His mind was a **haze** of fear and confusion.*
恐懼和疑惑使他的頭腦一片混沌。
*Even through his weakness and the **haze** of drugs he would ask for them.*
即使在他很虛弱、毒品使他的頭腦一片糊塗的情況下他也會要求見他們。
*I spent the first couple of days **in a haze** of alcohol.*
頭一兩天我飲酒過多，因而是在昏昏沉沉的狀態中度過的。

有薄霧的 hazy

9.37　**hazy** weather conditions 指這樣一種天氣條件：空中有水氣或灰塵形成的霧，因此人們看不清周圍的事物。**hazy** 用作隱喻，用法同 **haze** 相似，它也用來談論令人難以理解或記住的事物，其原因則常常是這些事物展示得不很清楚或其發生時間非常短暫。

說 an idea that someone has is **hazy** 指某人對一個想法考慮得不夠，對它還不理解或者還沒有考慮過它的細節問題。說 someone has a **hazy** memory of something 指某人無法清楚記得某事，這常常是因為此事發生的時間很短暫，或者因為此人在此事發生時沒有對它加以注意。

*They did not know what they were fighting for, apart from a **hazy** notion of freedom.*
除了一個模糊的關於自由的信念以外，他們不知道究竟是在為甚麼而戰鬥。
*Many people have only a **hazy** idea of their expenditure.*
許多人對自己的開支糊裏糊塗。
*She had a very **hazy** impression of what had happened.*
對於已經發生的事，她只有非常模糊的印象。

以下是經常用在這一用法的 **hazy** 之後的一些例詞：

awareness	impression	recollection
idea	memory	
image	notion	

風和暴風雨 Wind and storms

9.38 一些用來談論有風的或有暴風雨的天氣的詞用作隱喻，談論境況或行為，尤其是對許多人產生影響或似乎有可能引起事物的變化的境況或行為。

風 wind

9.39 wind 即風，是運動於地球表面的氣流，它引起樹等物體的運動。這個關於一種無法阻止和控制、能引起事物運動的力量的思路用作隱喻，用於 **the winds of** change 和 **the winds of discontent** 等短語中，談論似乎可能引起事物發生或變化的形勢，尤其是似乎無人能防止的這類形勢。這些表達式用於正式英語或文學英語中。

*Muslims have not been slow to sense the **winds of** change blowing through the world.*
伊斯蘭教的信徒們很快感覺到了在整個世界範圍內颳起的改革之風。
*...with the **winds of** democracy blowing over Africa.*
……隨着民主之風吹遍非洲。
*...the chill **winds of** the recession.*
……經濟蕭條的寒流。

▶**注意**◀ 單數形式的 **wind** 通常沒有這種用法。

175

微風 breeze

9.40 **breeze** 是讓人感到舒適的、爽快的微風。**breeze** 用作隱喻，用於動詞短語 **breeze in** 、 **breeze into** 和 **breeze through**，談論以輕鬆、自信的方式做事。說 someone **breezes in** or **breezes into** a place 指某人似乎無憂無慮、非常輕鬆地來到一個地方。說 someone **breezes through** a difficult situation 指此人成功地應付了一個困難形勢，一點都沒有流露出對這個形勢表示擔憂的樣子。

> *He was fifteen minutes late when he **breezed in** and ordered himself a gin and tonic.*
> 在他輕鬆地進來並為自己點了杜松子酒加開胃汽水時，他已遲到了 15 分鐘。
> *He played to win, **breezing into** town to join some card game.*
> 他輕鬆地進城玩了一些撲克牌遊戲，玩是為了贏。
> *The first time I appeared on television I was so terrified I didn't say a word. Now I just **breeze through** talk shows.*
> 第一次上電視時，我怕得一句話也說不出來。現在我可以輕輕鬆鬆地做完電視訪談節目。

有微風的 breezy

9.41 the weather is **breezy** 指有風，但讓人感到舒適。多數人感到 **breezy** weather（有微風的天氣）讓人愉快，使人心曠神怡。**breezy** 用作隱喻，描述似乎顯得愉快、自信或樂觀的人們或其行為，尤其用來描述那些對事物表現出熱情、樂觀的態度並以此使其他人對事物的態度也更加熱心或樂觀的人們或其行為。

> *Under this **breezy** manner lies a very hard-working perfectionist.*
> 在這熱情愉快的樣子背後存在着一位工作非常勤奮的完美主義者。
> *With **breezy** confidence, the owners are predicting forty million visitors.*
> 業主們態度樂觀，充滿信心。他們預測，將會有四千萬個人來訪。

颶風 hurricane

9.42 **hurricane** 即颶風，是極其猛烈的風或暴風雨。颶風經常引起洪水，對建築和樹木造成許多損害。這個關於猛烈的、具有破壞力的事件的思路用作隱喻，談論似乎有可能對人們造成不好影響的、非常強烈的具有消極意義的情緒或行動。

a **hurricane of** an emotion such as grief or anger 是對似乎有可能對人們造成不好影響的悲傷或憤怒等情緒的強烈感受。 a **hurricane of** something such as insults or criticism 是似乎有可能對某人造成嚴重傷害或帶來極度煩惱的大量嚴重的侮辱性言行或批評。

> *...the **hurricane of** grief and anger that swept the nation.*
> ……舉國上下的極度悲傷和憤怒。

*...a **hurricane of** abuse.*
⋯⋯鋪天蓋地而來的詆毀謾罵。
*Many small businesses will not survive the economic **hurricane**.*
許多小企業難以度過這次嚴重的經濟風暴。

旋風 whirlwind

9.43　**whirlwind** 是快速旋轉、橫掃陸地和海洋的旋風。**whirlwind** 用作隱喻，談論"事物發生速度很快"。

9.44　a **whirlwind of** an activity 指在短時間裏發生的、似乎很難控制的大量活動。a **whirlwind of** events 則指一個接一個快速發生的許多事件。

*The article set off a **whirlwind of** speculation.*
這篇文章一下子引起了大量的推測。
*The next day they flew to Washington DC where they began a **whirlwind of** public appearance .*
次日他們乘飛機到了華盛頓市，在那裏他們開始連續不斷在公共場合露面。

9.45　a **whirlwind** event 的發生比通常快。**whirlwind** 經常這樣用來暗示，某事發生得太快。

*After a **whirlwind** romance the couple announced their engagement in July and were married last month.*
經過一段旋風式的浪漫愛情之後，這兩個人在 7 月份宣佈訂婚，而上個月他們就結婚了。
*Jason spent the afternoon on a **whirlwind** tour of Casablanca.*
下午賈森匆匆忙忙地遊覽了卡薩布蘭卡。

9.46　▶注意◀ 複數形式的 **whirlwinds** 通常沒有隱喻用法。

暴風雨 storm

9.47　**storm** 即暴風雨，有暴風雨的天氣又下雨，風又颳得很猛。**storms** 經常對建築物和樹木造成很多破壞，有可能具有很大的危險性。storm 用作隱喻，以幾種方式談論劇烈、熾熱的情緒或是不受人歡迎的境況，尤其是那些突然出現、似乎有可能引起麻煩的情緒或境況。

9.48　**storm** 可用來指眾人皆知的醜聞。**storm** 經常這樣與 **gather** 和 **break** 等用來談論自然界暴風雨的表達式一起使用。例如，說 a **storm is gathering** 指一樁醜聞將很快被公開；說 a **storm breaks** 指一樁醜聞已經公開；說 someone **weathers a storm** 則指某人牽涉到一樁醜聞之中，但又設法防止此事對其生活和事業造成太多的損害。

*She was at the centre of a **storm** over the abolition of free school milk.*
她處於關於取消學校的免費牛奶供應的一樁麻煩的中心。

*The photos caused a **storm** when they were first published in Italy.*
這些照片在意大利初次出版時引起了劇烈的爭議。

*The ministers hadn't realised the extent of the **storm** that **was gathering** when they planned this special meeting.*
部長們沒有意識到，在他們計劃召開這個特別會議時，人們正在積聚的的憤懣已到了何種程度。

*They put on a show of unity for their first public appearance together since the **storm broke**.*
在那個醜聞發生後第一次公開共同亮相時，他們表現出團結一致的樣子。

*He thought he had **weathered the storm** over his affair with the actress.*
他認為他已平安度過了與那位女演員的曖昧關係引起的醜聞的影響。

9.49   a **storm of** criticisms or a **storm of** complaints 指通常由某個特別行動或事件引起的許多批評或意見。

*There has been a **storm of** criticism following the publication of his comments.*
他的評論發表後已出現了大量激烈的批評。

*The decision has provoked **storms of** protest from Second World War veterans.*
這項決定激起了參加過第二次世界大戰的老兵們抗議的風暴。

*The film caused a **storm of** controversy.*
這部電影引起暴風雨般的激烈爭論。

以下是常用於這一意義的 **storm of** 之後的一些例詞：

bad publicity	criticism	reproaches
complaints	outrage	
controversy	protest	

9.50   說 something new **takes** a country or group of people **by storm** 指某事物在某個國家或某個人羣中很快變得很流行。

*It's nearly twelve months since the film **took** America **by storm**.*
從這部電影在美國引起轟動至今差不多已有 12 個月了。

*'Windows' **has taken** other computer markets **by storm**.*
"視窗" 已在別的電腦市場大獲成功。

*'Step training' **has taken** the fitness industry **by storm**.*
"階梯訓練" 在健美業已讓人着迷。

9.51   說 something **goes down a storm** 指某事物受到其目標觀眾的熱烈歡迎。

*All the support bands on this tour are going to **go down a storm**.*
這次巡迴演出的所有配角樂隊都將受到觀眾的熱烈歡迎。

*I know there are some absolutely beautiful things to photograph which would **go down a storm**.*
我知道，那裏有一些絕對美麗的東西值得拍攝，它們將會讓攝影愛好者們為之着迷。

9.52　說 someone **storms** 指某人以一種非常咄咄逼人的態度說話。

*She **stormed**, 'Don't you know who I am?'*
她大聲嚷道，"你難道不知道我是誰？"
*'I don't believe what you just said in that goddamned call,' Horrigan **stormed**.*
"我不相信剛才你在那個該死的電話裏說的事，"霍里根大發雷霆。

9.53　說 someone **storms** somewhere 指某人以一種讓人看出其非常生氣的方式去某處。

*He **stormed** off to the bathroom and slammed the door behind him.*
他憤憤地起身進了洗手間，砰的一聲將身後的門猛然關上。
*She **stormed** out of the room.*
她憤然衝出房間。

9.54　▶注意◀ storm 不能用作動詞談論天氣。

暴風雨的 stormy

9.55　說 the weather is **stormy** 指天颳着猛烈的風，下着暴雨。**stormy** 用作隱喻，和 **storm** 的用法相似，它用來談論這樣一種情況：人們具有非常強烈、熾熱的情緒，這類情緒常常引起問題。

a **stormy** relationship, argument, or situation 是這樣一種相互關係、爭論或形勢：有關的人們常常情緒對立，彼此非常生氣。

*Stuart and Sarah admit their working relationship was **stormy** at times.*
斯圖爾特和薩拉承認，他們的工作關係中時常出現激烈的衝突。
*...his **stormy** first marriage.*
……他那充滿激烈爭吵的第一次婚姻。
*The couple had had a series of **stormy** arguments and the police had been called in recently.*
這對夫妻間已發生了一連串激烈爭吵，最近還把警察都叫來了。
*The meeting could be a **stormy** affair, with the debate centering on the country's financial scandals.*
由於那場以國家的財政醜聞為中心的辯論，這次會議可能會充滿火藥味。

閃電 lightning

9.56　**lightning** 即閃電，是雷雨期間出現在天空的非常明亮的閃光。因為 **lightning** 發生得很快，它就用來描述很快發生、持續時間很短的事物。

*Driving today requires **lightning** reflexes.*
現今駕駛汽車需要閃電般快速的反應能力。
*Two days ago, they launched a **lightning** raid into enemy territory.*
兩天以前，他們對敵人的領土發起了一次閃電式的襲擊。

雷 thunder

9.57　**thunder** 即雷，是人們在看到閃電後所聽到的來自天空的隆隆聲。說 it **thunders** 指天上打雷，人們能聽到雷聲。**thunder** 有名詞和動詞形式，兩者都能用作隱喻，談論很大的噪聲。

9.58　the **thunder of** something 指某事物發出的隆隆噪聲。這是一種文學作品中的用法。

*...the **thunder of** the sea on the rocks.*
……海水撞擊礁石上的響聲。
*...the **thunder of** five hundred war drums.*
……五百個戰鼓震耳欲聾的敲擊聲。

9.59　說 something **thunders** 指某物發出很大的噪聲。這是一種文學作品中的用法。

*The horses **thundered** across the valley floor.*
那些馬在山谷谷底呼嘯而過。

9.60　someone **thunders** 可用來表示"某人帶着強烈的情緒大聲說話或呼喊"的意義。這是一種文學作品中的用法。

*'Nonsense,' **thundered** the Commissioner.*
"胡說，"局長大聲喊道。
*To his friends he was gentle: he **thundered** against injustice but he wept with those who wept.*
對朋友他是溫和的：他為反對不公義的行為大聲疾呼，但他也與流淚的人們一起流淚。

雷鳴般的 thunderous

9.61　something that is **thunderous** 是聲音很大的事物。

*His speeches were greeted by **thunderous** applause.*
他的演說受到了雷鳴般掌聲的歡迎。
*Sharpe's **thunderous** voice startled the nearest men.*
夏佩雷鳴般洪亮的聲音使離他最近的人們大為吃驚。

▶注意◀ thunderous 通常不用來談論天氣。

大暴風雨 tempest

9.62　**tempest** 是非常猛烈的暴風雨。這是一種文學作品中的舊式用法。在英語文學作品中，**tempest**用作隱喻，用法與 **storm** 相似，它用來談論有可能引起許多麻煩或問題的帶有 烈情緒的或困難的境況。

*I hadn't foreseen the **tempest** my request would cause.*
我沒有預見到我的要求會引起的巨大麻煩。

*...the pitiless **tempest** of war.*
……殘酷的戰爭風暴。

大暴風雨的 tempestuous

9.63 someone or something that is **tempestuous** 指充滿強烈、熾熱或極度激烈的情緒的人或事物。這是一個文學作品中的用詞。

*I have a steady long-term girlfriend but it's a very **tempestuous** relationship.*
我有一位女朋友，我和她有長期穩定的關係，但這一關係充滿着激烈的情緒。

*She was more calculating than her **tempestuous** husband.*
她比她那位情緒激烈的丈夫更詭詐。

*...a rich and occasionally **tempestuous** commercial history.*
……一段內容豐富、偶然出現大起大落的商業史。

▶注意◀ **tempestuous** 通常不用來談論天氣。

10 熱、冷和火
Heat, Cold, and Fire

10.1　許多用來談論溫度的詞，如 **hot**、**heat**、**cold** 和 **cool** 等也有隱喻用法，尤其用來談論情緒和人的性格。

本章先討論與 **heat**（熱）和 **cold**（冷）有聯繫詞，然後是有關 **fire**（火）的詞，如 **burn**（燃燒）和 **flame**（火燄）等；最後討論的是用來談論改變溫度的事物的詞，如 **freeze**（冰凍）和 **melt**（融化）等。

有關 **sunny** 和 **icy** 的討論見**第 9 章：天氣 Weather**。

熱與冷 Heat and cold

10.2　與高溫有聯繫的詞，如 **heat** 和 **hot** 等，用來談論強烈的、常常是具有消極意義的情緒。與適中的、舒適的溫度有聯繫的詞，如 **warm** 和 **warmth** 等，與友好、負責任的行為有聯繫，而與低溫有聯繫的詞，如 **cold** 和 **cool** 等，通常與不友好的行為有聯繫。

本節只對讀者可能不熟悉的詞，如 **lukewarm** 等，進行較多的解釋。

熱 heat

10.3　**heat** 用來談論非常強烈、常常是挑釁性的情緒，尤其是與某種緊張而充滿壓力的境況有聯繫的這類情緒。例如，說 something happened in **the heat of an argument** 指某事發生時人們正在進行非常劇烈的爭論，他們因氣憤或苦惱而無法進行正常的思考。

*They directed the full **heat** of their rhetoric against Mr Bush.*
他們將所有激烈的反對言辭指向布什。
*'Look here,' I said, without **heat**, 'all I did was to walk down a street and sit down.'*
"瞧，"我毫不激動地說，"我做的全部事情就是沿着一條街散步，然後坐下來。"
*He took a girl into the studio and in **the heat of an argument**, she threw a glass of gin and tonic over the mixing desk.*
他將一個女孩帶進製片廠，而她在與人激烈爭論時將一個裝着杜松子酒和汽水的玻璃杯扔過了調酒台。

*The trouble with arguments is that things get said in **the heat of the moment** that are regretted afterwards.*
爭論的麻煩是：情緒激烈時說的話在事後讓人後悔。

10.4 說 something or someone **has taken the heat out of** a particular situation 指某事物或某人已經設法使某個場景變得不那麼情緒化，因此人們已經變得比較冷靜，不那麼好鬥。

*In a clear bid to **take the heat out of** the rebellion he authorised an interest rate cut.*
在一次顯然是為了平息叛亂而作的努力中，他批准了一項降息計劃。
*Some of **the heat could be taken out of** Cabinet disputes if Ministers went on a course in basic team work.*
如果部長們能上一門關於通力合作的基礎課，內閣的一些激烈爭議就可以避免。

10.5 the heat is on 可用來描述"人們在巨大的壓力下盡力把事情做好"的情況，例如足球運動員在參加重要比賽時努力踢球等。

*You need to perform well when **the heat is on**.*
在高壓下你需要表現得出色。
*We kept going just that little bit better than our rivals when **the heat was on**.*
在有巨大壓力時，我們保持着比對手剛好多出一點兒的優勢。

10.6 heat 也能用來指批判性的、讓人討厭的注意力。to **take the heat off** something which is receiving a lot of unwelcome attention 指設法擺脫人們對某事的大量讓人難堪的注意力。

*He has been advised to take a long family holiday to **take the heat off** the scandal.*
有人建議他度一次家庭團聚的長假以轉移人們對那個醜聞的注意力。
*He's hoping that this **will take the heat off** criticism of his economic policy.*
他正在希望這件事將使人們不再注意對他的經濟政策的批評。

10.7 說 a situation **heats up** 指事情開始以更快的速度發生，並在有關人們中間引起了更多的興趣或激動的情緒。

*The President will be bombarded with criticism as the election campaign **heats up**.*
隨着選舉運動的發展的加速，總統將受到大量的抨擊。
*Then, in the last couple of years, the movement for democracy began to **heat up**.*
然後，在最後的幾年裏，民主運動開始迅速發展。

熱烈的 heated

10.8 a **heated** discussion or argument 是人們感覺強烈、情緒變得憤怒的討論或爭論。

*Behind the next door a more **heated** discussion was taking place.*
隔壁房子的裏面一場更為激烈的討論正在進行。
*It was a very **heated** argument and they were shouting at each other.*
這是一場非常激烈的爭論，他們彼此間正在大喊大叫。
*One of the councillors attacked a fellow member during a **heated** debate.*
市議員中有一位在一次激烈的辯論中攻擊了一位同事。

情緒激烈地 heatedly

10.9　說 people speak or argue **heatedly** 指人們在討論時感覺強烈，對別人生氣。

*Some members argued **heatedly** that they had not supported the emergency committee.*
一些成員激烈爭辯道，他們沒有支持過應急委員會。
*...one of the most **heatedly** debated aspects of the theory.*
……這個理論的爭辯最為激烈的方面之一。

熱的 hot

10.10　把某事物描述為 **hot** 指人人對該事物感興趣，因為它在當前非常重要，或是在目前被人認為是很好的。這是一種非正式用法。

*There's also home cinema, the **hot** topic of the moment.*
也出現了家庭影院，這是當前人們熱衷談論的話題。
*...a place where young Americans debate the **hot** issues of the day.*
……一個美國年輕人辯論當代的熱門話題的地方。
*As investors we're looking for the area that will be **hot** next year or the year after.*
作為投資者我們正在尋找明年或者後年將會被炒得很熱的地區。
*...currently one of Hollywood's **hottest** box office attractions.*
……當前荷李活票房最賣座的影片之一。

10.11　在非正式談話中，人們有時用 **hot** 來表示他們認為某事物很好、很強壯或很成功。

*Now he runs the **hottest** nightclub in Hollywood.*
現在他經營着荷李活最紅火的夜總會。
*The song is still high in the hit parade, seeing off **hot** competition.*
在暢銷歌曲排行榜中，這首歌仍然高居榜首，經受住了激烈的競爭。

10.12　在非正式談話中，人們有時用 **hot** 描述失竊後警方可能正在尋找的財產。

*He knew the radios were **hot** but he hadn't grasped the real significance of the situation.*
他知道，那些收音機是新近偷來的，但他對這個情況的真實意義還並不了解。

10.13　someone who has a **hot temper** 指某個很容易發火的人。

*As a child I had a really **hot temper**.*
當我還是個孩子時，我的脾氣確實不好。
*Joanne worries that his **hot temper** will lead to violence.*
喬安擔心，他的火爆脾氣將導致暴力行為。
*He is so **hot tempered** and excitable.*
他的脾氣如此火爆，如此容易激動。

10.14　**hot up** 的意思與 **10.7** 節的 **heat up** 相同。

*The battle for the Formula One Championship **hotted up**.*
爭奪一級方程式賽車冠軍的競爭變得更加緊張。
*The debate **is hotting up** in Germany on the timing of elections.*
在德國，關於大選的時間問題的辯論正在變得日趨激烈。

激烈地 hotly

10.15　説 people speak about something **hotly** 指人們説話的方式表示他們對所談論的話題帶有激烈的情緒，尤其表示他們對所談內容的憤怒。

*This problem has been **hotly** debated.*
這個問題已經激烈地辯論過了。
*The book has been **hotly** disputed by experts in the various fields that it touches on.*
這本書已經由其所涉及的不同領域的專家們進行了激烈的爭論。
*'How many times have I told you,' I responded **hotly**, 'No surprises in meetings.'*
"我已經告訴你多少次了，"我生氣地回答，"開會時不要提出人們始料不及的問題。"

10.16　説 something is **hotly contested** 指對某事物的競爭很激烈或對某事有很多分歧。

*This year's final will be as **hotly contested** as ever.*
今年的決賽將會有與往年一樣激烈的爭奪。
*The figures are being **hotly contested** by the Minister of Interior, who has claimed that only 1% of the workforce joined the strike.*
內務部長正對這些數字進行激烈的抨擊，他聲稱，僅有 1% 的工人參加了罷工。

溫和的 warm

10.17　**heat** 通常用來談論強烈的、而且常常是具有消極意義的情緒，而 **warm** 則用來描述友好的、對他人關心的、具有積極意義的情緒。

10.18　**warm** people, feelings, or actions 指友好的、關心他人的人們、情緒或行動。

*You are a **warm**, caring person.*
你是個友好的、對人關心的人。
*We were full of **warm** feelings about the country and its people, who had been friendly and helpful to us.*
我們對這個對我們友好的、有過幫助的國家及其人民充滿了熱烈的感情。
*At Trevose Golf and Country Club, you'll always find a **warm** welcome.*
在特萊沃斯高爾夫球場和鄉村俱樂部裏，你將永遠會受到熱烈歡迎。
*…a **warm** personality.*
……熱情的性格。

10.19　to **warm to** someone指開始對某人懷有友好的感情和採取積極主動的態度。

*From the first, the public **warmed to** him.*
一開始，公眾就對他懷有好感。
*At first people were afraid of him; then they **warmed to** him.*
最初人們怕他；後來他們開始對他有了好感。

10.20　另見 **heart-warming: 1.48** 節，**warm-hearted: 1.55** 節。

熱烈地 warmly

10.21　to do something **warmly** 指以積極、熱心的態度做某事。

*He was **warmly** congratulated by his five colleagues.*
他受到他的五位同事熱烈的祝賀。
*The project has been **warmly** welcomed in the West London borough of Hounslow.*
這項計劃已經在倫敦西城的亨斯婁區受到熱烈歡迎。
*He shook my hand **warmly**.*
他熱情地和我握手。

溫暖 warmth

10.22　**warmth** 用來指友好、關心人的感情。

*These children don't even know what it's like to feel **warmth** and love and someone to hug them.*
這些孩子甚至不知道溫暖、愛和被人擁抱是甚麼感覺。
*She radiated love, good humour, **warmth** and generosity.*
在她身上散發出愛心、幽默感、熱心和慷慨。
*…the **warmth** of his family.*
……他家庭的溫暖。

溫吞的 lukewarm

10.23　something, especially liquid, that is **lukewarm** 指實際上並不是很溫暖

的物品，尤其是液體。因為 **lukewarm** things 實際上既不暖又不冷，所以 **lukewarm** 用作隱喻，談論既不是真正非常友好或熱情、也不是明顯對立或不友好的行為。**lukewarm** 經常這樣用來表示，某人原先希望或預期別人的態度會比實際更友好或更熱情。

*Haig had always been **lukewarm** about this idea.*
海格對這個主意的態度總是不冷不熱的。
*He muttered a **lukewarm** congratulation.*
他低聲表示了一下淡淡的祝賀。
*They showed at best a **lukewarm** attitude and at worst a positive hostility towards public involvement.*
對於公眾的參與，他們充其量不過表示了一種不置可否的態度：從最壞的方面考慮，他們表達的是明確的敵意。

微溫的 tepid

10.24　water or a liquid that is **tepid** 是微溫的水或液體。

tepid 作為隱喻的用法與 **lukewarm** 相似，用來談論不是很強烈或很確定的感覺或反應。**tepid** 可用來描述缺乏熱情或活力的感覺、反應等事物。

*With the film opening here this week, early British reviews have been equally **tepid**.*
從這部影片本週在這裏上映後，英國人的早期評論一直是同樣地不夠熱情。
*Unfortunately, when she performed the reception was **tepid** to say the least.*
遺憾的是，在她表演時，觀眾的反應至少可以說不冷不熱的。
*They gave only **tepid** support.*
他們僅僅給予了沒有甚麼力度的支持。

涼的 cool

10.25　用 **cool** 描述的行為與用 **hot** 和 **warm** 等描述的行為很不相同。**cool** feelings or behaviour 指平靜、缺乏熱情或沒有激情的感情或行為。

10.26　說 one person's behaviour to another is **cool** 指一人對另一人的行為彬彬有禮，但並不友好或積極主動。

*He's likely to receive a formal but **cool** reception.*
他有可能受到正式的，但缺乏熱情的接待。
*Mr Hans Van Den Broek is reportedly **cool** about the idea.*
據報道，漢斯‧范‧丹‧布羅克先生對這個主意的態度並不熱情。

10.27　**cool** people 指冷靜、說話做事都似乎經過深思熟慮的人們；**cool** behaviour 則指冷靜、有信心、似乎經過深思熟慮後才採取的行為。

*What I believe we have here is a **cool** and clever criminal.*
我相信，在我們得對付一名頭腦冷靜、行事機靈的罪犯。
*The absolutely essential thing is to remain very **cool** and calm in these difficult moments.*
在這些困難的時刻必須保持頭腦非常冷靜、鎮定，這是絕對重要的事情。

10.28 to **play it cool** 指在緊張的形勢下表現得很鎮靜。這是一個非正式詞語，主要用於口頭英語。

*I thought they **played it** very **cool** myself.*
我認為他們表現得很鎮靜。

10.29 **cool** 在非正式談話中可用作名詞，它用來指某人的脾氣及其不帶感情色彩的態度。to **lose** one's **cool** 指變得憤怒及表現得很激動。to **keep** one's **cool** 則指即使是在困難或可怕的情況下仍然控制情緒，表現沉着鎮靜。

*During a Test Match the pressure is so intense she has been known to **lose** her **cool**.*
人們都已知道，她在一次國際板球決賽階段的比賽中，受到非常大的壓力，因此她無法控制自己的情緒，表現失態。
*He **kept** his **cool** and sense of humour, amid the tears of other jockeys and trainers.*
在其他騎師和教練都在傷心落淚時，他克制着自己的情緒，談吐依然不失幽默。

10.30 動詞 **cool** 有若干隱喻用法，它們都與關於事物失去強度、力度等的思路有聯繫。

10.31 relationships or feelings **are cooling** 指相互關係或感情正在變得冷淡，不如從前那麼熱烈。

*The formerly warm relations between the two countries **have cooled**.*
兩個國家間從前友好的關係已經冷淡下來。
*Now that the affair **has cooled**, he has moved back in with his wife.*
既然他與別的女人的曖昧關係已經冷了下來，他就搬回家來和太太一起住了。
*He thought she **had cooled** towards him.*
他想，她對他已經失去了熱情。

10.32 to **cool down** or **cool** 指讓憤怒的情緒慢慢平靜下來。

*Tempers **have cooled down** a bit and I hope we could sort things out between us.*
大家的脾氣都已稍稍平息了一些，我希望我們之間的問題能設法解決。
*She should leave the room when her anger gets the best of her and not come back until she's **cooled down**.*
在因憤怒而失去理智時，她應該離開房間，而且不冷靜下來就不要回來。
*You should each make your own lives, and when emotions **have cooled**, see if there's a possibility of friendship.*
你們每個人都應該創造自己的生活，在頭腦冷靜下來時看看是否有交朋友的可能。

10.33　説 the economy **has cooled** 指人們購買或銷售的物品比從前少。這種用法在新聞報道中最常見。

*The hope must be that the economy **has cooled** sufficiently to relieve inflationary pressures.*
這個希望一定是，經濟發展的降溫已足以減輕通貨膨脹的壓力了。

10.34　説 something such as a tense situation **cools off** 指原先緊張的形勢等變得不那麼緊張，有關的人們也變得冷靜些了。to **cool off** 可用來説明某人對某事起先是很生氣，然後冷靜下來，能夠比較冷靜地處理事情。

*I think that the Scottish problem **might cool off**.*
我想蘇格蘭的問題可能緩解。
*You're angry, Wade, that's all. You ought to let yourself **cool off** for a few days.*
你在發火，韋德，就是那麼回事。你應該花幾天時間讓自己的情緒安定下來。

冷的 cold

10.35　**cold** behaviour 是不受恐懼或強烈的情緒影響的行為，經常顯得殘忍或冷漠。

*He felt the tremor run through him, then the usual **cold** calm had abruptly replaced it.*
他感到全身顫抖，接着又突如其來地變得像慣常鎮定樣。
*Mother's **cold** aloof manner meant capability and strength.*
母親對人冷漠、疏遠的態度意味着才能和力量。

10.36　someone who is **cold** 是某個不流露感情、顯得不友好的人。**cold** 能用來描述人們不友好的、不流露感情的言辭。

*He was very **cold** and uncaring about it, as if it wasn't important.*
他對它的態度非常冷漠，似乎它並不重要。
*He used to say to me in a **cold**, calculating way, 'I'm not going to leave any bruises.'*
他從前總是用一種冷漠、詭詐口吻對我説，"我不準備留下任何傷痕。"
*Daddy watched them with **cold** eyes.*
父親冷冷地看着他們。

▶注意◀ 名詞 cold 通常沒有這種用法。

冷冷地 coldly

10.37　to do something **coldly** 指顯得不友好，不流露任何感情。

*She looked at him **coldly**.*
她冷冷地看着他。

*The speech was received **coldly**.*
演講所得的反應冷落。
*The organization was **coldly** efficient.*
這個組織有效率、但門庭冷落。

▶ **注意** ◀ 名詞 cold 通常沒有這種用法。

寒冷 coldness

10.38 coldness 用來表示對人缺乏感情的意思或讓人感到不快，但並非明顯無理的不友好的行為。

*During those final months, he saw a **coldness** develop between his mother and Aunt Vera.*
在那最後幾個月裏，他看到他母親和維拉姨媽的關係變得冷淡了。
*His **coldness** angered her.*
他的冷淡使她生氣。
*The **coldness** has disappeared from his voice.*
那種冷冰冰的感覺已從他的聲音中消失。

寒冷的 chilly

10.39 something that is chilly 是使人感到冷得不舒服的事物。chilly 作為隱喻的用法與 cold 和 cool 相似，它用來描述有禮貌但不友好的行為。a chilly relationship 指這樣一種關係：人們互相彬彬有禮，但彼此間明顯沒有好感。

*The business council, a powerful association of chief executives, gave him a **chilly** reception.*
商務委員會，這個由首席執行官們組成的強大的協會，給了他一次冷冷的接待。
*...his **chilly** relationship with Stephens.*
……他與斯蒂芬斯冷漠的關係。
*Wilson had remained **chilly** toward him.*
威爾遜對他一直保持着冷漠的態度。

冷卻 chill

10.40 to chill something or it chills 指給某物降溫，這樣它就變得相當冷，但並沒有結冰。説 something such as the wind chills someone 指風等事物使某人感到很冷。chill 作為隱喻的用法與 chilly 不同，它用來談論恐懼。

10.41 説 someone is chilled or something chills someone 指某人的所見所聞突然使他感到害怕或擔憂，讓他感到毛骨悚然。這一用法在書面英語，尤其是小説中最為常見。

*O'Day **was chilled** by what he had just learned.*
奧‧戴被他剛剛聽到的消息嚇得毛骨悚然。
*Lynsey, **chilled** by the turn of events, said she had to leave for her dinner date.*
情況的意外改變使林賽感到恐懼，於是她說，因為約了人一起吃晚飯，她必須走了。
*The thought **chilled** him.*
這個想法使他不寒而慄。

10.42　to feel a **chill of** some kind 指突然覺得害怕或擔心某件令人很不舒服的事情已經發生或有可能發生。這一用法在書面英語，尤其是小説中最為常見。

*Hunter felt a **chill of** fear run down his back.*
亨特突然感到一陣毛骨悚然的恐懼。
*...the **chill of** the unknown.*
……對未知事物的恐懼。
*Lewis's head jerked up and he stared at me. I felt a **chill of** recognition.*
劉易斯猛然抬起頭注視着我，這使我感到心驚肉跳，生怕他認出我來。

使人害怕的 chilling

10.43　a **chilling** book, film, or piece of information 指讓人感到恐懼、害怕或憂慮並由此導致渾身發抖或發冷的書、電影或消息。

*He described in **chilling** detail how he attacked her during one of their frequent rows.*
他用令人毛骨悚然的細節描述在他們頻繁的爭吵中他有一次怎樣攻擊她。
*...the town where Bram Stoker wrote his **chilling** novel, Dracula.*
……布蘭姆‧斯多克爾寫他的恐怖小説 Dracula 時所居住的小鎮。

與火有聯繫的詞 Words associated with fire

10.44　若干與 **fire** 有聯繫的詞有隱喻用法，尤其用來談論憤怒和愛情一類的強烈情緒。

火 fire

10.45　**fire** 即火，由燃燒的物體產生。**fire** 對供熱、烹調和驅動機器很有用，但它同時也很危險，如不對它加以控制，它能造成大量破壞。複數形式 **fires** 用作隱喻，談論有可能具有積極意義，但在失控的情況下也可能造成問題的強烈情緒。

the fires of a particular thing 用來指某事物引起的很強烈的情緒。説話者尤其暗示該事物不好，因為那些情緒可能引起問題。

這一意義的 **fires** 經常同其他與火有聯繫的詞一起使用，如 **fuel** 和 **dampen down** 等。

> *Behind his soft-spoken manner, **the fires of** ambition burned.*
> 在他柔聲細語的説話方式背後燃燒着野心的火燄。
> *The President warned that this will fuel **the fires of** nationalism.*
> 總統警告説，這將給民族主義的情緒火上澆油。
> *This proved insufficient to dampen down **the fires of** controversy.*
> 這證明它不足以抑制爭論的火燄。

▶注意◀ 單數形式 fire 通常沒有這種用法。

火一樣的 fiery

10.46 people who are **fiery** 指情緒激烈、好爭論、易動怒的的人們。a **fiery** relationship 指這樣的一種關係：人們彼此間懷有強烈的對立情緒，經常相互辯論。

> *Marianne and I are both **fiery** people.*
> 瑪麗安娜和我都是脾氣火爆的人。
> *She's a **fiery** political figure.*
> 她是個情緒激烈的政治人物。
> *He'll have to keep his **fiery** temper under control.*
> 他將不得不控制自己火爆的脾氣。
> *The lady was ten years his senior. It was a **fiery** relationship.*
> 這位女士要比他年長 10 歲。這是一種充滿激情的關係。

10.47 a **fiery** speech or piece of writing 是一篇充滿激情的講話或文章，其目的通常是要激起聽者或讀者的強烈反應。

> *About twenty thousand people heard a **fiery** speech from the Secretary General.*
> 約兩萬人聽到了秘書長充滿激情的演説。
> *...a **fiery** magazine article.*
> ……雜誌上一篇富有煽動力的文章。

火燄 flame

10.48 flame 即火燄。複數形式 **flames** 作為隱喻的用法與 **fire** 相似，它也用來談論強烈的情緒，尤其是不加以控制就可能引起問題的情緒。

the flames of a particular thing 指某一特殊事物所引起的非常強烈的情緒，這一説法尤其表達了説話者這樣一種暗示：即這些情緒有可能引起問題。

flames 經常這樣與 **fan** 和 **fuel** 等其他同火燄有聯繫的詞和表達式一起使用。

*...keeping **the flames of** love alive.*
……讓愛的火燄繼續燃燒。
*The fact is that the very lack of evidence seems to **fan the flames of** suspicion.*
事實是，引起人們更多懷疑的好像正是缺乏證據這一點。
*He accused the president of **fanning the flames of** violence.*
他指責總統煽動暴力行為。
...fuelling the flames of hatred.
……給仇恨火上澆油。

▶ 注意 ◀ 單數形式 flame 通常沒有這種用法。

閃爍 flicker

10.49 說 a flame or a light **flickers** 指火燄或燈光不穩定地閃爍，這經常是因為它們很微弱，有可能熄滅。這個關於某事物不穩定或不大可能存在太久的思路作為隱喻，用來談論人們僅僅在一段短時間裏所懷有的感情或情緒。

10.50 a feeling such as hope **flickers** 指某人只在很短的時間裏懷有希望之類的感覺。說 a feeling **flickers across** someone's face 指人們能看出某人內心的某種感覺從其臉上一閃而過。

*Though we knew our army had been defeated, hope still **flickered** in our hearts .*
雖然我們當時知道我們的軍隊已經被打敗，我們的心裏仍然閃爍一線希望。
*Fear **flickered across** Louis's features.*
恐懼在路易斯臉上一閃而過。

10.51 a **flicker of** an emotion 指人們在很短的時間裏體驗到或流露在臉上的情緒。

*He felt a **flicker of** regret.*
他感到一絲惋惜之情。
*A **flicker of** surprise crossed the boy's face.*
一絲驚訝的表情掠過那個男孩的臉。
*For a second their eyes met and she thought she saw the **flicker of** a smile.*
有一刻他們的眼睛相遇了，她想她見到了一絲微笑。

閃耀 flare

10.52 a fire **flares** 指火燄突然變旺變亮了。這個關於某事物突然變得強大的思路作為隱喻，用來談論憤怒等強烈的感情，或突然發生或突然變得更強烈的令人不快的形勢。

10.53 tempers **flare** 指人們彼此非常生氣。

*Tempers **flared** and harsh words were exchanged.*
人們怒氣沖沖，用尖刻的話交鋒。

10.54　someone **flares up** 指某人驟然間生起氣來，用強烈、帶攻擊性的方式表達其情緒。

*At this I **flared up**. 'What difference does it make?' I demanded.*
聽了這話我大發脾氣："這樣做有甚麼分別？"我責問道。
*Just occasionally he **did flare up**; not at me of course.*
他只是偶然確實發火；當然不是衝着我。
*He thought from the change in her face that she was going to **flare up** in anger.*
他從她臉上表情的變化判斷，她氣得將要發火了。
*It wasn't like Alex to **flare up** over something he had said about her looks.*
因為他對她的外貌說了幾句話而發脾氣，這不像是亞歷克斯的作為。

10.55　說 something unpleasant such as trouble or violence **flares** or **flares up** 指麻煩或暴力等令人討厭的事情突然發生或變得更糟。

*Even as the President appealed for calm, trouble **flared** in several American cities.*
即使總統呼籲鎮靜，騷亂在好幾個美國城市裏爆發了。
*Trouble **flared up** a year ago when David had an affair.*
一年以前，當戴維與別人有曖昧關係時，麻煩突然發生了。
*Dozens of people were injured as fighting **flared up**.*
戰鬥爆發時，幾十人受了傷。
*There's a risk of civil war **flaring up**.*
有內戰突然爆發的危險。

以下是常用於這一意義的 **flare** 和 **flare up** 之後的一些例詞：

controversy	tension	violence
dispute	trouble	
fighting	unrest	

10.56　說 an injury or illness **flares up** 指某人以前曾有過的某種傷病突然又重新發作或以前曾有過的某種程度較輕的傷病突然惡化。

*Dale stayed clear of the disease for six years until it **flared up** last summer.*
戴爾已有六年沒有受這種病的折磨，直到去年夏天它才突然發作。
*I felt good but then this injury **flared up**.*
我感覺很好，可是後來這傷痛又突然復發了。

10.57　說 there is a **flare-up** of an unpleasant situation 指在人們以為某種令人討厭的情況已經終止時它又突然出現或極度惡化。

*23 people have died in the new **flare-up** of violence in the townships.*
在鎮上突然重新發生的暴亂中有 23 個人已經死去。

*…this latest **flare-up** in fighting.*
……最近戰鬥的驟然重新爆發。

這一意義的 **flare-up** 經常用在 **10.55** 節所列的例詞之前。

10.58　**flare-up** 可用來指突然發生的情緒化的爭論。

*It is very difficult for two people to live in these circumstances without tension and we do have **flare-ups**.*
讓兩個人住在這樣的環境中而沒有緊張氣氛是很困難的。我們確實有爭吵。

燃燒 burn

10.59　a fire or flame **burns** somewhere 指某處有火或火燄。作為隱喻，**burn** 的用法與 **fire** 和 **flame** 相似，用來談論強烈的情緒。

説 someone is **burning with** a feeling such as anger, hate, or curiosity 指某人有非常強烈的憤怒、憎恨或好奇等情緒。説 someone **is burning** to do something 指某人非常希望做某事。

*Forstmann was a deeply angry man, **burning with** resentment.*
弗斯特曼非常生氣，因怨恨而怒火中燒。
*The young boy **was burning with** a fierce emotion.*
那個小男孩正在大發脾氣。
*Dan **burned** to know what the reason could be.*
丹渴望知道可能是甚麼原因。

燃燒的 burning

10.60　a **burning** emotion 是有可能延續很長時間的、非常強烈的情緒。

*He gave his son a look of **burning** anger.*
他極度憤怒地看了他兒子一眼。
*The trial had left him with a **burning** sense of injustice.*
審判使他長時間地感到對不公正判決的強烈憤慨。

10.61　**burning** ambitions or desires 是讓人深刻感到的、通常長時間持續的雄心或慾望。

*As a boy my **burning** ambition was to become either a priest or a family doctor.*
當我還是個男孩時，我的不可抑制的雄心是成為一名神職人員或家庭醫生。
*…the **burning** desire to break free and express himself on his own terms.*
……強烈的願望是掙脱束縛並根據自己的意願自由表達自己的意見。

10.62　a **burning** question 是一個許多人希望知道其答案、似乎非常重要的問題。

*And the **burning** question will be: is he still the player he was ?*
而這個熱點問題將是：作為運動員，他仍然是原先的他嗎？

燒光 burn out

10.63 說 a fire **burns** itself **out** 指火停止了燃燒，因為再沒有東西可燃燒了。這個關於某事物因為不再有任何燃料而消失或停止的概念用作隱喻，談論因竭盡全力地辛苦工作而筋疲力盡或積勞成疾，因而無法再繼續進行某項任務的人們。

*He **might burn** himself **out** and go to an early grave.*
他可能會因積勞成疾而提早進入墳墓。
*Many exceptionally bright children **burn out** on reaching university.*
許多特別聰明的孩子在進大學時已經筋疲力盡了。

燃盡 burnt-out

10.64 說 someone becomes **burnt out** 指某人已經辛苦工作了很長時間或已經承受了很長時間的巨大壓力，因此他已筋疲力盡或積勞成疾，不可能繼續工作。

*Some were simply **burnt out**, exhausted.*
一些人簡直已經累垮了，筋疲力盡。
*...a **burnt-out** business executive.*
⋯⋯一位累垮了的業務主任。

▶注意◀ 在美式英語中，**burnt-out** 拼寫成 **burned out**。

閃光 blaze

10.65 a fire **blazes** 指火的燃燒發出明亮的光。作為隱喻，**blaze** 的用法與 **burn** 相似，用來談論強烈的感情。說 someone's eyes **are blazing** with emotion 或 an emotion **is blazing** in someone's eyes 指某人因非常強烈地感受到某種情緒而眼睛顯得很明亮。這一用法在書面英語，尤其是小說中最為常見。

*He got to his feet and his dark eyes **were blazing** with anger.*
他站起身來，他那烏黑的雙眼燃燒着憤怒的火燄。
*He **was blazing** with rage.*
他大發雷霆。
*Eva stood up and indignation **blazed** in her eyes.*
伊娃站起身來，兩眼噴射着怒火。
*His eyes **blazed** intently into mine.*
他閃亮的眼睛專注地盯着我的眼睛。

10.66 someone does something **in a blaze of** publicity or attention 指某人在做某事時吸引了公眾的大量注意力。

*The President launched his anti-drugs campaign **in a blaze of** publicity.*
總統發動的反毒品戰役引起轟動。
*The career that began **in a blaze of** glory has ended in his forced retirement.*
這項以輝煌開始的事業已經隨着他的被迫退職而告結束。
*Vivian Richards bowed out of county cricket **in a blaze of** glory last week.*
上星期維維安‧理查茲帶着一身榮耀退出了縣的板球運動。

激烈的 blazing

10.67　説 people have a **blazing** row 指人們激動地大聲爭吵。

*My husband had just had a **blazing** row with his boss.*
我丈夫剛和他的老闆爆發了一場激烈的爭吵。
*As soon as he walked in there was a **blazing** row.*
他一進門就遇上了一場激烈的爭吵。

點燃 ignite

10.68　説 someone **ignites** something 或 something **ignites** 指某物開始燃燒或爆炸。**ignite** 用作隱喻，談論導致人們產生強烈的情緒或開始特別的行為舉止的事物。

説 someone or something **ignites** one's passions or emotions 指某人或某事物使人對某物產生強烈的感情。説 someone or something **ignites** one's imagination 指某人或某事物使人考慮或想像某事物。

*Many commentators believe that his resignation speech **ignited** the leadership battle.*
許多評論者相信，他的辭職演説煽起了領導人之間的爭鬥。
*Books can **ignite** the imagination in a way that films can't.*
書籍能以電影無法做到的方式激發想像力。
*She has failed to **ignite** what could have been a lively debate.*
她未能夠激發起一場本可以是反應踴躍的辯論。

火花 spark

10.69　**spark** 即火花，是從燃燒着的物質上飛起來的微小明亮的燃燒體。如果一個火花落在易燃物質上，它能引起燃燒。這個關於某個明亮的事物可能引起一種強烈反應的思路用作隱喻，談論有活力並有可能導致事物的發生或變化的人或屬性。

10.70　説 someone has **spark** 指某人因具有非凡的活力和智慧而顯得很特別，而且此人明顯有自己的主意、能獨立工作或有能力鼓勵其他人和他一起好好工作。説 there is **spark** or a **spark** in a situation 指有關的人們一起工作得很好，對他們正在做的事感到愉快、樂觀，並有可能取得好的成績。

*He said they were looking for someone with a bit of **spark** as the new technical director.*
他説，他們正在尋找某個具有一些特殊智慧和才幹的人當新技術主管。

*Jimmy was so enthusiastic and motivated when he was in high school. But some **spark** has gone out of him at college.*
吉米在上中學時是如此熱情、如此有動力，可是上大學時，他身上的一些素質卻消失了。

*The **spark** had gone and it was time for me to leave the club.*
活力已經不復存在，因此，這該是我離開俱樂部的時間了。

10.71　a **spark of** something positive such as hope 指使某種情況變得更令人愉快或有可能改善的少量具有積極意義的事物，如希望等。

*For the first time she felt a tiny **spark of** hope.*
她首次感到一顆希望的火花。

*Her eyes were like her mother's but lacked the **spark of** humour and the warmth.*
她的眼睛長得像她母親，但它們缺少那種幽默和熱情的閃光。

10.72　one thing **sparks** or **sparks off** another 指一事導致另一事的發生，即使前一件事並不好像重要得足以引起後一事的發生。

*Nicholas travelled to India which helped **spark** his passion for people and paintings.*
尼古拉斯到印度去旅行，這有助於激發他對人們和繪畫的熱情。

*The strike **was sparked** by a demand for higher pay.*
罷工是由人們要求增加工資引起的。

*An interesting detail might **spark off** an idea.*
一個有趣的細節有可能激發一個想法。

*By drawing attention to the political and social situation of their communities, they **sparked off** a renewed interest in Aboriginal culture.*
通過吸引人們對他們社會的政治社會形勢的注意，他們重新激發起人們對土著文化的興趣。

緩慢燃燒 smoulder

10.73　to **smoulder** 指只產生煙而沒有火燄的緩慢燃燒。**smoulder** 用作隱喻，談論強烈的情緒或涉及長時間持續的強烈情緒的境況。

10.74　説 a feeling such as anger or hatred **smoulders** inside someone 指某人持續感受到憤怒或憎恨等情緒，但很少將它們流露出來。説 a person **smoulders** 指一個人在一段時間很生氣，但他將自己的情緒掩飾起來，不談論其生氣的原因。

*There is a **smouldering** anger in the black community throughout the country.*
在全國的黑人社區中都有憤怒的情緒在積聚。

*The atmosphere **smouldered** with resentment.*
空氣中積聚着怨恨。

*Baxter **smouldered** as he drove home for lunch.*
巴克斯特開車回家吃午飯時內心生着悶氣。

10.75　someone **smoulders** 意味某人具有性吸引力或似乎天生性慾望強烈，雖然此人也許並非有意表現這一特性，它卻明顯體現在其行為舉止之中。這一用法的 **smoulder** 通常用於談論婦女。

*Melanie Griffith seems to **smoulder** with sexuality.*
麥拉尼·格里菲思似乎具有強烈的性吸引力。
*...Isabella Rossellini, the **smouldering** daughter of actress Ingrid Bergman .*
……女演員英格麗德·伯格曼非常性感的女兒伊莎貝拉·羅賽麗尼。

10.76　an unpleasant situation **smoulders** 指一種令人討厭的境況繼續存在，但並沒有突然地或戲劇性地變得更糟。

*The government was foundering on an issue that **had smouldered** for years.*
政府因一個延續多年的問題而搖搖欲墜。
*...the **smouldering** civil war.*
……持續了很長時間的內戰。

溫度的變化 Changes in temperature

10.77　本節討論 **freeze**（冰凍）和 **melt**（融化）等用來談論溫度變化的詞。這些詞中有許多用作隱喻，談論感覺或情緒的變化。

boil、**simmer** 和 **grill** 等詞見**第 7 章：烹調和食物 Cooking and Food**。

冰凍 freeze

10.78　說 a liquid **freezes** 或 something **freezes** a liquid 指一種液體因低溫的作用而變成固體。說 something solid **freezes** 或 something **freezes** it 指某物因低溫的作用而變得更加堅硬、易碎。這個關於某物固化或變得堅硬的思路用作隱喻，談論不能移動或不允許移動的人或事物。

10.79　to **freeze** 指因體驗到害怕或恐怖等令人討厭的強烈情緒而覺得似乎失去了活動的能力。

*Joanna **froze** for a moment, fighting her fear of heights.*
有一刻喬安娜嚇呆了，她拼命克服畏高症。
*Tanya **froze** in horror, the shock was the most terrible she had ever known in her life.*
塔尼婭嚇呆了，這是她一生中所受到的最可怕的打擊。
*She **was** suddenly **frozen** with fear.*
她一下子嚇呆了。

10.80　説 someone's **blood freezes** 指某人因突然聽見或看見某事物而感到震驚和非常害怕。

> My **blood froze** at the words.
> 聽了這些話我嚇得渾身冰涼。

另見 **blood: 1.68 - 1.74** 節。

10.81　説 prices or wages **are frozen** 指物價或工資凍結了，不能提高，這通常是因為政府在試圖控制通貨膨脹。説 there is a **freeze** on wages or prices, or on jobs 指物價、工資或就業機會等已經凍結，因此物價或工資不能提高，或是更多的人無法受僱，這通常是因為政府政策的干預。

> ...plans to raise wages and **freeze** prices.
> ……提高工資和凍結物價的計劃。
> The court also **froze** all their assets worldwide.
> 法庭也凍結了他們遍及全世界的全部財產。
> ...the 1% pay **freeze** imposed on the public sector.
> ……在公共事業部門強制實行的百分之一的工資凍結。
> There is to be a **freeze** on government jobs.
> 在政府部門的工作崗位將會有一次凍結。
> Alternatives could include a **freeze** on interest payments.
> 可選擇的辦法可包括凍結利息的支付。

10.82　動詞 **freeze** 與冷和低溫有聯繫，**freeze** 可與 **cold** 和 **chilly** 同樣作為隱喻，用來談論人們以令人不愉快或不友好的方式行事處世。

説 one person **freezes** another person out 指一人冷落另一人，這樣後者就不再覺得自己是前者所在的朋友或同事圈中的一員；這樣說可表示前者阻止後者參與某事的意思。

> I started by **freezing** her **out** and keeping information from her.
> 我以冷落她、不告訴她信息的辦法開始做這件事。
> He has sworn that he **will freeze** Cuba **out** of the world economy.
> 他已發誓，他將要阻止古巴參與世界經濟。

融化 melt

10.83　a substance **melts** 或 something **melts** it 指一種物質化成了液體，這通常是因為給這種物質加了熱。**melt** 用作隱喻，談論這樣一種情況：可用 **cold** 和 **cool** 等詞描述的具有消極意義的、不友好的感情轉變成了可用 **warm** 等詞描述的具有積極意義的、友好的感情。

説 a negative feeling which someone has **melts** 或 **melts away** 指某人感覺到的

一種消極的情緒慢慢地消失，於是此人開始感受到一種積極得多的情緒。說 one person **melts** another person's **heart** 指一人的行為舉止使另一人感到非常溫暖，覺得前者非常友好，雖然後者從前也許並不喜歡前者。

*She smiled at us and I felt my disappointment **melt away**.*
她朝我們微笑着，我感到我的失望慢慢消失了。
*Intolerance between the generations **melts away** once there are grandchildren.*
一旦有了孫子輩，兩代人之間慢慢變得能夠相互寬容了。
*I'm sure if she read your interview her **heart would have melted** a little.*
我確信，如果她讀了你的採訪，她的心就會稍稍軟下來了。
*...a smile that **could melt** my **heart**.*
……一個可以使我的心腸變軟的微笑。

10.84 說 substances such as snow **melt** 指雪之類的物質變成了水以後消失了。**melt** 用作隱喻，在 **melt away** 和 **melt into** 等短語中談論似乎消失的人或事物。

說 people **melt away**, or **melt into** something such as a crowd 指人們慢慢地離去了，因此別人不能確定他們已經去了何處。說 someone **melts into the background** 指某人與別人混合起來，設法和別人一樣地行事處世，這樣他就不會引人注意。

*A group of medical staff stood next to the desk; as I moved towards them doctors and nurses seemed to **melt away**.*
一批醫務人員站立在書桌旁；當我朝他們走去時，醫生和護士們好像慢慢消失了。
*The band stopped playing and **melted away** into the crowd.*
樂隊停止了演奏，漸漸消失在人羣之中。
*Desmond opened the door and stepped out to **melt into** the darkness.*
德斯蒙德打開門，走出去，漸漸消失在黑暗之中。
*...places where people **could melt into the background**.*
……那些能讓人們逐漸不為人注意的地方。

融化 thaw

10.85 說 ice, snow, or something that is frozen **thaws** 指冰、雪或別的冰凍的物質融化。說 there is a **thaw** 指地上的冰和雪融化。**thaw** 用作隱喻時有名詞和動詞兩種形式，其用法與 **melt** 相似，用來談論具有消極意義的或不友好的情緒變為具有積極意義的或友好的情緒。

10.86 there is a **thaw** in that relationship 可用來描述這樣一種情況：兩個國家或兩個羣體的人們之間的關係過去不好，現在開始改善，變得更加友好起來。

*The decision indicates a **thaw** in relations between the two countries.*
這項決定表明，兩個國家之間的關係已經解凍。

*There has been a slight **thaw** in such areas as scientific and cultural cooperation in the last year or two.*
在過去的 1、2 年中，在科學和文化合作等領域裏的關係已經有少許改善。

10.87　a bad relationship between two or more people or groups of people **is thawing** 指兩個或更多人之間或數個羣體之間的關係有改善的跡象，有關的人們相互之間的行為舉止正變得更加友好。這種用法在新聞報道中最常見。

*Trade relations between America and the EC **are thawing**.*
美國和歐共體之間的貿易關係正在逐漸改善。

10.88　說 a person who has been unfriendly or unhelpful towards another **thaws** 指一個曾經對另一個人不友好或沒有幫助的人開始對後者較友好、較有幫助、態度較為積極主動。

*Hillsden smiled. He felt she was beginning to **thaw** a little.*
希爾斯頓微笑着。他感到她開始稍微變得溫和一些了。
*When Peter began to show signs of talent and success, his dad began to **thaw**.*
當彼得開始表露出才能和成功的跡象時，他父親的態度開始變得溫和。

11 光、黑暗和顏色
Light, Darkness, and Colour

11.1 本章討論與光、黑暗和顏色有聯繫的詞的隱喻用法，先討論 **light** 及 **bright** 和 **dazzle** 等相關詞，然後是 **dark** 和 **gloomy** 等一類詞，最後討論的是 **colour** 及表示特殊色彩的詞，如 **black** 和 **green** 等。

光 Light

光 light

11.2 形容詞 **light** 按字面意義有兩個主要用法：一個描述沒有多少重量（與 **heavy** 的意義相反）的物體；另一個描述明亮或照得很亮（與 **dark** 的意義相反）的物體。

light 的這兩個字面意義已經派生了其兩個主要隱喻用法：一個描述快樂或不嚴重的事物；另一個描述與智力或理解有關的事物。有趣的是，**heavy** 和 **dark** 這兩個與 **light** 的兩個字面意義相反的詞作為隱喻也具有同 **light** 的隱喻意義相反的意義。

11.3 objects that are **light** 沒有多少重量，因此不很重。**heavy** 用作隱喻，描述難懂的書籍或嚴峻的形勢等事物。**light** 用來描述使人快樂的或不很嚴重的事物。

11.4 將某人的情緒或性格描述為 **light** 指此人感到快樂，不擔心出現嚴重的情況。

> 'It was sad and emotional but there were **lighter** moments too,' said Jane.
> "情況讓人傷感，影響情緒，但是也曾有過輕鬆的時刻，"簡說。
> Develop this **lighter** side of your personality.
> 發展你的性格較為樂觀的一面。

另見 **1.50 - 1.55** 節。

11.5 to try to **make light of** a serious situation 指試圖尋找某個嚴峻形勢比較

不嚴重的方面以使自己高興一些，或是假裝認為自己的問題不是很重要。

But his mother said yesterday: 'When Michael talks like that, it means he's worried and is trying to **make light of** *it.'*
但是他母親昨天說：＂邁克爾那樣說話意味着他很擔心，不過他正在努力不把這個問題放在心上。＂
Although I **made light of** *it at the time, I knew the journey would be long and difficult.*
儘管我當時裝得對這次旅行滿不在乎，但我知道，它將是漫長而困難的。

11.6 有時候，在一種嚴重或緊張形勢下發生了某件有趣或不那麼嚴重的事，這使人感到不那麼擔心或不那麼緊張。這個有趣的事件或事情可被描述為 **light relief**。

Whatever you may think about today's officials, they have been known to provide moments of **light relief** *during games of high tension.*
無論你認為今天的官員們是怎樣，人們已經知道，他們在高度緊張的競爭中能提供瞬間的輕鬆和愉快。
Those of us who have no interest in sport will not be able to rely on television for some **light relief**, *either.*
我們中間那些對體育運動沒有興趣的人也將無法靠電視獲得片刻的輕鬆。

11.7 新聞記者有時用短語 **on a lighter note** 表示，他們正在將主題由重要新聞轉變成不那麼重要的消息，如體育運動等。

The main headline says this would halve NATO's nuclear force in Europe. **On a lighter note**, *several of the papers have front page reports on the World Cup match in which England beat Cameroon by three goals to two.*
主要的頭條新聞說，這將把北大西洋公約組織在歐洲的核力量分為兩半。在一般新聞方面，好幾張報紙的頭版刊登有關世界杯比賽英國以 3 比 2 勝喀麥隆的報導。
Let's leave **on a** *slightly* **lighter note**.
讓我們換個稍微輕鬆點的題目。

11.8 **light** 即光，它使人們得以看見事物。**light** 來源於太陽、月亮、燈和火等。因為它幫助人們看見事物，也因為看見與理解和判斷有聯繫，**light** 就用作隱喻，談論理解或判斷人或形勢。

11.9 to understand or think about someone or something **in a** particular kind of **light** 指以某種方式考慮某個人或事物。

It was only that now she was seeing them **in a** *different* **light**.
只是她現在換了另一個眼光來看他們。
I was impressed by his dedication, I saw him **in a** *completely new* **light**.
他的奉獻精神給我的印象很深，我從一個完全不同的新角度看待他。
Whatever really happened, people like to remember themselves **in** *the best possible* **light**.
無論真正發生了甚麼事，人們都喜歡按盡可能完美的方式記住自己。

'What worries me,' he said, *'is that this is going to portray John **in a bad light**.'*
"讓我擔心的是，"他說，"這將會醜化約翰。"

以下是一些經常這樣用在 **light** 前面的形容詞的例詞：

bad	harsh	sympathetic
best	negative	unfavourable
better	new	unflattering
different	poor	worse
favourable	same	worst
good	similar	

11.10　說 someone is thinking or acting **in the light of** a particular thing 指某人在形成自己的意見或決定做甚麼事時對某個事物加以考慮。

*We need to think about what we are doing **in the light of** our own history and today's world.*
我們在考慮我們正在做的事情時，也需要考慮我們自己的歷史和今天的世界。
***In light of** the interest in the topic, it is surprising to learn how little has been written.*
從這個題目的趣味性考慮，已寫的內容是如此之少，這實在讓人吃驚。
*Such an agreement must be considered **in light of** the financial stability of the buyer.*
簽訂這樣的協議必須考慮買方的財務狀況是否穩定。

11.11　說 a new piece of information **sheds** or **throws light on** a particular thing 指一條新信息使某事物較容易理解或讓人從一個新的角度去考慮某個事物。

*The report itself **sheds** some **light on** the mysterious workings of the international arms trade.*
這個報告使人對國際武器貿易的神秘運作方式有了一些了解。
*This book will, I hope, **shed** some **light on** this important if, as yet, ill-understood area of nutrition, and so help us to live more healthy lives.*
我希望這本書將使人們對營養學這個至今還不太為人所知的重要領域有所了解，這樣它就能幫助我們生活得更加健康。
*There's news this week of two studies **throwing** new **light on** quakes which have, at various times, rocked parts of California.*
這個星期有消息說，有兩項研究為人們理解不同時期發生在加利福尼亞州各地的地震提供了新的解釋。

11.12　說 a piece of information **comes to light** or **is brought to light** 指某條信息被人發現或被人公佈於眾。說 a situation **comes to light** or **is brought to light** 則指某事的發生使人們知道了某種形勢。

*The investigation began several weeks ago following information which **came to light** during an inquiry into another senior officer.*
這項調查是在數星期前根據那條信息開始的，而那條信息則是在對另一位高級官員的調查過程中發現的。

*I wanted to describe it in a way that really made sense, and show something that **hadn't been brought to light** before.*
我想以一種確實合乎情理的方式描述它，並揭示一些以前還不為人知的東西。

*In the last fifteen years there has been increasing evidence of athletes using drugs to boost their performance, and this problem **was brought to light** dramatically at the Seoul Olympics in 1988.*
在過去的 15 年中，已有愈來愈多的證據表明運動員使用藥物以提高他們的比賽成績，這個問題在 1988 年的漢城奧運會上被充分曝了光。

11.13 説 something **sees the light of day** at a particular time 指某事在某一時間產生或被公佈於眾。

*This extraordinary document first **saw the light of day** in 1966 .*
這個不平常的文件是在 1966 年首次公開的。

*Karyn White is currently putting the finishing touches to a new album which should **see the light of day** later this summer.*
卡倫‧懷特現在正在對一張新的唱片專集作最後的加工，它應該在今年夏末公開發行。

11.14 説 someone's face **lights up** 指某人突然顯得快樂而活躍。

*Beryl's plain face **lit up** at the mention of her husband.*
一提到丈夫，貝麗爾長相平平的臉就立刻亮了起來。

*The old man's eyes **lit up** as his daughter-in-law made some laughing remark.*
那位老人在聽到兒媳説了幾句笑話後兩眼一下子放出光來。

照亮 lighten

11.15 説 something **lightens** 或 someone **lightens** something 指某物變得更亮或某人使某物的色彩變得不那麼昏暗。因為 dark 與嚴重或令人不快的形勢有聯繫，而 **light** 則與讓人快樂的形勢有聯繫，所以 **lighten** 就用作隱喻，談論使形勢顯得不那麼嚴重或不那麼令人不快的事物。

説 something **lightens** someone's mood 指某事物使某人感到更加快樂。説 something **lightens** a tense or serious situation 指某事物緩和了某個緊張或嚴重的局勢。

*The sun was streaming in through the window, yet it did nothing to **lighten** his mood.*
陽光透過窗戶照射進來，但這並沒有舒緩他的情緒。

*These statistics are unlikely to **lighten** the economic gloom.*
這些統計數字不大可能緩和嚴重的經濟不景氣。

*Anthony felt the need to **lighten** the atmosphere.*
安東尼感到需要緩和一下氣氛。

明亮的 bright

11.16　a **bright** light 指一盞明亮的燈。a **bright** object 指發光強烈或色彩明亮的物體。a **bright** place 指光線充足的地方。**bright** 具有兩個主要的隱喻用法，它們都與 **light** 的隱喻用法有聯繫：一個與樂觀或積極有聯繫；另一個與智力有聯繫。

11.17　將某事物描述成 **bright** 指此事使人高興、有信心或樂觀。to feel **bright** 指感到愉快而樂觀。

*There was **brighter** news for the Government over Europe yesterday.*
昨天報導有關治理歐洲的政府較為令人樂觀的新聞。
*...a **bright** cheerful voice.*
⋯⋯一個樂觀、愉快的聲音。
*If I'm feeling **bright** and confident, I love going to parties on my own.*
如果我心情愉快、充滿自信，我就喜歡獨自去參加聚會。

11.18　說 the future looks **bright** 指事物會有良好的發展並且會獲得成功。

*The process offered them opportunities and hopes for a **brighter** future.*
這個過程為他們更美好的未來提供了機會和希望。
*In the early days of independence, prospects for investment looked **bright**.*
在宣佈獨立後的早期，投資的前景顯得很樂觀。
*People live longer nowadays, and they are better educated, and they have **brighter** opportunities.*
如今人們的壽命更長了，他們受到了更好的教育，也有着更好的機會。
*The 14-year-old American is hailed as one of the country's **brightest** hopes.*
這個 14 歲的美國人被譽為是這個國家最有希望成功的代表之一。

11.19　新聞記者有時用 **on a bright note** 或 **on a brighter note** 來表示某事物具有積極意義。例如，新聞記者說 a situation ended **on a bright note** 指某種形勢的結束使人們感到高興或樂觀；新聞記者有時說 **on a brighter note**，以表示他們正從壞消息轉到好消息上去。

*Generally, the Stock Market ended **on a bright note** yesterday.*
總的來說，昨天股票市場收市時的情況讓人樂觀。
***On a brighter note**, retail sales in the three months to October rose by an annual rate of 3.6%.*
在好消息方面，到 10 月份為止的 3 個月期間，零售商品總額取得了 3.6% 的年增長率。

11.20　to look **on the bright side** of a situation 指將注意力集中於某個形勢的正面意義，試圖不去考慮那些負面意義。

*I tried to look **on the bright side**, to be grateful that I was healthy.*
我試圖從好的方面看，為我健康的身體感到慶幸。

*Those who are committed to staying away from tobacco will never take even one cigarette, realizing that if they smoke one cigarette, they will be hooked again. But **on the brighter side**, the longer one stays away from the cigarettes, the easier it gets.*

那些作了戒煙保證的人將永遠連一根煙也不抽，因為他們意識到，要是抽上一根煙，他們將會再次上癮。但是，從樂觀一點的角度看，不抽煙的時間越久，越容易戒掉。

11.21 **bright** 也指聰明的。a **bright** person 是聰明人，似乎學習或理解事物都很快。

*…a very **bright** five year old who goes to primary school.*
……一個絕頂聰明的、5 歲上小學的小孩子。
*The most popular speaker seems to be an impressively **bright** and energetic woman called Ms Lunn.*
最受人歡迎的發言者似乎是一位名叫路恩太太的女士，她的非凡智慧和充沛精力給人留下了深刻的印象。

11.22 a **bright** idea 是一個聰明、獨到的主意。

*Then someone had the **bright** idea of adding sets of pictures, and cigarette cards spread to this country in the early 1900s.*
後來有人又想出了加上幾套圖片的聰明的主意，而香煙卡片則在 20 世紀初期傳到了這個國家。
*There are lots of books crammed with **bright** ideas.*
有許多充滿了獨到見解的書籍。

11.23 這一意義的 **bright** 有時也有諷刺用法，它用來表示，說話者認為某人的某個想法是愚蠢的或不實際的。

*This is pretty much a guaranteed waste of time. But it was the captain's **bright** idea.*
這幾乎肯定是浪費時間。不過，這是船長的一個 "聰明" 主意。
*If you get any **bright** ideas, tell me what they are before you do anything.*
如果你有甚麼絕妙的主意，做任何事情之前先告訴我。

變亮 brighten

11.24 說 a light **brightens** 或 a place **brightens** 指一盞燈或一處地方變得更加明亮。**brighten** 的隱喻用法同 **bright** 相似，它用來談論 "一種形勢變得更讓人愉快或更具有積極意義" 的情況。

11.25 說 something or someone **brightens** a situation 指某事物或某人使某個形勢變得更令人愉快。

*…a laugh and a joke to **brighten** the day.*
…… 使這一天過得更愉快的笑聲和笑話。

He's certainly **brightened up** an otherwise dull Saturday afternoon!
他無疑使這個本來會是很沉悶的星期六下午變得非常令人愉快！

11.26　說 someone's spirits **brighten** 或 something **brightens** someone's spirits 指某人因某事物而開始感到更加愉快或樂觀。

She turned to face him. He **brightened** at once.
她轉過來面對他。他立刻高興起來。
He **brightened** when I slipped two five-dinar notes across the countertop.
當我從櫃台面上悄悄塞過去兩張五第納爾的紙幣時，他喜形於色。
The newspapers also brought political news that **brightened** Franklin's spirits.
這張報紙也帶來了使富蘭克林的精神為之一振的政治新聞。

明亮的 brilliant

11.27　a **brilliant** light 是極其明亮的燈。a **brilliant** colour 是極其明亮的色彩。**brilliant** 的隱喻用法同 **bright** 相似，它用來談論極其聰明或成功的人或事物。

11.28　a **brilliant** person, idea, or performance 是極聰明的人、主意或技藝極其高超的表演。

From the start he was a **brilliant** student.
從一開始他就是一個聰明絕頂的學生。
He was considered a **brilliant** director.
他曾被人視為一位天分極高的導演。
The idea was **brilliant**, and it later proved to be one of the greatest breakthroughs in aeronautical design since the invention of the jet engine.
這個主意不同凡響，後來的事實證明，它是自從噴氣發動機發明以來在航空設計方面最偉大的突破。
It was his **brilliant** performance in 'My Left Foot' that established his reputation.
是他在＂我的左腳＂中精湛的演出建立起了他的聲譽。

11.29　在非正式的英國英語中，說 something is **brilliant** 指說話者對某事感到十分滿意，認為它非常好。

The food was **brilliant**.
食品非常好。
His live show was **brilliant**.
他的現場表演非常成功。

使目眩 dazzle

11.30　a bright light **dazzles** someone 指一盞耀眼的燈讓某人一時無法正常看東西。**dazzle** 的隱喻用法同 **bright** 和 **brilliant** 相似，它用來談論極端聰明、

技術極其高超、極有才能的人或極端精巧的事物。

說 something or someone **dazzles** people 意味某事物或某人的技巧、才能、美麗或別的優秀品質讓人們留下極為深刻的印象。有時 **dazzle** 用來暗示，人們在初次發現這些品質時感到它們令人難忘，但實際上它們並不像初次出現那樣精彩或讓人難忘。

> *…players who **dazzled** crowds with their skill.*
> ……以其技術使觀看的人羣頭暈目眩的球員們。
> *She looked every inch a top model as she **dazzled** guests at a charity fashion show.*
> 在一個慈善時裝表演會上，她讓來賓們都為她傾倒：從各方面看，她都是個最優秀的模特兒。
> *Don't be **dazzled** by low interest rates.*
> 不要被低利率弄得暈頭轉向。

炫耀 dazzling

11.31 將某人的成就或一項體育或戲劇表演描述為 **dazzling** 指該成就或表演給人的印象很深。

> *…these 25 years of **dazzling** economic success.*
> ……這 25 年令人矚目的經濟成就。
> *…playing **dazzling** football.*
> ……踢出使人眼花繚亂的水準。

照耀 shine

11.32 說 the sun or a light **shines** 指太陽或一盞燈放出明亮的光。像 **bright**、**brilliant** 和 **dazzle** 一樣，**shine** 用來談論人們做事的聰明或熟練。

說 someone **shines** at a skill or activity 指某人對某種技術極其熟練或對某項活動極其精通，因此引起人們注意並給他們留下深刻印象。

> *Most kids have one skill at school and that means they **can shine** at something at least.*
> 多數孩子在學校掌握了一門技術，這意味着他們至少有某種特長。
> *She **shines** as an athlete and as an artist.*
> 她作為運動員和藝術家都非常出色。

黑暗 Darkness

黑暗 dark

11.33 it is **dark** 指光線不夠而看不清，例如晚上就是如此。**dark** 與不幸、沮喪和絕望的感覺或令人不快的或邪惡的事物有聯繫。因為在黑暗中很難看清事物，**dark** 也與缺乏知識和秘密狀態有聯繫。

11.34　説 someone has **dark** moods or feelings 指某人感到沮喪、覺得痛苦，有時還很生氣。

> He felt the same **dark** mood coming over him as had taken control last night.
> 他感到，昨天夜裏控制了他的那種壞情緒又回來了。
> ...**dark** despair.
> ……無奈的絕望。

11.35　to have **dark** thoughts 指感到憤怒、懷疑、痛苦。

> He had been reluctant to go home to the bungalow, with the **dark** thoughts still going round in his head concerning the death of Sarah Ellis.
> 他曾不願回到他家所住的平房，因為薩拉·埃利斯的去世的陰影仍然籠罩在他的心頭。
> ...a place which we children regarded with **dark** suspicion and rarely visited.
> ……一處讓我們這些孩子非常懷疑、很少涉足的地方。

11.36　説 something has a **dark side** 或 a **dark aspect** 指雖然某事物好像顯得不錯或具有積極意義，它也有別的讓人不太舒服或不太有積極意義的方面，而這些方面許多人也許沒有意識到。

> ...the **dark side** of traditional married life.
> ……傳統婚姻生活的陰暗面。
> She, too, has a **dark side**.
> 她也有陰鬱的一面。
> Many comedians have deeper, **darker sides** to their natures.
> 許多喜劇演員有性格上隱藏得較深、較陰暗的一面。
> ...exposing the **darker aspects** of its past.
> ……揭露其過去較為陰暗的一面。

11.37　a **dark** period of time 指令人討厭或讓人害怕的一段時間。

> **Dark** times were in store for the country and for the people.
> 這個國家及其人民必然將要經歷黑暗時期。
> But back then, in the **dark** days following the accident, Mike could hardly begin to see how he would cope alone.
> 但是回過頭去看看當時，在事故之後那些黑暗的日子裏，麥克幾乎無法開始去想他將如何單獨應付的問題。

11.38　將一段時間描述為 someone's **darkest hour** 指某人在那段時間非常不愉快，那好像是此人一生中最糟糕的部份。這一用法在書面英語中最常見。

> John has been by her side throughout her **darkest hours**.
> 在她最痛苦的那段時間，約翰一直陪伴在她身邊。

*He endured his **darkest hour** as a trainer on the course when Private Views, the best horse he has ever trained, fell and broke its back.*

當他所訓練的最好的馬 "私人景色" 倒下去摔斷了脊梁骨時，他作為賽馬場的訓練員經歷了他最難熬的一段時間。

*…the suffering and courage of the civilian population in the country's **darkest hours**.*

……在這個國家的最黑暗時期平民百姓的痛苦和勇氣。

11.39 將某事物描述為 **dark** 指該事物與嚴重的或令人討厭的事物有聯繫。

*Under hypnosis you can be forced to reveal your **darkest** secrets.*

在催眠狀態下你可能會被迫吐露你最陰暗的、見不得人的秘密。

*It's a **darker**, more disturbing work with little in the way of light relief.*

這是一項更令人厭惡、更使人不安的工作，幾乎沒有甚麼輕鬆感可言。

*It's important not to overlook the **darker** realities of those enormous changes to society, like the cruel conditions endured by workers in the mines and factories.*

重要的是不要忽視那些巨大的社會變革中較為陰暗的現實問題，如礦山和工廠的工人所忍受的惡劣的條件等。

11.40 to be **in the dark** about something 指對某事物完全不了解，這常常是因為知情人有意避免對人談起它。

*We were kept **in the dark** and we didn't have staff meetings.*

我們處於一無所知的狀況之中，而我們並沒有開職員會議。

*I'm as much **in the dark** as you are, I am afraid.*

恐怕我和你一樣對此一無所知。

*At first I managed to keep my parents **in the dark** about missing classes.*

起初我設法讓父母對我的缺課一無所知。

神秘地 darkly

11.41 說 someone says something **darkly** 指某人以一種神秘的方式談論某事，目的是暗示，自己知道某件令人討厭的事情可能會發生。

*'There are things,' he said **darkly**, 'that are better not said on the telephone.'*

"有些事情，" 他神秘地說，"還是不要在電話上說為好。"

*…publishers talk **darkly** of threats to educational standards.*

……出版商隱晦地談到對教育標準的威脅。

使黑暗 darken

11.42 說 something **darkens** 或 something **darkens** something else 指某事物變得更加黑暗或某事物使另一事物變得更加黑暗。**darken** 的隱喻用法與 **dark** 相似，兩者都用來談論令人討厭或給人帶來痛苦的事物。

11.43　說 something bad **darkens** someone's life or someone's feelings 指某件不好的事情給某人帶來極大的痛苦，使他無法享受任何別的樂趣。

*This one sorrow **darkens** their life.*
這件傷心事使他們的生活變得痛苦不堪。
*But as time runs out, the prospect of war will increasingly **darken** the New Year.*
但是，時間將盡，關於戰爭即將到來的前景將給新年罩上愈來愈陰暗的氣氛。

11.44　說 someone's feelings **darken** 指某個不好的事物使某人感到痛苦，使他無法享受別的樂趣。

*Back in his own home, the mood **darkened** again.*
回到自己家裏後，他的情緒又低落了。

11.45　說 someone's face or expression **darkens** 指某人開始顯得不高興或生氣。

*He grinned at the memory, and then his face **darkened**.*
想起往事他咧嘴笑了笑，然後他的臉又陰沉下來。
*His expression changed, **darkened**.*
他的表情變得憂鬱了。

陰影 shadow

11.46　**shadow** 即陰影，由處於一個表面和一個光源之間的物體造成。**to be in shadow** 指處於一塊光線被某物阻擋了的陰暗區域。**Shadow** 的隱喻用法同 **dark** 的隱喻用法有關，兩者都用來談論令人不快和具有消極意義的感覺，尤其是由令人討厭的事件或威脅性行動所引起的感覺。

11.47　說 people are living in **the shadow of** an unpleasant event or situation 指某個令人討厭的事件或形勢正使人們感到痛苦或阻止他們做他們真正想要做的事情。說 an event or situation **casts** a **shadow** over something 指一個事件或一種形勢正使人們感到痛苦或使他們無法感到樂觀。

*...countries only now emerging from **the shadows of** the Second World War.*
……現在才脫離了第二次世界大戰的陰影的國家。
*The Archbishop, Dr Robert Runcie, said the Christmas celebration of peace this year takes place with **the shadow of** war looming.*
大主教羅伯特·盧恩斯博士說，今年聖誕節的和平慶祝活動是在隱隱呈現的戰爭陰影中進行的。
*...the **shadows cast** by momentous events.*
……極其嚴重的事件所投下的陰影。
*The past **is** still **casting** long **shadows**.*
過去仍在投下陰影。

11.48　說 one person lives **in** the **shadow** of another 指一人受到另一人非常深刻的影響，因此後一人自己的性格無法得到充分發展。

*Until his premature death from tuberculosis in 1927, Gris worked entirely **in** the **shadow** of Picasso.*
直到1927年患結核病而過早地離世時為止，格里斯的繪畫創作完全受畢加索的巨大影響。
*Sandra visibly glows in his presence—she certainly doesn't live **in** his **shadow**.*
桑德拉在他面前明顯地光彩照人——他對她的生活的影響肯定不大。

11.49　someone's **shadow** 即某人的影子。因為某人的影子不具有此人的性格或品格，它只顯現此人身體的輪廓，所以 **shadow** 用作隱喻，談論顯得不如過去強壯或能幹的人們。

說 someone is a **shadow of** something that they used to be or do, or a **shadow of** their **former self** 指某人現在已經遠不如過去有效或有力。

*Middlesex, now a **shadow of** the side that dominated English county cricket in the early 1980s , were brushed aside at Southampton.*
密得塞克斯在20世紀80年代早期曾是英格蘭的郡板球運動中佔據霸主地位的一方，如今它卻已風光不再，在南安普頓（的比賽中）被淘汰了。
*Their army is only a **shadow of its former self**.*
他們的軍隊的力量已經大大削弱，其威風已成了歷史。

11.50　在有光的地方，人們無法避免自己的影子的出現，因此，影子似乎無處不在，例如，人們在路上向前走時，他們的影子也和他們一起朝前移動。這個關於始終被跟隨的思路作為隱喻用在動詞 **shadow** 之中。

11.51　說 someone **is being shadowed** 指被警察等人秘密跟蹤。

*He **was being shadowed** and whoever was following him didn't seem to mind if he realized it.*
他正在被人秘密跟蹤，而且任何一個跟蹤他的人都好像不在乎他是否已經意識到了。
*She **was shadowed** constantly by a variety of security agencies.*
她總是被各種各樣的保安機構秘密跟蹤。

11.52　新聞記者說 one currency **shadows** another 指一種貨幣的價值以某種方式與另一種貨幣的價值相聯繫。

*The government was now committed to **shadowing** the Deutschmark.*
政府現在保證將本國貨幣的價值與德國馬克的價值聯繫起來。

11.53　在英國，the **shadow** cabinet 和 **shadow** ministers 指主要的反對黨的成員。他們的工作是就政府在某些領域的政策發表意見。

*The opposition have a **shadow** administration waiting to take over.*
反對派有一個影子政府在等着接管。
*...the **shadow** Chancellor.*
……那位影子大臣。

昏暗 gloom

11.54　**gloom** 指昏暗，是一種接近黑暗，但還不是完全黑暗的狀況。**gloom** 和相關的詞 **dark** 一樣用作隱喻，談論痛苦或絕望的感覺。

*There is a tremendous sense of joy here after two days of the deepest **gloom**.*
經歷了兩天最難熬的痛苦之後，人們在這裏感到極大的快樂。
*This means the country might see a fast recovery from economic **gloom**.*
這意味着這個國家蕭條的經濟有可能迅速復蘇。

昏暗的 gloomy

11.55　說 a place is **gloomy** 指一個地方幾乎是黑暗的，因此很難看清周圍事物。**gloomy** 的隱喻用法和 **gloom** 相似，用來談論令人討厭的或具有消極意義的情緒或形勢。

11.56　將某人的情緒描述為 **gloomy** 指此人心情不好，似乎對前途不抱希望。

*The mood is quite **gloomy** and I think that people are becoming really desperate.*
人們的情緒相當憂鬱，我認為他們正在變得真正地絕望了。
*They are **gloomy** about their chances of success.*
他們對成功的可能性不抱樂觀態度。

11.57　說 a situation is **gloomy** 指一種形勢不給人提供多少成功或幸福的希望。新聞記者常常用這一隱喻寫關於經濟題材的文章。

*The main story in several papers is a **gloomy** assessment of Britain's economy.*
幾家報紙的主要文章都是對英國經濟的一種頗為悲觀的估計。
*World Health experts are painting a **gloomy** picture for the nineties, unless more cash can be found to combat disease.*
世界健康專家給90年代的健康狀況描繪了一種令人擔憂的狀況，（要改善這種狀況，）除非能籌集更多的資金來防治疾病。

顏色 Colour

11.58　本節討論 **colour**（顏色）、**colourful**（豐富多彩的）等與 **colour** 有關的詞和表示具體顏色的一些詞的幾種隱喻用法。

▶注意◀ 在美式英語中，**colour** 和 **colourful** 拼寫為 **color** 和 **colorful**。

215

顏色 colour

11.59　the **colour** of something 即某物的顏色。**Blue**（藍）、**red**（紅）和 **yellow**（黃）是不同顏色。有某一特別顏色的物品，或含有許多不同顏色的圖畫經常被認為比僅有黑或白單色的物品更有吸引力或更富有情趣。**colour** 用作隱喻，談論使事物變得更生動或更有趣的那些特性。

> *She had resumed the travel necessary to add depth and **colour** to her novels.*
> 她已經重新開始旅行。為了給她的小説增加深度和色彩，這次旅行是必要的。
> *Practise your speech out loud so you can hear what it sounds like and can add **colour** to it by varying your tone of voice.*
> 大聲練習你的演講，這樣你就能聽出來，這個演講聽起來如何，並能借助改變你的語調使它更生動。

11.60　to **colour** something 指通過使用染料或顏料等物質改變某物的顏色。動詞 **colour** 用作隱喻，談論改變或影響某人思考或判斷事物的方式的事物。例如，説 an experience **colours** people's view of a particular person 指某個經歷影響和改變了人們對某人的看法。

> *Cooper's experiences in Europe **coloured** his perceptions of home.*
> 庫珀在歐洲的經歷影響了他對家庭的看法。
> *It is religion more than anything else, which **colours** their understanding of the universe.*
> 是宗教，而不是別的甚麼，影響了他們對宇宙的理解。
> *His recollections of their meetings **are coloured** by the tragedy.*
> 他對於他們會面的回憶很受這個悲劇的影響。

豐富多彩的 colourful

11.61　an object that is **colourful** 指具有鮮明的或多種不同色彩的物體。**colourful** objects 是色彩豐富而引人注目的物體。有些人更喜歡色彩平淡的物體，因為他們認為色彩豐富的物體過於惹眼。這個關於因引人注目而可能讓一些人感到不以為然的思路用作隱喻，描述活潑有趣、但讓一些人感到不以為然的人或行為。

11.62　a **colourful** character 指一個行為舉止活潑有趣、但可能讓一些人感到驚愕的人。

> *Joe, who worked for a number of years with us, was a **colourful** and unique character not afraid to speak his mind.*
> 喬和我們在一起工作了好幾年，他是一個活潑有趣、性格非常獨特的人，他不怕坦率地説出自己的想法。
> *Casey Stengal was probably the most **colourful** character in baseball.*
> 卡塞・斯坦格爾很可能是棒球運動中性格最鮮明、最有情趣的人。

11.63　說 someone has had a **colourful** past or a **colourful** career 指某人已經被牽連到一些富有刺激但又稍有些令人震驚的事情之中去了。

*They have quite a **colourful** past, but I dare say that goes for most of our old families.*
他們過去曾做過一些有相當刺激性的事情，但我敢說，多數古老的家族都有這樣的情況。

*He could now be facing the end of a long and **colourful** career.*
現在他可以面對一個長久而富有刺激的事業的終結了。

*…a well-known City business man with a rather **colourful** background.*
……一位具有相當豐富、生動而複雜的背景的著名的倫敦商人。

11.64　a **colourful** story 是一個充滿生動、有趣的細節的故事。

*There are **colourful** accounts of the return to Southampton of the yacht, Maiden, with her all-woman crew.*
關於"處女號"快艇連同其清一色的女船員回到南安普頓這件事，有許多富有傳奇色彩的報道。

*The papers offer **colourful** descriptions of the inauguration of the President.*
這些報紙提供了關於總統宣誓就職的描述，它們包括了許多有趣的細節。

11.65　**colourful** language 是粗魯傷人或令人討厭的語言；人們常常這樣使用 **colourful** 一詞來表示他們對這種語言並不真正感到震驚。

*There was much hostility and a great deal of **colourful** language was used.*
人們相互之間懷有強烈的敵意，用了許多粗魯骯髒的語言。

無色的 colourless

11.66　something that is **colourless** 是沒有任何顏色的物體。**colourless** 作為隱喻的用法與 **colourful** 相反，用來說明某人或某事物不是很有趣或不那麼富有刺激。這一用法表示不以為然。

*Some people find him lacking in personality, **colourless** perhaps.*
一些人覺得他缺乏個性，也許是沒有甚麼與眾不同的鮮明特徵。

*His political opinions were as **colourless** as his personality.*
他的政治觀點和他的性格一樣平庸而缺乏鮮明的特徵。

*…some of the most **colourless** and drab places she had ever found herself in.*
……她自己光顧過的一些最呆板單調的地方。

黑色 black

11.67　something that is **black** 是具有最黑暗的顏色的物體，如同沒有光亮的夜晚的天空。**black** 與黑暗有聯繫，它的許多隱喻用法與 **dark** 的隱喻用法相似。例如，它用來談論令人痛苦的感覺或形勢和讓人討厭的想法或境況。

11.68　說 someone is in a **black** mood 指某人感到很痛苦、很壓抑。

*His mood grew **blacker**.*
他的情緒變得更壞了。
*She alone could cheer him up when he was in the **blackest** depression.*
在他最為消沉的時候，她獨自一人就能讓他高興起來。
*…the **black** despair that finally drove her to suicide.*
……最後將她逼上自殺之路的極端痛苦、絕望的情緒。

11.69　將一段時間描述為 **black** 指它是一個很不幸的或很不成功的時期，可能是人們所經歷過的最糟糕的一個時期。

*He stuck with the club during the **black** periods.*
在最困難的時期他繼續支持俱樂部。
*Last Wednesday was one of the **blackest** days of my political career.*
上星期三是我政治生涯中最倒霉的日子之一。
*…the **blackest** month of the war.*
……戰爭期間最黑暗的一個月。
*The future for the industry looks even **blacker**.*
這個行業的將來看起來更沒有希望。

11.70　**black** humour 涉及到對死亡或戰爭等令人恐懼或討厭的事物感到可笑的態度。

*…**black** humour that lightens the carnage.*
……使大屠殺顯得輕鬆可笑的黑色幽默。
*…a shocking **black** comedy, perhaps the most controversial movie in 1992.*
……一齣令人震驚的黑色喜劇，也許是 1992 年中最有爭議的影片。

11.71　**black** thoughts 或 black acts 是很殘忍或邪惡的思想或行為。這是一種文學作品中的用法。

*I think their crime is a **blacker** one than mere exploitation.*
我認為他們的罪行是一種更殘忍的行為，而不僅僅是剝削。

使黑暗 blacken

11.72　to **blacken** something 指使某物變黑或使其顏色變得非常黑暗。黑顏色與具有消極意義的事物有聯繫，而 **blacken** 用作隱喻，談論破壞或損害一個人的名聲或聲譽的事物。例如，to **blacken** someone's character 指對別人說某人的壞話，這樣此人就會沾上一個壞名聲。

*…an effort to **blacken** my character.*
……為玷污我的名聲而作的努力。
*Why have they gone to such lengths to **blacken** her name ?*
他們為甚麼要花這麼大的力氣去毀壞她的名譽？

以下是一些經常這樣用在這一用法的 **blacken** 之後的名詞的例詞：

character　　　name　　　reputation
image

白色 white

11.73 something that is **white** 是具有最平淡的顏色的物體，其顏色同雪或奶一樣。**black** 與不幸、憂鬱、令人討厭的或邪惡的行為等具有消極意義的事物有聯繫，而 **white** 則和具有積極意義的、誠實的行為有聯繫。

將某人的品格描述為 **whiter than white** 指說話者沒有聽到過關於此人的行為的任何壞話，而且此人具有行事處世一向誠實、品行一向端正的名聲。

*There was no point in inventing a **whiter than white** character.*
生造一個行為誠實、品行端正的人沒有甚麼意義。
*She emerges from this biography **whiter than white**.*
從這個傳記看，她顯得道德高尚、品行端正。

黑與白 black and white

11.74 **black** 是一種很黑暗的顏色，而 **white** 是一種很淡的顏色，因此很容易看出它們之間的差別。這個關於兩個事物之間的差別和差異的思路用在 **black and white** 這一詞語中。

說 something is **black and white** 指所涉及的問題非常清楚明白，很容易看出甚麼是正確的和甚麼是錯誤的。人們經常用 **black and white** 反對那種使複雜問題顯得比實際情況簡單的想法或思維方式。

*He obviously had no doubt about her business in Havana. It was all **black and white** to him.*
他顯然對她在哈瓦那的生意毫不懷疑。對他來說這是一目了然的事情。
*The media portray everything in **black and white** terms.*
媒體用清楚明白的語言描述一切。
*You might expect him to see everything in **black and white**.*
他會把一切都看得非常簡單，對此你可能要有所準備。

11.75 **black and white** 也用來指已被印下來、而不是說出來的言語。這是因為言語等通常是用黑色墨水印刷在白紙上的。

*He'd seen the proof in **black and white**.*
他已見到白紙黑字的證詞。

灰色的 grey

11.76 **grey** 即灰色，是灰或雨天天空的雲的顏色。許多人認為 **grey** 是一種單調乏味的顏色，**grey** 用作隱喻，談論令人厭煩或缺乏趣味的人或事物。

*…a **grey** and soulless existence.*
……一種枯燥無味的生活。

*…his **grey**, uninteresting image.*
……他那遲鈍、缺乏情趣的形象。

▶注意◀ grey 在美式英語裏被拼成 gray。

*He is little known outside the investment community because he is modest, **gray** and unspectacular.*
在投資社會之外他幾乎不為人知，因為他謙恭、平常、不引人注意。

11.77 **grey** 是人們將黑色和白色混合起來而得到的顏色，**grey** 的隱喻用法與 **11.74** 節所討論的 **black and white** 的用法相聯繫，它用來談論因不易分類而難以理解或模糊不清的問題。

將某事物說成是 a **grey** area 指人們不能確定如何對付該事物，原因是無人能確定誰對該事物負責或該事物的類別歸屬模糊不清等等。

*One problem is that the description of what in legal terms constitutes a fixture or a fitting is still a **grey** area.*
一個問題是，用法律術語描述甚麼構成一項固定裝置、甚麼構成一項附加設備，這仍是一個尚待解決的問題。

*There are a number of **grey** areas which a takeover like this throws up.*
有一些由這樣的接管造成的責任不清、歸屬不明的灰色地帶。

綠色 green

11.78 **green** 即綠色，是春天和夏天的草或樹葉的顏色。因為許多植物或植物的部份是綠色的，綠色與地球及生長在地球上的生物有聯繫，而 **green** 則用作隱喻，談論涉及地球、環境和自然的問題。

green issues 是與拯救環境、避免污染和幫助保護植物和動物有關的問題。**green** activities and things 是為達到這些目標而設計的活動和計劃、方案、項目等事物。

*She is a supporter of **green** issues.*
她是綠色問題的支持者。

*…**green** tourism.*
……綠色旅遊業。

*These insects also help to control numerous pests without the need for chemicals, an important consideration for the **greener** gardener.*
這些昆蟲也有助於人們不用化學製品對為數眾多的害蟲加以控制，這是更重視環境保護的綠色園丁們可以考慮的重要問題。

*Cars made of secondhand materials are better and **greener**.*
由二手材料製成的汽車更好，更符合環境保護的要求。

*Thousands of people have turned to the bike as the most economic, **greenest** and quickest way to travel.*
成千上萬的人已經改騎自行車，將它作為最節約、最符合環境保護要求和最快捷的旅行方式。

12 方向和運動
Direction and Movement

12.1 許多談論方向和運動的詞有隱喻用法，它們尤其用來說明人的進步、計劃的進展或事物發展的方式。這類隱喻有許多用得極為頻繁。本章先討論表示從一地通往另一地的路線的詞，如 **road** 和 **path** 等，然後討論表示向上和向下的運動的詞，如 **soar**、**climb** 和 **plunge**，最後一節討論與運動方式有關的詞，如 **gallop** 和 **stumble** 等。

路線 Routes

12.2 許多用來描述物質世界的旅途的詞也用來談論人的生命。生命被當作一段前進中的旅程來談論，而人生的歷程則用 **route**、**road** 和 **path** 等詞表示。同時，這類詞也用來描述發展過程。這些詞通常帶有褒義，不過也有例外。

路線 route

12.3 **route** 指從一地到另一地的路線。人們用某物將某人從一地帶往另一地這個思路來談論幫助人們取得某個結果並由此改變處境的行動或計劃。

the **route to** or the **route towards** a particular thing, state, or condition 指人們為獲得某事物、某狀態或某條件而做的事情。

route 通常這樣用來談論獲取好的事物，但它也能用來談論陷入困境。

> *By the time she was sixteen she had decided that education would be the best* ***route to*** *a good job.*
> 16 歲時她已確認，教育將是獲得好工作的最佳途徑。
> *Marriage is not the only* ***route to*** *happiness.*
> 婚姻不是通向幸福的唯一的途徑。
> *The* ***route towards*** *a market economy would be a very difficult one.*
> 通向市場經濟的路將是非常艱難的。
> *Trying to make employees productive without training them properly is a sure* ***route to*** *disaster.*
> 不給員工適當的培訓而又試圖迫使他們提高生產效率，這樣做必然會導致災難。

道路 road

12.4 **road** 即道路。同 **route** 一樣，關於某物將某人從一地帶往另一地這個思路被用來比喻人們為獲得某事物而做的事情。

12.5 the **road** to a goal or target 指希望達到某個目的或目標所採取的方法。例如，on the **road to** success 或 on the **right road** 指做事對頭，保證將來會成功。

> *They realized that stopping drinking was only the first step on a long and at times difficult **road to** recovery from alcoholism.*
> 他們意識到，停止飲酒只是通往擺脫酗酒的道路的第一步。這條道路是漫長的，有時還是困難的。
> *Let's hope he can keep the team on the **road to** success.*
> 讓我們希望他能使這個隊始終不離成功之路。
> *A hundred years ago feminists like Elizabeth Cady Stanton were advocating exercise as the best form of make-up and the **right road** to beauty.*
> 一百年以前，像伊麗莎白·凱蒂·斯坦頓這樣的女權主義者當時就主張鍛煉，說鍛煉是化粧的最好形式和美容的正確途徑。
> *'I believe,' he said, 'that we are on the **right road**.'*
> "我相信，" 他說，"我們走的路是對的。"

12.6 **road** 可用來談論具有壞結果的行動或事件。例如，說某人 on the **road to ruin** 指此人做的事或其行為方式將會給自己帶來很壞的結果。

> *Fans thought this vicious attack would put her on the **road to** ruin.*
> 影迷們認為，這個惡毒的攻擊會逼她走上毀滅之路。
> *Staff became discontented, the boss was over-worked, team spirit sank to the lowest possible levels and the firm was on the **road to** disaster.*
> 員工變得不滿，老闆勞累過度，協作精神降到了最低的限度，這家公司走上了災難之路。

12.7 the **road of** a particular change or state 指為實行某一特殊變革或或實現某種狀態而必須做的事情。例如，**the road of success** 指為取得成功而必須做的事或獲取的東西。這一用法相當正式。

含有這一意義的 **road** 常常與 **travel** 和 **follow** 之類的動詞一起使用。

> *He must be well aware in private that the people need reassurance if they are to **travel** along the **road of** reform.*
> 他內心一定非常清楚，要人們沿着改革的道路走下去，就需要消除他們的疑慮，恢復他們的信心。
> *...**following** the Soviet Union along the **road of** economic reform.*
> ……追隨前蘇聯沿着經濟改革的道路走。

12.8 on the **road to nowhere** 指人們做任何事情都會失敗。因此，說某人的行為方式是 the **road to nowhere** 指此人的表現不會為他帶來任何益處。

*It seems to me that the relationship is on a **road to nowhere**.*
我覺得這種關係不會有任何結果。
*Any rational person must know that violence is a **road to nowhere**.*
任何有理性的人都一定知道，暴力不能解決問題。
*Half a century ago, you knew you were on the **road to nowhere** if you were made minister of education.*
半個世紀以前你就知道，如果讓你當教育部長，你將會一事無成。

12.9 説 a person or something such as an organization or a relationship has reached **the end of the road** 指人或組織、相互關係等事物已不可能帶來任何新的價值或已不再有用。

*There is a growing feeling that the NLD may have reached **the end of** its current political **road**.*
人們越來越感覺到，（緬甸的）國家民主同盟也許在政治上已走上了窮途末路。

12.10 ▶注意◀ road 的複數的形式 roads 通常不作隱喻使用。

林蔭大道 avenue

12.11 avenue 即林蔭大道，其隱喻用法與 road 和 route 類似，用來談論使人們得以獲取事物或改變處境的計劃、行動或機會。

to explore a particular **avenue** 指獲取有關某計劃或機會的信息，看其是否有助於取得某種結果。an **avenue** for change 則指通向變革的一個機會或行為方式。

avenue 的這一用法比 route 和 road 的隱喻用法更為正式，常用於書面英語，尤其是新聞報道。

*She has explored all the available **avenues** for change.*
她已考察了實施變革的所有計劃和機會。
*Alison made it clear that she was eager to pursue other **avenues**.*
阿莉森宣告，她渴望尋求別的途徑。
*Another **avenue** of research is to look at other plants.*
研究的另一途徑是檢驗別的植物。

小路 path

12.12 path 即小路。path 與 road、route 和 avenue 一樣用於談論人們所做的事情及其結果，尤其用於談論人們所做的選擇。

12.13 a **path** in life 可用來談論人們所選擇的生活方式、他們在職業和個人生活方面所做的選擇，特別是人們獲取某一成就的方式。例如，説 someone is deciding which **path** to take after he leaves school 指某人正在決定從學校畢業後做甚麼並考慮為達到這一目的而必須作些甚麼事情；而 a person's **career path** 則是一個人事業進步的方式及一個人為達到某一水平或取得某一地位所必須做的事情。這一用法在書面英語中最為普遍。

這一意義的 **path** 經常與 **take** 和 **follow** 等動詞一起使用。

*This can prevent you from seeing which **path** to **take** in your career.*
這會讓你看不清在你的職業生涯中該走哪條路。

*A very long time ago, I decided on a change of career **path**—was going to be a flight steward.*
很久以前，我決定改變我的職業選擇——我打算當一名飛機服務員。

*His father offered to give Alex £200 a month so that he could **follow** his chosen **path** of becoming an artist.*
他父親提出每月給亞歷克斯 200 英鎊，這樣他就能按自己的選擇朝着成為一名藝術家的目標努力。

12.14 a particular **path** 可用來談論人們為實現某種特別的形勢、狀況或條件所做的選擇或所選擇做的事情。這一用法在書面英語，尤其是新聞報道中最常見。

*…the right of every nation to choose its own **path** of social development.*
……每個國家選擇自己的社會發展道路的權利。

*…countries which have already moved further than others along the **path** of social progress.*
……在社會進步方面已經走在別的國家前面的國家。

*The President said his country would continue on its **path** to full democracy.*
總統説，他的國家將繼續走上完全民主政治的道路。

*This job isn't a **path** to riches.*
這工作不能致富。

步 step

12.15 to take a **step** 指走路時的邁步。這個朝某一方向運動的思路被用來比喻能夠幫助人們實現某一特殊目標的行動，尤其用來指人們必須採取的若干行動中的一個。

例如，to take the first **step** towards becoming a teacher 指最終能成為一名教師而做第一件必要的事，如在某一所學院學習等。

這一意義的 **step** 經常同 **road** 和 **path** 之類的詞一起使用。

*Scientists have taken a big **step** in understanding Alzheimer's disease.*
科學家已經在了解老年性痴呆症方面邁進了一大步。

*The setting-up of stock-exchanges is an important **step** on the **road** to a free-market economy.*
建立股票交易所是通往自由市場經濟的重要一步。

*If you feel that you have reason to be worried, the first **step** is to make an appointment to see your family doctor.*
如果你覺得你有擔心的理由，那麼，第一步是約見你的家庭醫生。
*Many salespeople have the mistaken belief that making a sale is the last **step** in the selling process.*
許多銷售人員有個錯誤的想法，即賣出商品是銷售過程的最後一步。

以下是經常用在這一意義的 **step** 前面的一些例詞：

backward	giant	short
big	great	significant
critical	important	small
decisive	major	third
each	new	unprecedented
every	next	unusual
first	positive	
further	second	

12.16 to do something **step by step** 指做事小心謹慎，在發展的每一階段都經過認真考慮後再採取下一步行動。一個 **step-by-step** 的辦事方式是周密考慮每個階段的辦事方式。一個 **step-by-step** 的做事指南是一個通過仔細詳盡地解釋每個步驟以幫助初學者學習做事的指南。

*It was a gradual process which could only be carried out **step by step**.*
這是個漸進過程，只能逐步實施。
*The book is full of facts, advice and **step-by-step** guides; it's just like having an expert at your side.*
這本書充滿了事實、忠告和循序漸進的指導；有了它就像身邊有了一位專家。

12.17   説 two or more people who are walking or dancing together are **in step** 指一起走路或跳舞的兩個或更多的人向前移動腳步的時間完全一致；説 two or more people who are walking or dancing together are **out of step** 則指一起走路或跳舞的兩個或更多的人向前移動腳步的時間不一致，樣子常常顯得難看、笨拙。**in step** 和 **out of step** 的隱喻意義用來談論人們的想法或者意見是否相似，一起工作是否協調。

説 one person is **in step** with another 指一人和另一人的想法或意見相似，一起工作得很協調。

説 one person is **out of step** with another 則指一人和另一人的想法或意見不一致，在一起工作不協調，常常為一些事情爭論不休。

*Moscow is anxious to stay **in step** with Washington.*
莫斯科急於與華盛頓的意見保持一致。
*They have found themselves **out of step** with the Prime Minister on this issue.*
他們已感到在這個問題上自己與首相的意見不一致。

快車道 fast lane，慢車道 slow lane

12.18 在英國或美國繁忙的高速公路上，來往車輛被分流到不同車道裏，供快速行駛的車輛走的車道有時被稱為 **the fast lane**，供行駛速度相對較慢的車輛走的車道有時則被稱為 **the slow lane**。

fast lane 和 **slow lane** 的隱喻意義用來談論人的某種類型的生活及其忙碌或令人興奮的程度。

12.19 in **the fast lane** 可用來描述那些正忙着會見名人、去國外旅行等許多富有刺激的事情的人們。這類人的生活可被稱作 **life in the fast lane**。

fast lane 的這一用法通常帶有褒義。

*Cooper moved quickly into **the fast lane** of Hollywood society.*
庫珀很快進入了荷李活的圈子，開始了那種充滿刺激的生活。
*He is still adapting to **life in the fast lane**.*
他仍然在適應那種充滿刺激的生活。

12.20 in **the slow lane** 可用來描述那些沒有許多激動人心的事可做、工作壓力不重的人們。這類人的生活可被稱作 **life in the slow lane**。

slow lane 的這一用法既可帶褒義，亦可帶貶義。

*Rather than moving over into **the slow lane** he has been having fun proving his critics wrong.*
他沒有去過平靜的、慢節奏的生活，而是一直在證明對他進行過批評的人們的錯誤並感到樂此不疲。
*…seven days of good food, fine wine, and living in **the slow lane**.*
……過了 7 天好吃好喝、平靜放鬆日子。
*At the moment, for us, it's **life in the slow lane**, whether we like it or not.*
不管我們是否願意，此刻我們過的是慢節奏的平靜日子。

超級高速公路 superhighway

12.21 在美式英語裏，**superhighway** 指有 8 條車道的寬闊公路，可讓許多輛汽車快速行駛。這個關於一事物可讓大量事物快速移動的思路被用來比喻電腦可能快速交換大量信息的方式。

information **superhighway** 即信息超級高速公路，是電腦連接網絡，它使全世界的電腦用戶得以快速高效地相互交流。

*Many cable TV and telephone firms prefer to collaborate, rather than compete, in building America's information **superhighway**.*
許多有線電視和電話公司在建設美國的信息超級高速公路方面喜歡合作，而不是競爭。

*The construction of a **superhighway** of knowledge will have as profound an impact on the American economy as the development of the national railroad system in the 1800's.*
知識超級公路的建設將與 19 世紀國家鐵路系統的發展一樣對美國經濟產生深刻的影響。

向上和向下的運動
Movement upwards and downwards

12.22　許多用來談論向上和向下的運動的詞——尤其是動詞——也有隱喻用法。這類詞的主要隱喻用法在新聞報道中最常見，尤其用來談論經濟狀況和股票市場。

這些詞也用於談論人們的感覺，描述向上運動的詞用來描述比較快樂的感覺，描述向下運動的詞則用來描述難受的感覺。

本節先討論用來描述向上運動的詞，如 **soar**（急速上升）和 **climb**（攀登），然後討論用來描述向下運動的詞，如 **plunge**（向下跳入）和 **plummet**（快速落下）。

急速上升 soar

12.23　說鳥之類的飛禽或別的東西 **soar** into the air 指它們快速升入空中。這個關於快速向上運動的思路被用來談論快速增加的數量和迅速提高的水平。

12.24　說 the volume, level, or amount of something **soars** 指體積、水平、或某事物的量增加或提高得很快，在某種意義上似乎已經失控。這一用法在新聞報道中最常見，尤其用來談論有關經濟的事物，如價格、通貨膨脹或失業等。

*Unemployment **has soared** and inflation has been running at more than 20% a month.*
失業率已經急速上升，而每月通貨膨脹率則一直高於 20%。
*The problem is that food prices **have soared** in the north.*
問題是北方的食品價格已經急劇上漲。
*The price of a pint of beer **is soaring** in Britain's pubs.*
在英國的酒吧裏，一品脫啤酒的價格正在飛漲。
*Sales of mobile phones are set to **soar** by more than a million over the next year.*
流動電話的銷量按計劃將急速上升，下年將增加一百萬台以上。

12.25　說 someone's spirits **soar** 指某人突然感到非常快樂。這一用法見於文學作品。

*When a sale was made Marianne was happy for him. His spirits would briefly **soar**. But afterwards depression would set in.*
當一樁買賣做成時，馬里亞納為他高興。他感到一陣突如其來的極度喜悦，但隨後又會感到沮喪。

*For the first time in months, my spirits **soared**.*
數月來我首次突然感到精神非常振奮。

爬、登 climb

12.26　**to climb** or **climb up** something such as a tree, mountain, or ladder 指爬樹、登山或爬梯子等。**climb** 的隱喻用法與 **soar** 相似，用來談論數量的增加和水平的提高。

12.27　說 something **climbs** 指某事物的價值或數量持續增加。

*The shares **climbed** 2p to 26p.*
股票價格從 2 便士上升至 26 便士。
*By the early 1980s, 2% of the population were vegetarian. In 1991 the figure **has climbed** to 7%.*
20 世紀 80 年代初期，素食者佔人口的 2%。1991 年這個比率已增至 7%。
*The market then settled down and share prices began to **climb** sharply again.*
市場隨後恢復平靜，股票價格又開始猛漲。

12.28　新聞記者有時用 a **climb** in an amount 來描述某個數量的逐漸增加。他們有時也用 a **climb out** of a bad situation 指經濟蕭條等不佳狀況中一種緩慢、穩定好轉的情況。

*…a **climb** in the price of precious metals.*
……貴金屬價格的上漲。
*…as we begin the long slow **climb out** of the recession.*
……在我們開始蕭條時期這漫長、緩慢的回升時。

向下跳入 plunge

12.29　**to plunge** in a particular direction 指朝某個方向快速下落，通常指自己下落、下跳或被人往下推所引起的運動。快速向下運動這個思路用作隱喻，談論快速下降的水平和急劇減少的數量。它也用來表示某人突然發現自己處於某種境地的意思。

12.30　說 the price, volume, or amount of something **plunges** 指價格、體積或事物的數量急速下降、減小或減少，在某種意義上似乎已經失控。這一用法在新聞報道中最常見，尤其用來談論有關經濟的事物，如價格、通貨膨脹或失業等。

這一用法的 **plunge** 通常暗示，所提到的突然下降或減少是件壞事。

*Profits **plunged** and he stood down as chairman last January.*
由於利潤急劇下降，他去年 1 月從主席的職位上引退了。

*The bank's profits **had plunged** by 80%.*
銀行的利潤已急速下降了 80%。
*The price of gold **plunged** 7% in a single day.*
黃金的價格在一天裏暴跌了 7%。
*Analysts worry about the **plunging** value of these companies.*
分析家擔心這些公司驟減的價值。

12.31 **to plunge** into a bad situation 或 **to be plunged** into a bad situation 指被迫陷入困境，感到很難改變或改善境況。

*Inner-cities **have plunged** deeper into despair.*
市中心貧民城區已經更深地陷入絕望之中。
*The twenty-five pound fine **plunged** him into a world of petty crime and unemployment.*
25 鎊的罰款將他投入了輕微犯罪和失業的世界。
*…events which **plunged** the whole country into a bitter and destructive civil war.*
……將整個國家拋入痛苦的、災難性內戰的那些事件。

12.32 **to plunge into** an activity 指突然深深捲入一項活動之中。

*Feeling much better, he **plunged** headlong **into** work.*
他感覺好多了，於是就一頭鑽進工作。
*Eleanor returned to Washington and **plunged into** her new life.*
埃莉諾回到華盛頓後，立刻投入了新的生活。
*He starts the day with American television interviews and then **plunges into** a series of meetings.*
他這天以看美國的電視採訪開始，後來又馬上投入了一系列的會議。

快速落下 plummet

12.33 **to plummet** 意思為快速落下。 plummet 的隱喻用法同 plunge 類似，用來談論水平的快速降低或數量的急劇減少。它也用於談論人們突然變得不幸或不受歡迎的情況。

12.34 事物的水平或數量 plummet 指該水平或數量急速下降或減少，在某種意義上似乎已經失控。這一用法在新聞報道中最為常見，尤其用來談論有關經濟的事物，如價格、通貨膨脹或失業等。

Plummet 的這一用法通常暗示，所談及的突然減少是件不好的事情。

*With the collapse of the economy, all the big buyers vanished and prices **plummeted**.*
由於經濟崩潰，所有大買主都已消失，物價則直線下跌。
*Opinion polls indicate that its support **has plummeted** to around 5%.*
民意測驗顯示，它的支持率已直線下落至 5% 左右。
*…the **plummeting** price of computers.*
……電腦價格的猛然下跌。

12.35 説 someone's confidence **plummets** 指某人開始感到自信心遠不如從前；説 someone's popularity **plummets** 指某人的聲望突然一落千丈。

*Your self-esteem **can plummet** at just a word.*
區區一字可使你的自尊一落千丈。
*As the months have gone by and he has largely failed to deal with the country's pressing economic and social problems, his popularity **has plummeted**.*
幾個月過去了，他在處理國家緊迫的經濟社會問題上已經基本失敗，他的聲望已一落千丈。

12.36 説 someone's spirits **plummet** 指某人突然感到非常不愉快。

*It was not so much the ageing process itself that sent my spirits **plummeting** although greying hair and wrinkles weren't exactly adding to my self-esteem.*
並不是身體老化的過程本身導致我精神突然非常委靡不振，儘管白髮和皺紋確實沒有增添我的自尊。

坍塌 slump

12.37 to **slump** somewhere 指因生病或疲勞等原因快速或突然倒下。**slump** 的隱喻用法和 **plummet** 和 **plunge** 類似，用來談論水平快速降低或數量急劇減少。

12.38 説 the level, amount, or value of something **slumps** 指事物的水平下降、數量減少或價值降低，其原因通常是人們對該事物的興趣已喪失或需求量已減小。這一用法在新聞報道中最為常見。

*Demand for fur coats **has slumped** under pressure from animal rights organizations.*
在動物權利組織的壓力下，毛皮外衣的需求量已驟減。
*For the past three years, the company's advertising revenues **have slumped**.*
公司的廣告收入在過去的 3 年中已經急劇下降。
*Union membership **has slumped**, as a proportion of the workforce, to its lowest since the 1920's.*
作為勞動人口的一部份，工會會員的人數已經驟減至 20 世紀 20 年代以來的最低限度。

12.39 説 a particular business or market is in a **slump** 指某一產業或市場的買賣少於往常，因此人們獲得的利潤比以前少。説一個國家 **in a slump** 指該國的經濟發展速度大大減緩，失業和貧困人口比平時增加。

*The luxury car maker is putting 4,000 employees on a shorter working week because of a **slump** in sales.*
那家豪華汽車製造廠正因銷量的減少而縮短 4,000 名員工的每週工作時間。
*This will lead to a further **slump** in the housing market.*
這將導致房屋市場的銷量進一步滑坡。
*These figures indicate a **slump** in one of the world's most successful economies.*
這些數字表明，世界最成功的經濟體制中有一個正在迅速滑坡。

*MPs have voted themselves another pay increase. Have they forgotten we are **in a slump**?*
國會議員們進行了一次表決為自己加薪。他們難道忘了我們的經濟正在滑坡嗎？

滾下 tumble

12.40　to **tumble** 指滾下或跳躍着下落。**tumble** 的隱喻用法與 **plunge** 和 **plummet** 類似，用來談論水平快速下降或數量急劇減少。

▶**注意**◀ **tumble** 的這一用法不如 **plunge** 和 **plummet** 的隱喻用法普通。

説 a level, amount, or price **tumbles** 指水平、數量或價格等出乎意料地突然下降、減少或下跌。這一用法在新聞報道中最常見。

*The annual rate of inflation **tumbled** to 2.6% in December, the lowest level in six years.*
到 12 月年通貨膨脹率出人意料地突然降至 2.6%，是近 6 年的最低水平。
*Financial markets **are tumbling** as worries about the economy increase.*
由於人們對經濟的憂慮增加，金融市場正在出現突如其來的蕭條。
*Prices **have tumbled** by up to 40% in some areas.*
在某些領域，價格已暴跌至 40% 之多。

12.41　to **take a tumble** 可用來比喻數量或價值等的突然減少或減小。這一用法在新聞報道中最常見。

*...if the pound **takes a tumble** on the foreign exchange markets.*
⋯⋯如果英鎊在外匯交易市場中突然貶值。
*Shares **took a** serious **tumble** yesterday.*
昨天股票價格突然暴跌。

下落 dip

12.42　to **dip** 指作向下運動，通常速度很快。**dip** 的隱喻用法與 **plunge** 和 **plummet** 相似，用來談論水平下降或數量減少，但是，與 **plunge** 和 **plummet** 不同的是，**dip** 的隱喻用法還暗示，所談及的水平或數量不久還可能回升。

説 something such as a price or an amount **dips** 指某一價格或數量降低或減少至平時水平以下，但這低水平常常只持續短短一段時間。這一用法在新聞報道中最常見。

*Prices **have dipped** slightly in recent weeks.*
最近幾個星期價格已稍有下降。
*The economy will become even more excitable and the markets **may dip**.*
經濟將變得更容易刺激，而市場則可能有短時間的萎縮。
*The unemployment rate **dipped** to 7.4% in October.*
十月份失業率暫時降至 7.4%。

12.43 a **dip** in the level or amount of something 指某事物的水平或數量稍有下降，預期這種下降不會長期延續。這一用法在新聞報道中最為常見。

*Opinion polls show a huge **dip** in enthusiasm for the monarchy.*
民意測驗顯示，人們對君主政體的熱情一時極大地降低了。
*...a profits **dip**.*
……利潤的略微減少。

運動方式 Ways of moving

12.44 若干用來談論運動方式的詞也有隱喻意義，用來談論價格等與經濟有關的事物及公司、政府等是否成功等情況。這些詞有時也用來談論人們的生活和生活發展的方式等情況。

奔騰 gallop

12.45 to **gallop** 指奔騰，描述馬跑得非常快，向前每跑一步都四蹄同時騰空的樣子。這個關於飛速向前的運動的思想被用來比喻快速上升的水平、迅速增加的數量或似乎發展得很快的組織。

説 something such as a system or process **gallops** 指系統或過程等事物的發展速度非常快，在某種程度上難以控制。這一用法在新聞報道中最常見。

*That is very low by the standards of the mid 1980's, when China's economy **galloped** ahead.*
按 20 世紀 80 年代中期中國經濟向前騰飛時的標準來衡量，這個速度是非常低的。
*The **galloping** inflation of the previous two years seemed to have been brought under control.*
這兩年急劇上升的通貨膨脹率看來已經得到控制。
*...**galloping** price rises.*
……價格的急劇上升。

失控 runaway

12.46 **runaway** 的機動車輛或坐騎向前運動的速度很快，這是因為司機或騎手已經失去了對車輛或坐騎的控制。 **runaway** 用來比喻在某種程度上似乎無人可以控制的事物，如系統的發展和價格的上漲等。例如， **runaway** inflation 是在很高水平上的通貨膨脹，似乎沒有人有任何辦法能使其下降或不讓其繼續上升；將一種產品稱為 a **runaway** seller 指該產品的銷售比人們期望的要快得多。這一用法在新聞報道中最為常見。

*In just six months, the country's **runaway** inflation has been brought under control.*
僅用了 6 個月時間，這個國家似乎不可遏止的急升的通貨膨脹已經得到控制。

*…an economy in crisis and **runaway** public spending.*
……危機中的經濟和急速增加的公共開支。
*Hawking's 'A Brief History of Time' was a **runaway** bestseller, a book that sold millions.*
霍金的"時間簡史"是一本非常暢銷的書，銷量為數百萬冊。

跟蹌 stagger

12.47 to **stagger** 指因生病或醉酒等原因而走路不穩。這個因疾病或虛弱而導致活動有些失去平衡的思路用作隱喻，描述看來已有許多問題、運作似乎不佳的組織或系統。

説 something such as an organization or system **staggers** 指組織或系統等事物似乎有許多問題，所以其運作不佳，有可能立即完全垮台。這一用法在新聞報道中最為常見。

*The Service will continue to **stagger** from crisis to crisis.*
這個行業將繼續搖搖晃晃、危機不斷地往前走。
*The marriage **staggered** on for a little while longer.*
這樁婚姻磕磕碰碰地稍微持續了一點時間。

蹣跚 lurch

12.48 to **lurch** 指突然作一個通常是向前的、非有意的、搖晃的運動。這個關於非故意的運動或行為的思路用作隱喻，描述有很多問題的人或組織。

説 something such as a government or economy **lurches** from one bad condition or state to another 指一個政府或一種經濟等事物的運作狀況非常糟糕，不斷發生問題，而且似乎沒人能控制其發展。這一用法在新聞報道中最為常見。

*The state government **has lurched** from one budget crisis to another.*
州政府的運作狀況很糟糕，預算的危機不斷出現。
*The economy, meanwhile, **lurches** from bad to worse.*
同時，經濟每況愈下。

12.49 **lurch** 也可用作名詞表示似乎無人事先進行過計劃或預測的變化。

*This marks a new and dangerous **lurch** in foreign policy.*
這標誌着對外政策中一個出人意料的、危險的新變化。

絆倒 stumble

12.50 to **stumble** 指絆倒。**stumble** 用來比喻似乎有許多問題的系統或組織。

12.51 説 a person, company, or government **is stumbling along** 指一個人、一

家公司或一個政府仍在做事、運轉或行使職責，但常常遇到問題；說 they **stumble** 則指它們犯了嚴重錯誤，幾乎完全失敗。to **stumble from** one bad situation **to** another 可用來描述頻頻發生嚴重問題的人、公司或政府。

*That is why western politicians **have stumbled along** with their present policy of aid and peacekeeping.*
這就是為甚麼西方政客們在堅持其現行的援助和維持和平政策中不斷遇到問題的原因。

*The company **stumbled** in the late 1980s when it rushed a new machine to market and allowed costs to soar.*
20世紀80年代後期，這家公司因匆忙將一種新機器推出市場並任憑其成本急速增加而鑄成大錯，幾乎導致生意失敗破產。

*He had a depressing three years, during which he **stumbled from** one crisis **to** another.*
他經歷了苦悶的三年，這期間他給一個又一個的危機絆倒。

*Britain, for instance, had a **stumbling** economy and a government under pressure.*
例如，英國有一個問題不少的經濟和承受着壓力的政府。

12.52 **stumble** 也用於 **stumble across** 和 **stumble upon** 等短語動詞，談論似乎偶然發生的事情。to **stumbles across** or **stumble on** something useful or important 指無意中發現了某些有用的或重要的事物。

*Many important scientific discoveries **have been stumbled across** by accident.*
許多重要的科學發現是無意中偶然獲得的。

*The customs men were obviously hoping that they **had stumbled on** a major drug-trafficking ring.*
海關人員顯然希望，他們已經在無意中發現了一個主要的毒品買賣集團。

滑動 slide

12.53 說 something **slides** somewhere or someone slides something somewhere 指某物在某處滑動或某人使某物在另一物的表面上滑動或靠着另一物的表面滑動。**slide** 用來比喻逐步惡化、在某種程度上無人能控制的局面。

12.54 說 something **is sliding** 指某事物的情況正在逐步惡化或其數量正在減少，在某種程度上已無法控制。

*As a man, he remains popular, but his political ratings **are sliding**.*
作為一個人，他的聲譽仍然不錯，但人們對他的政治評價卻在無可挽回地下落。

*New York's residential property prices **have been sliding** since 1988.*
紐約的房產價格自 1988 年以來一直在下滑。

12.55 說 someone **is sliding** into an undesirable situation 指某人似乎正有些不由自主地進入一個令人厭惡的境地。

*Decisive steps had to be taken to stop the country **sliding** into disaster.*
必須採取決定性的步驟阻止這個國家滑入災難。

*The province is quite close to **sliding** into civil war.*
這個省已即將不由自主地逐漸進入內戰了。

*…youngsters in danger of **sliding** into crime.*
……處於不由自主地逐漸介入犯罪行為的危險境地的年輕人。

12.56 **slide** 也可用作名詞表示逐步惡化的狀態或條件，在某種程度上，這種狀態或條件以後將難以逆轉。

*…failing to stop the **slide** in the company's fortunes.*
……沒有能夠改變公司每況愈下的形勢。

*There may be depression or a slippery **slide** into alcoholism.*
可能有意志消沉或不知不覺地逐漸發生酒精中毒的情況存在。

索引

以下所列的正體字的項目是在1至12章中所討論的詞，*斜體字*的項目則是在"前言"中討論的思想、人和書。除了特別加以說明的以外，數字指章和節的編號。

236